역관 하세국
광해군의 첩보전쟁

저자 박준수

소설가
전작으로 장편소설,
『악화의 진실 : 조선 경제를 뒤흔든 화폐의 타락사』
『재상의 꿈』
『사관 : 왕을 기록하는 여인』 등이 있다.

역관 하세국

광해군의 첩보전쟁

박준수 지음

청년정신

작가의 말

　첩보 영화나 드라마의 시대적 배경은 대부분 현 시대다. 그럼, 과거에는 어떤 식으로 첩보 행위가 이루어졌을지 궁금하지 않을 수 없다. 당시에도 상대국의 정세를 탐지하기 위한 노력은 오늘날과 다르지 않았을 것이고, 그 목적 달성을 위해 끊임없이 '접근'을 시도했을 것이다.

　국가 간 인적교류가 활발하지 않았던 그 시절, 첩보나 정보 수집의 적임자는 누구였을까? 아마도 외국인과의 접촉이 많았던 '역관'이 아닐까, 여겨진다. 당시 역관은 통역뿐만 아니라 외교 실무까지 겸했던 자들로서 첩보를 수집하는 데 적임이었다.

　조선시대를 통틀어 가장 활발하게 국제 첩보전이 이루어진 시기는 광해군 시절일 것이다. 그 당시 대륙은 거대한 변화를 맞이하고 있던 시기였고, 조선을 비롯한 주변

국들의 첩보전은 자국의 운명을 가를 중요한 요소 중 하나였다.

그런 막중한 임무를 맡은 이가 조선에도 있었다. 바로 격동의 한 시대를 살다간 지방의 통역사였던 향통사鄕通事 하세국이라는 인물이다. 『조선왕조실록』에 120번이나 이름이 거론된 하세국은 '하서국'으로도 알려져 있다. 이렇게 중요한 인물이 그동안 우리에게 잘 알려져 있지 않았던 이유는, 당시 하세국이 맡고 있던 역할에 비해 신분이 낮았기 때문일 것이다.

광해군 대 후금과의 교섭은 대부분 하세국이 도맡았다. 광해군은 하세국이 전해 주는 대륙의 정세를 통해 새로운 국제 질서의 흐름을 감지하고 그와 더불어 조선의 이익을 지키기 위해 고군분투했다. 광해군에게 하세국은 단

순히 임무를 띠고 만주 벌판을 오고간 통사가 아니라, 바로 자신의 외교관이었다. 후금과의 외교 문제를 논할 때 하세국이라는 인물을 거론하지 않을 수 없는 이유가 거기에 있다.

 작가는 자신의 작품이 허구이면서도 사실처럼 읽혀지기를 언제나 갈망하고, 학자는 자신의 저서가 널리 읽혀지기를 원하지만 고리타분한 내용에 늘 고민한다. 본 작가도 독자들에게 허구적 재미만 전달하는 데 그치지 않기를 바랐다. 그런 의미에서, 이번 작품을 통해 융합의 시대에 걸 맞는 소설과 학술의 만남이라는 시도를 해본다. 본 소설의 〈부록편〉에 광해군 대의 대외교섭과 조선의 정책 결정에 대해 게임이론(Game theory)으로 분석해 보았다.

이것은 소설적 재미와 더불어 학술적 사고를 통해 보다 깊이 있게 통찰해 보는 계기가 되기를 바라는 뜻에서다.

오늘날 한반도 주변정세가 양자택일을 강요받던 400여 년 전 광해군 대의 상황과 다르다고 누가 자신 있게 말할 수 있겠는가? 그런 의미에서, 당시 국제정세의 거대한 변화를 감지하고 이에 대처하고자 고심했던 두 인물을 통해 미래를 통찰할 수 있는 밑거름으로 삼는 것도 의미가 있을 것 같다. 무릇 한 나라의 지도자란, 국익을 위해서라면 '굴욕'도 감당할 줄 알아야 한다. 그런 굴욕을 두려워하지 않는 지도자를 기다리며….

2018년 6월에,

박 준 수

차례

노인 … 11
향통사 … 14
임금 … 25
역학원 … 32
당부 … 39
노정 … 56
교섭 … 67
성화 … 75
두 아들 … 78
억류 … 91
귀국 … 100

두 통사 … 107
조흘 … 113
첩보조직 … 122
소문 … 128
추적 … 137
야제 … 142
별 … 154
연금 … 163
만남 … 170
결의 … 176
잠입 … 185
사역원 … 194
산적 … 200

왕의 역관 … 204
파병 … 207
새소리 … 215
포로 … 220
행방 … 224
구출 … 228
벌판 … 231
추격 … 236
국서 … 249
하얀벌판 … 252
노인 … 256

〈부록편〉

투 레벨(Tow-level) 게임이론으로 본 조선과 후금의 협상
게임이론(Game theory)으로 본 조선과 후금의 협상전략 분석
향통사 하세국의 이름 오기誤記에 관한 소고小考

〈일러두기〉
1. 이 글은 역사적 사실을 허구로 엮은 소설이다.
2. 소설 속에는 실존과 허구의 인물이 뒤섞여 있고, 인물 묘사는 작가의 상상일 뿐이다.
3. 인명이나 지명 등의 사용은 일관성을 유지하기보다 우리에게 익숙한 것을 선택했다. 따라서 한자음, 중국어, 만주어가 혼용되었다.
4. 소설 속의 시대를 이해하기 위해 각종 문헌을 참고했으나, 본문 내용에는 일일이 각주를 달지 않는다.
5. 〈부록편〉은 역사적 사실을 학문적 이론 틀로 분석해 본 것이며, 작가가 분석한 내용이 꼭 옳다고 주장하지 않는다.
6. 〈향통사 하세국의 이름 오기誤記에 관한 소고小考〉는 작가의 견해이며, 이 내용과 관련된 연구 성과물이 아직 없는 형편이어서 나름대로 고찰해 본 것이다.

노인

 배를 띄우기에는 딱 좋은 날씨였다. 구름이 물러간 하늘은 파랬고 바람은 순하게 불었다. 아침상을 물리기도 전에 계집종이 노인을 재촉했다.

 −뭘 그리 꾸물거리시오. 아직도 상감인줄 아나….

 느릿느릿 마당으로 내려서는 노인의 등에 대고 계집종이 종알거렸다. 반 시진 전부터 혼자 구시렁거리던 계집종은 그렇지 않아도 자신의 박복한 팔자가 노인 때문에 더욱 사나워지게 생겼다고 결국 울화통을 터트리고 말았다.

 말없이 대문간으로 걸어가는 백발노인은 등이 굽어 더욱 애달파 보였다. 금의金衣는 빛바랜 지 오래고 성찬은 노인의 기억 속에 아득했다. 예순을 넘긴 지도 벌써 두 해. 노인의 앙상한 손등에는 검푸른 정맥이 돋보였고 얼굴은 세월에 풍화되어 주름의 상흔이 깊었다.

 대문간을 나서며 노인은 몇 달 간 머물던 거처를 뒤돌아보았다. 어쩐지 다시는 돌아오지 못할 것 같은 예감이 들었는지 노인은 쉬이 걸음을 옮기지 못했다. 대문을 나서자마자 노인은 자신의 예감이 틀리지 않았음을 곧 알아차렸다. 의금부에서 나온 한 무리의 호송사령들이 대문 밖에 대기하고 있었다. 사령들은 섬사람들의 눈에 띄지 않게 노인을 에워싸고 포구로 향했다.

지난 십 수 년 동안 나라에 변고가 있을 때마다 노인의 거처는 수시로 옮겨졌고, 강화도에서 이곳 교동 섬으로 건너온 지는 불과 넉 달 전이었다. 새벽녘에 갑자기 의금부 관원들이 들이닥쳐 거처를 옮겨야 한다고 했을 때 노인은 또다시 나라에 변고가 생겼음을 직감했다. 바깥소식을 전해 주는 사람이 없어 영문을 알 수는 없었으나, 며칠 전 처소를 지키는 군관들이 수군거리던 말과 관련이 있는 듯했다. 청나라 군사들이 쳐들어왔고 결국 임금이 산성을 나왔는데… 하면서 그 다음 말끝을 흐리던 군관의 표정이 노인은 새삼스럽게 떠올랐다.

노인이 강화도로 옮겨진 것은 14년 전 계해년 봄이었다. 강화 섬은 노인에게 굴욕과 초연함을 안겨주었다. 노인의 늙은 몸이 섬을 받아들이는 데는 더디기만 했다. 조석으로 밀려오는 시린 바닷바람은 뼛속 깊이 파고들어 육신의 고통을 더했고, 꺼지지 않는 분노는 노인의 마음을 괴롭혔다. 노인은 하루에도 수십 번씩 한양을 바라보며 분루를 삼켰다. 궐에서 사약 그릇이 빨리 오기만을 기다렸으나, 모진 임금은 끝내 사약을 보내지 않음으로써 더욱 모질게 굴었다. 임금은 그것을 폐주에게 베푸는 덕이라 여겼지만 노인은 모욕으로 받아들였다.

세월은 노인을 변화시켰다. 분노는 흐르는 세월 속에 침잠했고 이제는 평온함이 그 자리를 대신했다. 노인은 목숨이 다하는 날까지 굴욕을 견디며 끝까지 살아남아 자신을 섬으로 보낸 자들의 판단이 틀렸음을 증명하고 싶었다.

배는 섬에서 멀어져 섬은 아득했다. 바람을 가득 품은 돛이 한껏 부풀어 배를 앞으로 힘차게 밀었다. 뱃전 난간을 널빤지로 높게 둘러 노인은 밖을 볼 수 없었다. 노인을 세상과 단절시키려는 한양의 태도는 치밀하고 집요했다. 호송사령들은 노인과 눈을 마주치지 않으려고 애썼고, 노인 또한 시선을 외면함으로써 그들의 난처한 입장을 헤아렸다. 호송사령들은 목적지를 말하지 않았고 노인은 배에 실린 그들의 두툼한 봇짐을 보고 이번 노정은 멀 것이라고 짐작했다.

배는 유배 죄인을 태우고 남쪽으로 유유히 흘렀다. 호송사령들이 이물 쪽에 둘러앉아 아침요기를 하고 있었다. 계집종은 보퉁이를 가슴에 품은 채 혼자 짐칸에 쭈그리고 앉아 실성한 사람처럼 자신의 팔자를 저주했다. 한 젊은 호송사령이 주먹밥을 베어 먹으며 노인 곁으로 다가와 교대했다. 노인은 뱃전에 기대 앉아 먼 하늘을 우러렀다. 자신의 거처를 다시 옮기는 것으로 보아 이제 청나라 군사들은 물러간 듯했다.

―그리운 사람이라도 있소?

손가락에 달라붙은 밥풀을 떼어 먹으며 젊은 사령이 건성으로 물었다. 한때 자신들의 지존이었던 노인을 젊은 사령은 알 리가 없었다. 노인은 시선을 내려 젊은 사령의 눈을 깊이 들여다보았다. 그 속에서 한 사내의 환영이 희미하게 일렁였다.

향통사 鄕通事

저녁노을이 붉게 물든 벌판 위로 한 사내가 말을 타고 질주하고 있었다. 뒤에서 날아온 화살이 날카로운 소리를 내며 사내의 귓가를 스쳐갔다. 사내는 허리를 숙여 말 등에 가슴을 바짝 붙였다. 뒤쫓아 오는 자들은 점점 거리를 좁혀왔고 그럴수록 사내는 더욱 다급했다. 앞쪽에 작은 관목 숲이 나타나자 사내는 말 옆구리를 더욱 거칠게 찼다. 흑갈색 호마는 더 이상 속도를 내지 못하고 가쁜 숨만 토해냈다. 관목 숲으로 들어서자 새소리가 들려왔다. 그제야 사내는 조금 마음이 놓였다. 사내가 숲을 거의 다 지나갈 무렵 뒤쫓던 세 명의 군사들이 숲을 향해 달려왔다. 그때였다. 숲속에서 공기를 가르는 날카로운 소리가 들리더니 맨 뒤에서 달려오던 군사가 말에서 굴러 떨어졌다. 곧이어 관목 숲에서 날아온 또 하나의 화살이 두 번째 군사의 가슴에 꽂혔다. 맨 앞에서 달리던 군사가 뒤로 고개를 돌리며 다급히 말고삐를 당겼다. 일행이 쓰러진 것을 뒤늦게 발견한 군사는 곧장 말머리를 돌려 달아났다.

위기에서 벗어난 뒤에도 벌판을 빠르게 내달리던 사내는 압록강이 보이자 그제야 말의 속도를 늦추었다. 그때 뒤에서 다급한 말발굽 소리가 들려왔다.

―통사 어른!

하세국은 익숙한 목소리에 뒤를 돌아다보았다. 추격해 오던 후금의 첩보부대 슝코로 군사들을 제압하고 뒤따라온 여진족 나돌을시였다.

―덕분에 무사했네.

나돌을시는 대답도 미룬 채 서둘러 앞장서며 세국을 강가로 데려갔다. 이미 어스름이 내린 압록강은 건너편이 보이지 않았다. 나돌을시는 강가 숲속에 숨겨둔 자피선者皮船에 세국을 태워 보내고는 타고 온 말들을 멀리 쫓아 보냈다. 세국이 강 한가운데 다다랐을 무렵 추격을 해 온 한 무리의 군사들이 강물을 향해 무작정 화살을 쏘아댔다. 근처 큰 나무 위에서 나돌을시가 그들의 모습을 조용히 지켜보고 있었다.

늦장마가 물러간 하늘은 말끔했고 어느새 가을 기운이 아늑했다. 대륙의 정세를 탐지하기 위해 만주로 건너갔던 향통사 세국이 만포로 돌아온 것은 근 넉 달만이었다.

아침상을 물린 세국은 마당으로 나와 토담집을 둘러보았다. 집을 비운 사이에 두 칸 반짜리 토담집은 장마에 위태로웠다. 황토를 이겨 쌓아올린 벽은 돌들이 헐거워졌고 갈대지붕은 비바람을 온전히 막지 못해 방안이 눅눅했다. 그동안 비가 새는 방에서 지냈을 아내와 딸을 생각하니 세국은 마음이 아려왔다. 언제라도 조정의 명이 떨어지면 곧장 만주로 달려가야 할 터이기에 토담집 보수는 미룰 수 없고 시급했다.

올 초에 요동의 상황이 더욱 급박하게 돌아가자 비변사

는 세국을 현장에 급파했다. 세국의 이번 임무는 요동의 정세를 탐지하고 누르하치 군대의 움직임에 대한 정보를 수집하는 일이었다. 비변사는 만포의 천한 여진어 통사인 세국이 강홍립과 작당해 조정을 기망했다고 비난하면서도, 정작 만주의 정세가 급박할 때면 태연히 낯빛을 바꿔 그를 적진으로 보내곤 했다.

만주에서 돌아온 세국이 만포진 관아에 올린 정탐 보고서는 평안병사平安兵使를 거쳐 곧장 궐로 전해졌다. 비변사 당상들은 세국이 올린 보고서를 돌려보며 조선보다 명의 위태함을 먼저 걱정했다. 그들은 요서遼西의 중심지인 광녕廣寧마저 무너지면 오랑캐들(후금)이 산해관을 넘어 곧장 북경으로 쳐들어갈지도 모른다며 탄식했다.

2년 전, 기미년(1619년) 초에 심하전투에서 승리한 후금은 그 여세를 몰아 올 봄에 만주의 요지인 심양과 요양을 잇달아 함락했다. 조정은 명으로 오가는 길이 끊겨 다급했고 그럴수록 세국은 더욱 자주 집을 비웠다. 비변사 신료들은 후금을 들짐승에 비유하며 힐난했을 뿐 그 짐승들을 막을 방도는 외면한 채 명에만 기대었다. 조선의 그러한 마음을 알 리 없는 명은 동쪽 길이 끊기자 또다시 의심병이 도졌다. 조선이 금수만도 못한 오랑캐와 연합하여 자신들의 목을 옥죄는 데 앞장설지 모른다고 의심하며 궁 궁했다. 비변사 신료들은 천조天朝(명나라)의 마음을 미리 헤아려 상국上國이 오해를 품지 않도록 해야 한다고 임금을 몰아 세웠다. 임금은 안팎으로 적과 마주해 정신이 혼곤했다. 임금의 명분은 백성들의 안위였고 신료들의 명분은 천조에 도리를 다함으로써 백성들은 저절로 지켜진다는 것이었다.

하세국은 만포진에서 활동하는 여진어 통사였다. 세국은 한양의 사역원(조선시대 외국어 통·번역 및 역관 양성 기관) 출신이 아니어서 품계가 없고 녹봉 또한 없었다. 한때 임금이 세국의 노고에 사과司果 벼슬을 내리기도 했으나 세국은 평생을 만포의 향통사에 머물렀다. 세국은 25년이 넘는 세월 동안 숱하게 죽을 고비를 넘기며 만주를 오갔고, 조정은 누르하치와 교섭하는 일을 만포 촌구석의 일개 통사인 세국에게 전적으로 의지했다. 명분을 숭상하는 신료들은 천한 신분인 두메의 통사에게 중요한 임무를 맡기는 게 내심 마땅치 않았으나 여진족과 능히 소통할 수 있는 다른 뛰어난 역관을 찾지 못했다.

어떤 이는 세국의 몸에 여진족의 피가 섞였을 것이라고 수군거렸으나 그것은 단지 소문일 뿐이었다. 세국은 만포에서 태어나 자랐고 아비의 그 아비도 만포 출신이었다. 세국에게 그런 소문이 따라다니는 것은 생김새와 능숙한 여진어 때문이었다. 둥근 얼굴에 체형이 호리호리한 세국이 여진족 복장을 갖추고 여진말을 하면 누구도 그를 조선인으로 생각하지 않았다. 여진족들은 세국의 여진어에 편안함을 느꼈고 심지어는 동족 이상의 감정을 가졌다.

세국은 어린 시절 압록강 너머 번호藩胡(북방의 변경 부근에 살던 여진족) 마을 아이들과 어울리며 자랐고, 15살 때부터는 여진족과 거래하던 장사꾼 아비를 따라다녔다. 그러니 세국에게 여진어는 또 다른 모국어나 다름없어서 어학 교재로 여진어를 배운 한양의 역관들과는 애초에 비교조차 할 수 없었다.

세국이 자신의 여진어 구사 능력이 겉보리 한두 되 정도의 가치가 있음을 어렴풋이 깨달은 것은 스무 살 무렵이었다. 26년 전 어느 봄날에, 여진족들이 압록강을 건너 집단으로 귀순해 온 일이 있었다. 관아에서 귀순자들을 심문했으나 통사가 여진어에 능통하지 않아서 제대로 소통이 이루어지지 않았다. 수소문 끝에 세국이 여진어에 능통하다는 소문을 듣고 그를 관아로 불러들여 통역을 맡겼다. 그 후로 관아에서는 여진족들과 접촉해야 할 일이 있을 때마다 세국에게 도움을 청했고 그는 언제나 마다하지 않았다. 그 일을 계기로 세국은 지금까지 통사로서 때로는 첩자 혹은 교섭자로서 자신에게 주어진 임무를 묵묵히 수행해 왔다.

세국은 지붕 위로 올라가 비가 새는 틈을 메우고 있었다. 그때 마당에서 시끄러운 소리가 들리더니 이윽고 머리통 하나가 지붕 위로 불쑥 올라왔다.

−통사 어른!

사다리를 타고 올라온 서지온이 반갑게 외치며 히죽 웃었다. 세국은 지붕이 내려앉을까봐 손을 내저으며 서지온을 급히 말렸다.

−올라오지 말게.

낡은 토담집 지붕 위로 올라오려던 서지온은 사다리 위에서 수다를 떨 기세였다.

−오셨으면 기별이라도 좀 주시지…, 문호 형님이 관아에 갔다가 들었답니다.

−다 됐어. 내려가 있게.

세국은 하던 일을 계속하며 대답했다. 서지온이 사다리

를 내려간 뒤 세국은 지붕을 찬찬히 둘러보았다. 낡은 토담집과 지금의 나라 정세가 어쩐지 다르지 않다는 생각이 문득 들었다. 비바람에 언제 쓰러질지 모르는 낡고 누추한 토담집은 조선이 처한 현실과 너무도 닮아 있었다. 평생을 가꾸어 왔음에도 쓰러지려는 작은 토담집 하나를 어찌하지 못하고 있건만, 하물며 한낱 통사에 지나지 않는 자신이 어찌 세치 혓바닥으로 대륙의 거대한 변화를 막을 수 있단 말인가. 반평생 넘도록 만주를 오가며 목숨을 걸었던 일들이 어쩌면 무위로 끝날지도 모른다는 생각에, 갑자기 세국은 허탈감이 밀려왔다.

 ─무사해서 다행입니다.

 한문호가 사다리를 내려오는 세국 곁으로 다가오며 말했다. 옆에서 멀뚱히 서 있던 동수가 세국과 눈이 마주치자 고개를 꾸뻑 숙였다. 세국은 별 다른 말없이 고개만 끄덕이고는 토담집을 멀거니 쳐다보았다. 한문호는 세국의 표정에서, 만주의 상황이 심각하게 돌아가고 있음을 읽어 낼 수 있었다. 곰처럼 덩치가 큰 동수는 계속 무뚝뚝한 표정으로 서 있었으나, 장사꾼 출신 서지온은 입이 간지러워 가만히 있질 못했다.

 ─답답하십니다, 통사 어른. 서너 달만에 오셨는데 말

쓸도 없으시고….

―이번 늦장마가 대단했나 보군.

세국은 여전히 동문서답하며 흙이 떨어져 내린 벽으로 다가가 바닥의 흙부스러기를 주워서 살폈다. 서지온이 한마디 더 하려고 하자 눈치를 알아차린 한문호가 그의 팔을 툭 치며 말리더니 헛간으로 걸어가 곡괭이를 잡았다.

모두들 힘을 모아 토담집 수리에 나섰다. 한문호가 근처 산비탈에서 고운 황토를 퍼오면 서지온이 동이에 물을 길어와 황토를 차지게 반죽했다. 동수는 집 앞에 쓰러진 무거운 통나무를 길가로 치우고 비탈에서 굴러 떨어진 돌덩이를 번쩍 들어 옮겼다.

―저, 저, 미련한 거 봐라. 곰도 아니고….

세국의 집으로 걸어오던 복임이 큰 돌덩이와 씨름을 하고 있는 동수를 보고는 고개를 절레절레 흔들었다. 동수는 심성이 착한 것만 빼고는 도무지 마음에 드는 구석이 없는 사내라고 평소 복임은 생각해오던 터였다.

―허리 부러지면 어쩌려고!

큰 돌덩이를 두 팔로 끌어안고 일어나려던 동수가 고개를 돌렸다. 등 뒤에 우뚝 서서 자신을 내려다보고 있는 복임을 향해 동수는 무구한 꼬마처럼 헤실헤실 웃더니 이

내 아랫입술을 꽉 깨물며 천천히 엉덩이를 일으켰다. 뒤뚱거리며 돌덩이를 옮기는 동수를 보고 복임은 저 미련함의 본질이 대체 무얼까 생각했다. 하지만 그 미련함이 다른 사람들의 육신을 대신 편안하게 해 주고 있음은 부정할 수 없었다.

마당에 놓인 평상에는 상이 차려지고 있었다. 세국의 아내 달래가 보리밥을 질그릇에 담아 내어왔다. 반찬이라곤 사발에 담긴 막된장이 전부였다. 뒤늦게 딸 정이가 남새밭에서 뜯어온 푸성귀를 소쿠리에 담아와 상에 올렸다. 모두가 평상에 둘러앉아 있을 때 복임이 동수를 타박하며 마당으로 들어섰다. 뒤따라 들어오는 동수는 묵묵히 듣고만 있을 뿐 시선은 내내 복임의 손에 들린 보따리로 향했다.

마당으로 들어선 복임은 세국을 보고 종종걸음으로 다가갔다.

-고생 많으셨지요, 통사 어른.

세국은 표정과 달리 무뚝뚝하게 대답했다.

-평생 해오던 일인데 뭐….

복임이 가져온 보따리를 내려놓고 풀어헤치자 냄새를 맡은 서지온이 입맛을 다시며 잔뜩 호기심을 드러냈다.

복임은 보따리에 싸온 작은 솥단지를 열며 부엌에서 나오던 달래에게 말했다.

―통사 어른 드시라고 꿩고기 좀 삶아 왔어요.

달래는 솥단지를 들여다보고 귀한 것을 어디서 구했느냐며 연신 고마워하는 눈치였고, 서지온은 목을 길게 빼고 꿩 다리 한쪽을 차지하려고 별렀다. 각자 보리밥 한 그릇씩을 앞에 두고 숟가락을 들기 시작하자, 달래가 꿩 다리 하나를 접시에 담아 세국 앞에 살포시 놓았다. 가만히 눈치를 보고 있던 서지온이 나머지 한쪽을 차지하려고 달려들었으나 복임이 재빨리 가로채 동수의 밥그릇 위에 놓았다. 동수는 좋아서 헤벌쭉 벌어진 입속으로 단번에 꿩 다리를 쑤셔 넣더니 이내 뼈만 뱉어냈다.

세국은 밥을 먹다 말고 두런두런 모여앉아 밥을 먹는 일행을 조용히 둘러보았다. 이런 날이 언제까지 지속될지 스스로도 알 수 없음이 세국은 안타까웠다. 달래는 밥을 먹으면서 근심 가득한 세국의 얼굴을 흘끔 흘끔 바라보았다.

―훈도 어른께서 안부 전했습니다.

밥그릇을 다 비운 한문호가 숟가락을 내려놓으며 말했다. 세국은 말없이 고개만 끄덕이더니 이내 토담집으로 시선을 옮겼다. 다가올 이번 겨울을 세국은 미리 걱정하고 있었다.

임금

 요동을 장악한 후금이 명을 본격적으로 공략하기에 앞서 조선을 먼저 침략할지 모른다는 소문이 돌았다. 임금과 비변사 신료들은 명과 후금 사이에서 사사건건 충돌했다. 임금은 나라 안에 믿을 만한 것이 없다며 탄식했고 신료들은 망해가는 명을 끝까지 붙잡고 놓지 않았다. 후금 또한 집요했다. 명과 후금 둘 중 누구의 편에 설 것인지 선택하라고 조선을 압박했다. 비변사 신료들은 당연히 명을 선택했고, 임금은 어느 쪽도 선택하지 말아야 적의 침략을 막을 수 있다고 했다. 똑같은 백성을 두고 임금과 비변사 신료들의 생각은 너무 달랐다. 임금은 대륙의 일에 관여하지 않음으로써 백성들을 살릴 수 있다고 했고 신료들은 명을 붙잡고 있어야만 사직을 보존할 수 있다고 맞섰다.

요동의 정세에 관한 세국의 보고서를 임금 광해는 여러 차례 들여다보았다. 이미 요동이 무너졌고 요서도 오래 버티지는 못할 것이라는 정탐 보고서는 어심御心을 자극하기에 충분했다. 임금은 서둘러 대책을 세우라고 연일 재촉했으나, 신료들은 병을 핑계로 아예 등청하지 않았다. 임금이 빨리 등청해 사직을 보존하는 일에 정성을 다하라고 거듭 당부하자 신료들은 그제서야 마지못해 임금의 명을 받드는 척했다.

편전에 홀로 앉아 세국이 올린 정세 보고서를 들여다보고 있던 임금 광해는 박정길을 불렀다. 한동안 도승지로서 자신을 보필했던 정길을 불러 답답한 마음을 풀고 조정 돌아가는 일을 듣고 싶던 참이었다. 임금은 편전으로 들어오는 정길을 반기면서도 퉁명스럽게 물었다.

─비국(비변사)은 어찌하고 있는가?

─묘책을 마련 중이라 하옵니다.

─나라가 망한 뒤라면 묘책이 무슨 소용인가! 그토록 서두르라 하였거늘….

임금 광해는 장계 두루마리를 손에 꽉 쥔 채 말했다.

비변사 신료들은 후금이 보낸 문서를 서신이라 할지 아니면 국서라 칭할지를 두고 논쟁을 벌이며 회답조차 미루고 있었다. 몇몇 신료들이 이제 후금을 인정하고 답신을 보내자고 했으나, 대부분의 신료들은 여전히 서신이라 낮추어 부르며 내용 또한 불손하기 그지없다고 주장했다.

 임금은 답답기 그지없었다. 적의 침략을 막고 백성들을 살리는 길이 있음에도 그 길을 외면한 채 명분에만 집착하는 신료들의 태도가 너무나 한심스러웠다. 임금은 자신의 신하들이 정녕 천조에 강상의 도리를 다하는 소국의 신하로 남기를 원하는 것인지 도저히 알 길이 없었다. 신료들 역시 임금을 이해할 수 없었다. 명이 존재하지 않는 또 다른 세상을 임금이 몰래 상상하고 있다고 비난했다.

 ―하 통사가 보낸 것이다.

 임금 광해가 장계 두루마리를 내밀었다. 정길은 무릎걸음으로 다가가 조심스럽게 받아 훑어보았다. 세국이 꼼꼼히 적어 올린 정탐 보고서를 살피는 정길의 표정은 점차 어두워지고 있었다.

 ―어찌하면 좋겠는가. 차관을 보내야 마땅하지 않겠는가?

 임금 광해는 마음이 조급했다. 어심을 헤아리는 일에 누구보다 앞장서 온 정길의 음성은 낮고 진중했다.

 ―서신에 회답하지 않는 것은 적에게 쳐들어올 명분을

주는 거나 다름없사옵니다. 서두르소서.

─비국의 당상들이 저리도 꾸물거리고 있으니….

임금 광해의 손이 가늘게 떨렸다. 대명 의리만을 쫓는 신료들에 대한 임금의 분노는 깊고도 묵은 것이었다. 하지만 신료들은 이제 임금의 분노를 두려워하지도 않았고 병을 핑계로 등청하지 않음으로써 교묘히 저항했다.

─참판이 보기에는 어떠한가? 하 통사의 판단이 옳다고 보는가?

정길이 장계를 흘끔거리자 임금 광해가 물었다. 정길은 임금이 무엇을 묻는 것인지 되묻지 않아도 짐작할 수 있었다.

─신도 하 통사의 생각과 다르지 않사옵니다. 지금까지 조선과 오랑캐는 만포를 통해서만 교섭해 왔는데, 갑자기 의주로 바꾼 것은 이제 자기들이 명을 대신해 조선의 상국 노릇을 하겠다는 뜻이 아니고 무엇이겠나이까?

임금 광해는 입을 앙다물고 고개를 끄덕였다. 이제 대륙의 주인이 명에서 오랑캐로 바뀌어 가고 있는 것인가, 하고 생각하며 임금은 주인이 뒤바뀐 대륙을 상상해보았다.

정길이 물러간 뒤 임금 광해는 곧장 편전을 나와 궁궐

영건 현장으로 달려갔다. 그곳은 임금이 편안함을 느끼는 유일한 장소였다. 신료들은 나라가 위태로운 지경임에도 궁궐 영건에 집착하는 임금을 이해하지 못했으나, 임금은 결코 물러서지 않았다. 임금은 한 곳에 머무는 것을 꺼려했고 궁궐을 자주 옮겨 다니는 걸 좋아했다. 그러한 임금의 기이한 행동에, 어떤 이는 임금이 왜란 때 전국을 떠돌며 유숙했던 쓰라린 기억 때문이라고 했고, 요사스러운 무당은 새 궁궐로 옮겨야 왕기王氣가 흥한다고 임금을 부추겼다.

후금에 대한 정탐은 대부분 만포진에서 담당하고 있었다. 그 중심에는 세국이 있었고 보고서는 승정원을 통해 임금과 비변사로 전해졌다. 하지만 동일한 보고서를 접하고도 임금과 비변사의 정세 판단은 판이했다. 그럴수록 임금은 신료들을 더욱 답답하게 여겼고 신료들은 명을 우선으로 생각하지 않는 임금을 이해하지 못했다.

조선을 자기들 편으로 끌어들이려는 명과 후금 사이에서 조선은 난처했다. 명은 이전부터 자기편인 조선을 계속 붙잡아두려고 했고 후금은 명으로부터 조선을 떼어내려고 했다. 하지만 신료들은 명의 편에 서는 것을 운명으로 여겼고, 임금은 명확한 선택을 하지 않음으로써 더욱 신중했다. 임금의 모호한 입장을 두고 신료들 사이에서는 한바탕 설전이 벌어졌다. 서로 간에 말이 말을 낳고 난무하는 말들이 부딪쳐 급기야 어떤 말이 누구의 말인지 분간을 할 수 없었다. 신료들의 말은 대개 비슷했고 말로써는 이미 적들을 수백 번 제압하고도 남았다. 이렇듯 조선은 언제나 말로써 싸웠고 명은 위세로 싸웠으며 후금은 병장기로 싸우고 있었다.

후금이 의주로 보낸 국서를 받을지 말지를 두고 임금과 신료들 간의 의견은 좀처럼 좁혀지지 않았다.

—오랑캐가 보낸 서신을 받게 되면 명이 의심할 것은 자명한 일, 절대 불가하오.

비변사 신료들은 명이 오해할까 두려워하며 서로에게 이렇게 말했다. 그러자 임금은 국사를 망치려 든다며 하루에도 여러 차례 성화를 부렸고, 계속 지존과 맞설 수 없는 신료들은 오랜 회의 끝에 절충안을 만들어 올리자고 중론을 모았다.

—명의 적은 우리의 적이나 다름없사옵니다. 적의 서신에 회답하는 건 내통하는 것과 다를 바 없으니, 우선 서신을 받지 마시옵고 대신 차관을 보내 적의 의도를 알아보

는 것이 옳을 듯하옵니다.

신료들은 의주에 와 있는 후금의 국서를 끝내 외면했다. 임금은 국서의 내용이라도 알아보기 위해 베껴서 가져오라 했고, 신료들은 오랑캐가 보낸 서신 자체를 꺼림칙하게 여겼다.

―그럼, 충신을 들여보내라.

비변사 신료들은 만포진 첨사 정충신을 차관으로 보내자는 임금의 명을 받들면서도 기이한 계략 하나를 덧붙여 아뢰었다.

―노추(누르하치)의 아들 중에 화친을 주장하는 자와 싸우자고 하는 자가 있는데, 이 둘을 서로 이간시켜 틈을 벌린다면 우리에게 이로울 것이옵니다.

비변사의 계사啓事는 다소 황당한 것이었다. 하지만 전쟁을 막고자 하는 임금의 의지는 너무도 강한 것이어서, 졸렬함과 무모함을 가릴 처지가 아니었다. 비변사는 누르하치의 뒤를 이어 보위에 오를 유력한 후계자인 귀영가와 홍타이지(훗날 청태종)를 서로 이간시킬 것을 아뢰었고, 임금은 홍타이지에게 뇌물을 주어 환심을 사라고 전교를 내렸다. 임금의 명이 떨어지자 비변사의 낭청은 어명을 가지고 만포로 달려갔다.

역학원譯學院

 평안도와 함경도에 위치한 역학원에서는 주로 여진어 통역관을 양성했다. 역학원의 최고 책임자는 중앙의 사역원 출신 훈도訓導가 맡았는데, 만포진 역학원의 훈도는 방응두였다. 방응두는 본래 사역원에 원적을 두고 있는 외임훈도였다. 역관 시험에서 차점자를 지방으로 보내는 관례에 따라 방응두는 만포로 내려왔다.

 훈도 방응두는 역관이었지만 냉철한 시각으로 만주의 정세를 바라볼 줄 아는 인물이었다. 올해 나이 쉰 중반인 노련한 역관 방응두는 선조 임금 때 만포로 내려와 25년 넘게 생도들을 가르치며 지내왔다. 처음에는 3년 기한으로 만포에 내려왔으나 체임기간이 지났음에도 대체할 인물을 찾지 못한 사역원에서 그를 계속 만포에 눌러 앉혔던 것이다.

 비변사 낭청은 임금이 내린 전지傳旨를 가지고 정충신이 첨사로 있는 만포진으로 달려오고 있었다. 올 초 만포진 첨사로 내려온 정충신은 여진족들과의 교섭 경험이 풍부한 인물로서 변경의 수령으로 적임이었다. 정충신에 대한 믿음이 강한 임금은 자신의 대후금 정책을 그가 잘 이행해 주기를 바랐다.

그 시각, 세국은 만포진 관아 근처에 있는 역학원으로 향했다.

-무탈해서 정말 다행이네.

늙은 방응두가 서안을 밀치며 자리에서 일어나 세국을 맞았다. 몇 달만에 만난 방응두는 부쩍 더 야위고 늙어 있었다. 방응두는 고향으로 돌아가 이제 늙은 몸을 돌보고 싶다며 사역원에 청했으나 아직 허락을 받지 못하고 있는 터였다. 자리에 앉자마자 방응두는 서둘러 물어왔다.

-노추의 기세가 더욱 사나워졌다고?

-이미 요동이 넘어갔으니, 요서도 오래 버티진 못할 겁니다.

방응두가 심각한 어조로 말을 이었다.

-싸움을 멈추지 않는 걸 보니, 자신감이 붙은 게로군.

-그러니 만포로 보내던 차관을 이제 의주로 보내는 게 아니겠습니까? 조선을 대하는 노추의 태도가 이전과는 달리 아주 노골적입니다. 이제 조선도 오랑캐를 이웃으로 인정하고 서둘러 그에 걸 맞는 관계를 맺어야 합니다.

방응두는 긴 숨을 내쉬었다. 만주의 정세는 하루가 다르게 변하고 있는데도 조선은 그 변화를 외면함으로써 변하지 않으려는 명분을 찾고 있으니, 답답한 마음 금할 길이 없었다.

　-앞으로는 더욱더 압박해 오겠군.

　-반드시 그럴 겁니다.

　-대륙의 형세가 이럴진대 조정은 변할 기미가 전혀 보이지 않으니….

　만주의 정세를 바라보는 두 사람의 시각은 비슷했다. 세국과 방응두는 오랫동안 대 여진 업무를 함께 다뤄온 사이였다. 방응두가 훈도로 있는 만포진 역학원은 여진족(후금)의 동향을 정탐하고 정보를 수집하는 본거지였고 세국은 그 중심에 있었다.

　13년 전, 세국은 정탐 활동을 하다가 건주여진(누르하치가 통치하던 부족)에 붙잡혀 3년 동안 억류된 적이 있었다. 임금 광해가 즉위하던 해인 1608년의 일이었다.

　건주여진이 대규모로 배를 만들어 압록강을 건너올 것이라는 소문이 돌자, 막 즉위한 임금 광해는 소문의 진위 여부를 알아보라고 비변사에 명을 내렸다. 이에 비변사에서는 정탐 능력이 뛰어난 자들을 뽑아 만주로 보내기로 하고 적임자 물색에 나섰다. 하지만 지난 10여 년

간 대 여진 업무를 거의 혼자 도맡아오다시피 했던 세국만한 인물은 찾을 수 없었다. 그동안 세국은 누르하치의 거성居城이 있는 건주에 십여 차례 이상 드나들며 신충일 등을 비롯한 조선 차관들의 통역과 서신 전달을 도맡아왔을 뿐만 아니라 때로는 누르하치를 직접 만나 조정의 뜻을 전하기도 하고, 또한 그곳의 형세를 살피고 돌아와 소상한 정탐 보고서를 작성하는 등 외교와 첩보 임무를 잘 수행해 왔기에 비변사는 어쩔 수 없이 세국을 건주로 보낼 수밖에 없었다.

비변사의 명을 받은 세국은 토병 세 명과 함께 장사꾼으로 위장하여 압록강 근처의 번호 마을을 몰래 정탐하다가 그만 건주여진의 군사들에게 붙잡히고 말았다. 누르하치가 있는 허투알라로 압송된 세국은 그곳에서 3년 동안 억류 생활을 하게 되었는데 그 과정에서 일행 중 한 명은 병으로 죽고 세 명만이 겨우 살아서 귀환했다.

그 후, 만포로 돌아온 세국은 임금의 밀명을 받아 정탐 조직을 만든 뒤 본격적으로 대 여진 첩보 활동에 들어갔다. 처음에는 갓 스무 살을 넘긴 한문호와 스물다섯 살이었던 번호 출신 동고을만 데리고 정탐활동에 나섰으나, 5년 전부터는 서지온, 동수와 복임, 유증탁 그리고 번호 나돌을시 등을 추가로 동참시켰다. 한문호는 올해 서른 한 살로 검술에 능했고 서른 살의 서지온은 장사꾼이었다. 스물여섯의 노총각인 동수는 벌목꾼이었고 동갑내기인 복임은 변호들과 밀무역으로 생계를 이어온 억센 노처녀였다. 스물일곱 살인 나돌을시와 동갑인 유증탁은 만포 서쪽의 위원 출신으로 활 솜씨가 탁월했다.

세국이 정탐조직을 꾸리고 처음 수행한 일은 만포에서 활동하는 여진족 간자들을 소탕하는 일이었다. 자신이 건주여진에 붙잡힌 것은 만포진에 거주하는 여진족 간자들 때문이라는 것을 세국은 나중에야 알게 된 것이다. 그러니, 간자들을 소탕하지 않고 대 여진 정탐활동을 계속하는 것은 대단히 위험한 일이 아닐 수 없었다.

세국과 방응두는 서로 마주앉아 오랫동안 대화를 나누었다. 대륙의 질서에 거대한 균열이 일어나고 있음에도 여전히 조정의 대응에는 변함이 없으니 답답할 노릇이었다. 스스로 변화하지 않으면 결국 상대에 의해 변화를 맞이하게 될 것이고, 그런 변화가 얼마나 비극적일지 두 사람의 눈에는 이미 선했다.

방응두가 말미에 툭 던지듯이 나직이 물었다.

―명이 망할 것으로 보이는가?

―결국엔 그리 되지 않겠습니까.

세국의 대답은 거침없었다. 여진족들이 무리를 이루고 살 때부터 그들의 습성을 쭉 지켜봤던 세국으로서는 어쩌면 당연한 대답이었다.

밖에서 인기척이 들리더니 곧 목소리가 들려왔다.

―훈도 어른, 소인입니다.

통사 김언춘이 숨을 몰아쉬며 방 안으로 들어왔다. 언춘은 문지방을 넘으며 세국이 함께 있는 것을 보고 환한 표정을 지었다.

―통사 어른! 나오셨다는 소식은 들었습니다만….

세국이 조금 밝은 표정을 보였다. 언춘은 젊은 나이였고 세국은 그를 향후 자신의 임무를 대신할 통사로 마음에 두고 있었다. 언춘은 반가운 마음에 자신이 찾아온 이유도 잠시 잊었다.

―숨이 왜 그리 가쁜 것인가?

방응두의 말에 그제야 언춘은 정신이 퍼뜩 돌아왔다.

―아, 비국의 낭청이 어명을 가지고 왔습니다.

세국이 끼어들며 물었다.

―어명이라니? 혹시….

세국은 의주에 도착한 후금의 국서에 대해 드디어 조정이 어떤 결정을 내린 것이 아닌가, 하고 생각했다.

—첨사 나리에게 차관으로 다녀오라는 어명이 내려졌답니다.

—국서는 받지 않고 오히려 차관을 보낸다…?

세국은 이번 조치가 임금이 아닌 비변사 당상들에 의해 결정되었음을 미루어 짐작했다. 세국이 보기에 썩 만족할 만한 결정이라고는 여겨지지 않았으나, 답서를 보내지 않음으로써 국서를 보낸 후금에게 침략의 명분을 주는 것보다는 그래도 나았다.

세국이 역학원 마당을 나서려던 참에 한 사내가 쇄마에서 뛰어내려 허겁지겁 달려왔다. 비변사 낭청의 뒤를 따라 몰래 임금의 밀지를 가지고 온 사역원 사령 언걸이었다. 세국에게 내려오는 임금의 밀지는 언제나 승지와 사역원 여진학 훈도 허흠을 거쳐 비밀리에 전해졌다. 자신에게 임금의 밀지가 내렸음을 알아차린 세국은 즉시 언걸을 데리고 방응두의 방으로 되돌아갔다. 세국이 먼저 밀지를 읽은 뒤 방응두에게 넘겼다. 무슨 전언傳言이라도 있는가 싶어 가만히 기다리고 있던 언걸에게 세국이 물었다.

―답을 기다리는 것인가?

밀지의 내용을 모르는 언걸이 되물었다.

―그럼, 전하기만 하면 되는 것이오?

―훈도 어른께 잘 받았다고만 전하면 될 거 같네.

언걸이 고개를 끄덕이고는 자리에서 일어나 밖으로 나갔다. 밀지를 읽고 방응두는 세심한 어심을 생생히 느낄 수 있었다. 임금이 내린 밀지에는 정충신이 차관으로 갈 때 세국이 따라가서 통역을 하고, 만포를 떠나기 전에 미리 교섭전략을 마련하라는 지침이었다. 또한 그곳에 머무는 동안 적들을 잘 관찰하여 그들의 의도를 파악해보라는 등의 내용도 덧붙여 있었다. 임금은 이번 교섭이 결국 경험 많고 노련한 세국에게 달려 있음을 누구보다 잘 알고 있었다.

당부

만포로 돌아온 지 보름만에 세국은 다시 만주로 가야 했다. 아내 달래에게는 아직 말을 꺼내지 못했으나 봇짐을 만지작거리는 남편의 모습을 보고 그녀는 이미 상황을 짐작하고 있었다. 지난 20여 년 동안 언제나 그랬으므로 이번에도 남편은 강 건너 먼 땅으로 들어가 때가 되면 돌아올 것이라고 달래는 생각했다. 항시 떠나고 돌아오는 것은 남편의 삶이었고 보내고 기다리는 것은 자신의 삶이었다.

달래는 관비官婢 출신이었다. 만포 관아의 납공노비였던 달래를 아내로 맞이한 세국은 해마다 관아에 바쳐야 하는 신공身貢으로 고충이 컸다. 다행히도 선조 임금이 면역첩免役帖을 내려주어 고충을 면하게 되었는데, 그것은 목숨을 걸고 적진을 오가는 세국에 대한 임금의 은전恩典이었다.

달래는 아비가 누군지 알지 못했다. 어미가 아비에 대해 말하지 않았으므로 달래는 알 길이 없었다. 어미는 달래가 열두 살 무렵에 죽었다. 소문에 의하면, 달래의 아비는 남쪽에서 온 관노인데 그 아비가 역모에 연루되어 어린 나이에 관노로 떨어졌고, 달래가 세 살이 되던 무렵에 갑자기 큰 병이 들어 죽었다고 이웃들은 말했다.

세국이 달래를 처음 만난 것은 19살 무렵이었다. 관아에서는 여진족들과 접촉해야 할 일이 있을 때면 세국에게 도움을 청했고, 세국은 그곳을 드나들며 관아 여종으로 있던 달래를 만났다. 관아에서는 통역을 도와준 세국에게 으레 식은 보리밥 한 덩이를 내 주었는데, 어린 세국은 통역하는 일이 보리밥 한 덩이쯤의 가치가 있음을 그때 알았고 관아에서 자주 불러주기를 기다렸다. 사실 세국이 기다린 것은 보리밥 한 덩이만이 아니었다. 식은 보리밥을 가져다주며 미안한 표정으로 얼굴을 붉히던 16살의 달래 때문이기도 했다. 그 당시 홀로 된 달래는 관아 부엌에서 구실아치들의 밥 짓는 일을 하고 있었다. 세국은 부엌 밖 모퉁이에 쭈그리고 앉아 물 말은 보리밥 한 덩이를 허겁지겁 입속에 밀어 넣고 돌아서곤 했는데, 하루는 달래가 귀한 간장을 종지에 담아 찬으로 내어준 일이 있었다. 세국은 그것이 고마워서인지 먹은 그릇을 그대로 두고 돌아서던 평소와는 달리 달래에게 그릇을 고이 건네며 첫 말문을 열었다.

—고, 고맙다.

세국은 그릇을 건네며 눈을 마주치지 못했다.

—후….

달래가 피식 웃었다. 세국이 무심결에 고개를 들자 달래가 손바닥으로 입을 막고 부엌으로 들어가고 있었다.

달래의 작은 웃음이 세국의 가슴을 마구 헝클어놓았다. 세국은 상대의 마음을 움직이는 건 꼭 말이 아니어도 된다는 것을 그때 어렴풋이 느꼈다. 혼자 싱글거리며 걸어오는 세국을 마을 어귀에서 만난 노인이 불러 세웠다. 노인은 세국의 볼에 살며시 손가락을 갖다 대다 말했다.

─관아에 다녀오는 길이구먼.

노인은 세국의 볼에 붙은 밥풀을 떼어내 자기 입에 넣고 우물거리며 지나갔다. 달래가 피식 웃은 이유를 세국은 뒤늦게 알았으나 그래도 괜찮았다. 관아 부엌에서 웃을 일이 없을 달래에게 웃음을 안겨 주었다는 것만으로도 좋았고 또한 웃음을 줄 수 있다는 자신감도 생겼다. 하지만 웃음에는 소리가 나게 마련이어서 언제까지나 남들에게 감출 수는 없는 법이었다. 두 남녀의 행동을 눈여겨 보아 온 구실아치가 중간에서 둘을 붙였다. 달래는 세국을 따라 관아 밖으로 거처를 옮기면서 다시 신공을 바쳐야 하는 외거노비가 되었다. 그래도 이번에는 곁에 세국이 있어서 든든했고 외롭지 않았다.

향통사는 정식 관원이 아니어서 녹봉이 없었다. 세국은 녹봉을 받지 못해 항시 살림살이가 어려웠다. 훈도 방응두가 녹봉으로 받은 쌀과 보리를 몇 되 나누어 주어서 겨우 먹고 살았다. 외임훈도인 방응두도 제대로 녹봉을 받지 못했다. 나랏법에는 외임훈도에게도 정식으로 녹봉이 지급되도록 되어 있었으나 형식에 그쳤을 뿐 대개는 근무지 마을 주민들의 공궤供饋로 생계를 이었다.

처음에 달래는 밥상을 차릴 때 자신의 밥을 상에 올리지 않았다. 남편과의 겸상을 내외해서가 아니라 양식이 부족했기에 달래는 가마솥에 눌어붙은 누룽지를 끼니로 대신했다. 그런 사정을 모를 리 없는 세국은 항시 밥그릇을 다 비우지 않았고 달래는 밥상을 치우며 남은 밥을 부엌에서 혼자 먹었다.

달래는 본래부터 몸이 가녀렸는데 한참 먹을 나이에 제대로 먹지 못하고 고된 일에 시달려서 그런 것이라고 세국은 생각했다. 지금의 달래는 제법 억척스러운 면이 있지만, 어릴 때는 부엌 일이 서툴러 고생이 많았다. 손아귀에 힘이 없는 어린 달래는 물동이를 자주 쏟았고 그릇을 깨는 일이 흔했다. 그럴 때마다 달래는 매를 맞았고 부엌 구석에서 잠들며 어미를 생각했다. 꿈속에서 만난 어미는 살아 있을 때보다 더 따스했고 포근했다. 그러다가 잠에서 깨면 또 하루에 감당해야 할 일과 매가 기다리고 있어서 달래의 삶은 어미의 삶과 다르지 않았다.

달래에게는 한동안 아이가 생기지 않았다. 조바심을 내는 달래에게 아이는 삼신할미가 점지해 주는 것이라며 세국은 위로했다. 달래는 아이가 생기지 않는 것을 자신의 탓으로 돌렸다. 아이가 태어나 노비의 신분을 대물림할까 봐 한때 아이가 생기지 않기를 바란 적이 있었는데 그 때문이라고 자책했다. 나중에 임금의 은전으로 관비에서 벗어나자 곧 아이가 생겼다. 달래는 노비의 신분을 대물림하지 않게 되어 너무나 기뻤다.

비변사 낭청은 어명을 정충신에게 전한 뒤 뜻밖에도 회령으로 내려갔다. 정충신은 임금이 내린 전지傳旨를 읽고 세국을 관아로 불러들였다. 만주로 떠나기 전 반드시 세국을 만나보라는 임금의 별지를 따로 받은 터였다. 정충신은 임금이 일개 향통사인 세국을 특별히 언급하는 이유가 있을 것이라고 생각했다. 후금과의 교섭에 대한 전략을 마련하느라 고심을 거듭하고 있던 정충신은 세국이 당도했다는 소식에 지체 없이 대답했다.
-어서 들이라.
세국은 첨사 정충신과 마주했다. 십여 일 전 요동에서 돌아와 정탐 보고서를 작성하여 올릴 때 잠시 보았을 뿐,

이번이 첫 만남과 다를 바 없었다.

―하 통사라고 했던가? 오랫동안 만주를 오갔다고 들었네.

둘은 같은 나이였으나 만주를 오가며 모진 세월을 살아온 세국이 더 늙어보였다.

―그러하옵니다.

―하 통사에게 물어 볼 게 많네.

―하문하십시오.

정충신은 세국을 하대하지 않고 통사라 불렀다. 통사의 일이 얼마나 중한 것인지 첨사 정충신은 잘 알고 있었다. 변경 지역 수령을 겪어보지 않은 조정의 신료들은 통사의 세치 혀끝에 나라의 운명이 결정될 수도 있음을 알지 못했으나 정충신은 달랐다.

―내가 차관으로 곧 만주로 떠날 것이네. 한데, 비국에서 따로 역관을 내려 보낸다고 하더군. 그게 무슨 뜻인지 알겠는가?

세국이 그것을 모를 리 없었다. 비변사 신료들이 자신을 의심하고 있다는 뜻이었다. 첨사 정충신의 생각도 세국과 다르지 않았으나 다만 본인을 통해 직접 확인하고 싶었던 것이다.

―심하에서 있었던 일로 비국에서 소인을 의심하는 듯하옵니다.

비변사 신료들은 심하전투에서 강홍립이 후금과 내통하였고 당시 그의 격문을 가지고 후금의 진영으로 달려갔던 세국도 한통속이라며 싸잡아 비난을 퍼붓고 있던 참이었다.

―전하께서 별지를 내려 자네와 잘 상의해서 처리하라 하셨네. 도움을 주겠는가?

―어찌 소인이 마다하겠습니까.

정충신이 세국의 얼굴을 살피며 넌지시 물었다.

―저들의 첫 물음이 무엇일 것 같은가?

―국서에 답하지 않고 차관이 나온 까닭을 먼저 물을 것입니다.

―어찌 대답하면 좋겠는가?

―임기응변으로 대처해야 할 것입니다. 조정 신료들의 의견을 그대로 옮기는 건 전쟁을 하자는 것과 다를 바 없으니….

정충신은 고개를 끄덕였다. 척화斥和를 주장하는 비변사 신료들의 의견을 그대로 따랐다가는 무슨 일이 벌어질지 알 수 없었다.

―계속 해보게.

 세국은 오랜 경험을 바탕으로 누르하치와 그 주변의 장수들이 조선의 차관에 대해 어떻게 나올지 충분히 짐작할 수 있었고, 그것을 정충신에게 차분히 전했다.

―조선과 명을 이간질하기 위해 집요하게 맹약을 요구할 것입니다. 그럴 경우를 대비해 미리 답을 준비하셔야 할 것이고 맹약에 대한 답을 줄 수 없을 때는 임기응변으로 말을 지어 대처하는 게 좋을 듯합니다. 또한 향후 명과는 어떻게 지낼 것인지 물어볼 게 틀림없으니 이에 대한 답도 마련해 두어야 할 것으로 여깁니다. 그리고….

 정충신이 말하려 하자 세국이 멈췄다.

―아니네, 계속해보게.

―모장毛將(모문룡)에 대해 반드시 거론할 것입니다.

 마침 자신이 물어보려고 했던 말을 세국이 꺼내자 정충신이 맞장구를 쳤다.

―나도 그렇게 생각하네.

―조선이 모장과 내통하고 있다고 의심하며 트집을 잡을 게 분명하니 잘 대처하셔야 합니다. 비록 모장이 군사를 요구해 오더라도 조선은 보낼 생각이 없다고 명확히 답해야 합니다. 그렇지 않을 경우에는 저들이 말머리를

우리 쪽으로 돌릴지도 모릅니다. 모장의 일에 대해서는 절대로 애매한 답을 하시면 안 될 것입니다.

얼마 전, 아주 희한한 인물 하나가 대륙에서 조선으로 건너왔다. 요동이 함락되자 난민들을 끌고 이곳저곳 떠돌다가 의주로 건너온 모문룡이라는 명의 장수였다. 모문룡은 요동을 되찾겠다고 허세를 부리면서 식량과 물자를 지원해 달라고 요구하는 등 조선의 입장을 난처하게 만들었다. 그뿐만이 아니라, 모문룡은 밀무역으로 큰 이득을 취하면서 스스로 군병을 키워 어느 순간 조선 땅에 자신만의 왕국을 만들어 황제에 버금가는 권력을 누리기 시작했다. 모문룡이 무슨 짓을 하고 돌아다니는지 알 길이 없는 명 조정은 오히려 그에게 큰 희망을 거는 듯했다. 후금의 간자들은 모문룡이 협잡꾼 같기는 하지만 안심할 수 없는 인물이라고 첩보를 띄웠고, 조선은 그가 장차 큰 화근이 될 만한 자라고 여겨 예의주시했다.

세국과 정충신의 대화는 길게 이어졌다. 세국은 현재의 정세뿐만 아니라 누르하치와 직접 대면했을 때 어떻게 대화를 풀어나가야 하는지에 대해서도 경험을 바탕으로 소상하게 조언했고, 정충신은 연신 고개를 끄덕이며 세국의 말에 집중했다.

-저들 역시 이번 통역을 소인에게 맡기지 않을 것이 분명하니, 강을 건너시기 전에 먼저 한양에서 내려오는 역관에게 통역할 말의 요지를 미리 알려주면 막힘없이 통역하는 데 도움이 될 것입니다.

　-음…, 내가 또 알아둬야 할 것이 있는가? 이참에 모두 말해 주게.

　-역관이 현장에서 통역할 때 가능하면 말씀을 짧게 끊어서 하시면 좋을 듯 합니다. 역관이 통역하는 동안 첨사께서는 상대의 표정을 잘 살피면서 다음 말을 준비하시면 될 것입니다. 그리고 저들 중에도 조선말을 아는 통사가 있다는 사실을 잊으시면 안 됩니다. 저들은 사방에 귀를 열어 두고 있는 자들이니 머무시는 동안에는 항시 말조심을 해야 합니다.

　세국은 여진족의 풍습과 예법에 대해서까지 자세히 언급하면서 특히, 학문적 지식이 없는 그들에게 고사를 인용하거나 은유적으로 말하는 것을 삼가도록 당부했다.

　세국의 말을 진중하게 듣고 있던 정충신은 속으로 다소 놀라는 눈치였다. 정충신은 세국이 노련한 통사일 뿐만 아니라 나아가 교섭이 무엇인지에 대해서도 잘 알고 있는 자라고 생각했다. 오랜 경험에서 우러나오는 세국의 세심한 조언들을 정충신은 깊이 새겨들었다.

―하 통사는 앞으로 명이 어찌 될 것으로 보는가?

정충신이 말미에 넌지시 물었다. 하지만 세국은 자신의 생각을 거리낌 없이 말하는 것은 통사의 일을 넘어서는 것이라고 여겨서인지 대답을 꺼렸다.

―통사란 그저 소통을 도울 따름인지라….

―괜찮네. 어서 말해보게.

궁금한 눈으로 자신을 바라보고 있는 첨사의 얼굴을 세국은 외면할 수 없었다.

―그리 오래 버티지는 못할 것으로 판단됩니다. 하여, 이제 조선은 명이 없는 세상을 대비해야 하고 그 과정에서 전란을 겪지 않을 방책을 마련해야 하는데, 그 첫 걸음이 바로 사신과 국서의 왕래를 끊지 않는 것이라 생각합니다.

―….

정충신이 말없이 입을 꾹 다물자 세국은 자신의 말이 너무 과했다는 생각이 들었는지 한 발 물러서는 기색을 보였다.

―그저 소인의 생각일 뿐이오니….

―아니네, 잘 들었네.

가만히 듣고 보니 임금의 생각과 하 통사의 생각이 다르지 않음을 정충신은 깨달았다. 왜란을 경험한 임금이 변경의 수령들이 올려 보내는 장계에만 의존해 정세를 판단하고 있었을 리는 없을 터였다. 임금은 하 통사가 전해 주는 만주의 소식을 통해 정세를 판단하고 있었음이 확실했다. 세국을 바라보는 정충신의 눈빛은 새삼스러운 데가 있었다.

 만포진 관아는 차관으로 떠나는 첨사의 행장을 꾸리느라 부산스러웠다. 아전들은 새벽부터 바쁘게 움직이며 홍타이지에게 뇌물로 줄 토산품을 각별히 챙겼다. 비변사에서 내려보낸 역관 박경룡이 이틀 전에 당도해 정충신과 대화를 나누었다. 정충신은 이번 방문에서 자신이 어떤 말을 할 것인지 대충 알려 주었고 역관 박경룡은 그 말을 어떤 느낌으로 통역할 것인지 미리 생각해 보았다.

 품계가 있는 박경룡 역시 지방의 통사인 세국을 함부로 대하지 못했다. 이미 사역원 여진어 역관들 사이에서 세국의 이름을 모르는 이는 없었다. 오랜 경륜과 탁월한 능력을 지닌 상대 앞에서는 품계가 있는 역관일지라도 어찌할 수 없는 일이었다.

역학원에서 하룻밤을 묵은 박경룡이 방응두를 사이에 두고 세국과 마주보고 앉아 있었다.

-하 통사, 잘 부탁하오.

박경룡은 처음으로 압록강을 건너는 것이어서 조금 긴장하고 있었다. 어렸을 때부터 사역원에서 여진어를 배웠으나 박경룡은 실제로 여진족을 만나 본 적이 없었다. 비변사는 박경룡을 보내면서 후금의 내부 상황을 탐지해 오라고 명했을 터였다. 세국을 통해 전해 듣는 후금의 상황을 비변사는 의심하고 있음이 틀림없었다.

세국은 안팎으로부터 의심을 받는 처지였다. 후금 역시 다르지 않았다. 25년 넘게 자신들과 접촉을 해온 세국을 후금 또한 의심하고 있었다. 후금은 세국을 자신들의 내부 상황을 탐지해 조선에 알리는 간자로 의심하고 있었을 뿐만 아니라, 그 긴 세월에도 불구하고 조선과 후금의 사이가 계속 겉돌기만 하는 것은 세국이 통사로서의 역할을 제대로 못했기 때문이라며 이제는 그 책임을 전가하려는 기미마저 보였다. 게다가 이제 요동을 차지하면서 자신감이 넘치게 된 누르하치는 세국처럼 뛰어난 통사보다 그저 자신들의 명을 그대로 전해 줄 유순한 통사가 더 유용하다고 생각했다. 언제부턴가 자신들에 대해 속속들이 아는 세국이 부담스러워졌던 것이다.

역학원을 나설 무렵, 정탐단원들이 세국을 찾아왔다. 장사를 떠났다가 막 돌아온 서지온이 뒤늦게 소식을 듣고 달려왔다.

−통사 어른, 명일 떠나신다면서요?

세국이 대답 없이 고개만 끄덕이자 한문호가 나서며 물었다.

−한양에서 역관이 따로 내려왔다고 들었습니다만….

−다들 초행이니 내가 길을 잡아야 하지 않겠나?

세국의 말에 모두들 침묵했다. 누구하나 세국을 대신할 만한 자가 없는 것이 현실이었다. 무엇보다 오랑캐들이 날로 사나워지고 있는 마당에 그들의 땅으로 들어가는 건 목숨을 거는 일이나 다름없었다.

−놈들이 옛날 같지 않으니, 부디 조심하세요.

가끔 번호들과도 거래를 하는 서지온 또한 그들의 행동이 최근 들어 사뭇 달라졌음을 느끼고 있었다. 언제 어떻게 돌변할지 모르는 오랑캐의 소굴로 세국을 홀로 떠나보내는 것이 다들 마음에 걸려서인지 표정들이 밝지 않았다. 결국 마음이 놓이지 않았는지 한문호가 슬쩍 물었다.

−통사 어른, 저희들도 따라갈까요?

세국은 고개를 좌우로 흔들었다. 이번 방문은 은밀한 정탐을 위한 것이 아니라 차관을 보내는 공식적인 일이어서 단원들을 데려갈 수 없었다. 세국이 복임에게 눈길을 옮겼다. 자신이 집을 비우는 동안 아내 달래에게 말벗이라도 되어주길 바라는 뜻인 듯했다. 상대의 시선이 무슨 뜻인지 알아차린 복임이 가볍게 고개를 끄덕였다. 복임 곁에 서 있던 동수는 세국과 눈이 마주쳤지만 별다른 말없이 시무룩한 표정만 짓고 있었다.

 저녁 어스름이 내릴 무렵, 한 사내가 남의 눈을 피해 만포 관아로 들어왔다. 회령에서 온 그 사내는 자신을 조흘이라고 했다. 그의 생김새로 보아서는 몸에 여진족의 피가 흐르고 있음이 뚜렷했다. 찢어진 눈매는 뭉툭한 코와 대조를 이루어 매서웠고 비쩍 마른 몸은 그가 날쌘 자임을 나타내는 듯했다. 짐을 꾸리던 아전은 조흘이 이번 후금 방문에 동행할 것이라고 말했는데, 비변사 낭청이 회령으로 내려간 일과 연관이 있는 듯했다.

 만포 강변에 아침 물안개가 짙어 강 너머가 보이지 않았다. 북도의 여름은 짧았고 겨울은 서둘러 찾아왔다. 아침저녁으로 싸늘한 기운이 몰려와 북도의 사람들은 벌써 겨울을 걱정했다. 날이 밝자 짐꾼들을 재촉하는 아전의 목소리가 관아 담을 넘었다. 후금의 장수들에게 줄 토산품들이 차례로 말 등에 실렸다. 첨사 정충신은 면포와 베, 모시, 종이, 소금 등이 들어 있는 함들이 말 등에 실리는 것을 지켜보며 저것들을 뇌물로 주어 적의 침략을 막을 수만 있다면 얼마나 좋을까, 하고 생각했다. 곧이어 아전이 떠날 준비를 마쳤다고 첨사에게 보고했다. 등에 봇짐을 멘 짐꾼들이 말고삐를 하나씩 잡았다. 짐꾼들 사이에는 회령에서 온 조흘이 끼어 있었는데, 그는 보자기로 싼 기다란 막대기 같은 물건을 조심스럽게 챙겼다. 첨사 정충신은 떠나기 전 소홀함이 없는지 다시 한 번 일일이 점검했다.

세국은 고봉밥을 반만 먹고 남겼다. 달래가 조기 한 마리를 상에 올렸으나 세국은 꼬리 부분만 조금 뜯어 먹었다. 부엌 서까래에 매달아 놓았던 조기는 아내의 생일을 위해 세국이 담비 가죽과 바꾼 것이었다. 올 초 남쪽을 오가는 장사꾼에게 귀한 담비 가죽을 주고 생필품과 조기 한 마리를 받으면서, 다음에 올 때는 오동나무로 만든 장롱 하나를 더 받기로 약속했었다. 세국은 시집을 갈 나이가 된 딸을 위해 장롱을 미리 마련해 두고 싶었다.

상을 물린 뒤 세국이 봇짐을 꾸리고 있을 때 딸 정이가 이번에는 언제 돌아오느냐고 물었다. 시집을 갈 때가 되어서인지 딸은 사십 중반에 접어든 아비의 고단한 몸이 눈에 들어오는 모양이었다. 늘 그랬듯이 세국은 명확한 대답을 주지 못했고 돌아오는 날이 그날이라고도 대답하지 않았다. 세국은 대답을 하지 않음으로써 기다림에 대한 미련은 덜할 것이라고 여겼다.

–다녀오셔요.

달래는 시선을 마주치지도 않고 짧은 한마디와 함께 망태기와 호미를 챙겨 들고 텃밭으로 나갔다. 세국 또한 봇짐을 등에 메면서 아무런 대답도 하지 않았다. 미안함을 전할 길은 오직 침묵뿐이었다. 텃밭으로 나온 달래는 망태기와 호미를 버려두고 근처 언덕으로 올라갔다. 마을 초입을 벗어나 멀어져가는 세국의 뒷모습을 바라보며 달래는 손등으로 눈가를 훔쳤다. 또다시 떠나고 보내는 각자의 삶으로 돌아가고 있었다.

노정

도강은 힘들고 더뎠다. 사람이 먼저 강을 건너가 말들

을 기다렸다. 물을 무서워하는 말들이 나룻배에 타지 않으려고 버티는 바람에 짐꾼들이 고삐를 당겨 억지로 끌어다가 나룻배에 태웠다. 나룻배는 한 번에 말 한 필만 태우고 간신히 강을 건넜다. 고삐를 잡은 짐꾼은 말이 힝힝하고 콧바람을 내쉴 때마다 나룻배가 출렁거려서 애를 먹었다. 다행히도 강물은 순하게 흘렀다. 나룻배는 마지막 말을 내려다주고 강 건너편으로 되돌아갔다. 첨사가 타고 갈 말과 짐을 실은 말 다섯 필이 강을 건너는 데 반나절이나 걸렸다. 숲속에서 도강하는 모습을 몰래 지켜보는 눈들이 있었으나 세국은 일행에게 모른 척 하라고 일렀다. 변경에서 활동하는 후금의 척후들이었다.

의주로 나왔던 후금의 차관 소롱이가 세국 일행과 함께 들어가기 위해 기다리고 있었다. 어제 만포에 도착해 관원들의 도움을 받아 먼저 강을 건넜던 소롱이가 말을 타고 언덕 아래로 내려왔다.

−하 통사!

소롱이가 세국을 향해 외쳤다. 맨 앞에서 길잡이가 되어 일행을 이끌고 있던 세국이 고개를 돌렸다. 소롱이는 순식간에 근처까지 다가왔다. 차관의 신분이지만 소롱이는 벌판에서 나고 자라온 전사였다. 세국과 소롱이는 얼추 나이가 비슷했고 소롱이는 자신의 정확한 나이를 알지 못했다. 처음 만나던 순간부터 둘은 서로의 운명이 닮았다고 느꼈다. 오랫동안 후금의 차관으로 조선을 오가던 소롱이와 세국은 15년 동안 그렇게 알고 지내온 사이였다.

정충신은 소롱이와 간단한 대화를 나눈 뒤 그를 따라 서쪽으로 곧장 나아갔다. 누르하치가 거처를 옮기는 바람에 일행은 북쪽이 아닌 서쪽으로 가게 되었다. 올 봄에 요동을 점령한 누르하치가 요양으로 거처를 옮긴 것이다.

긴장을 한 아전과 짐꾼들은 주위를 두리번거리며 걸었다. 얼마 지나자 저 앞쪽에 번호들이 사는 마을이 보이기 시작했다. 강변에서 가장 가까운 첫 번째 마을이었다. 마을 가까이 다가가자 주민들이 하나 둘 모여들더니 어느 틈에 말을 탄 대여섯 명의 군사들이 나타났다. 세국 일행이 강을 건널 때 멀리서 지켜보던 후금의 척후병들이었다. 바짝 긴장한 짐꾼들이 걸음을 멈추자, 세국이 군사들 앞으로 다가갔다.

ㅡ하 통사 아닌가! 반갑다.

말 위에서 세국을 알아본 자가 여진어로 외쳤다. 번호 출신 아올란이 누런 이빨을 드러내며 내려다보았다. 그는 압록강을 자주 건너오는 세국과 이미 잘 알고 있던 사이였다. 세국은 능숙한 여진어로 대답했다.

-아올란! 오랜만이다.

-이번에는 누구를 만나러 가는가?

-차관을 모시고 칸汗(누르하치)을 만나러 간다.

그때 소롱이가 끼어들었다.

-난 칸을 모시고 있는 소롱이다.

말 위에 앉아 있던 아올란이 급히 뛰어내리더니 무릎을 꿇었다.

-요양까지 호위하겠소.

아올란은 두 명의 군사를 붙여주었고 그들은 맨 앞으로 다가와 길을 잡았다. 일행이 마을을 지날 때 언덕 위에서 귀에 익숙한 새소리가 들렸다. 세국이 슬며시 고개를 돌리자 나돌을시가 언덕 위에서 세국을 내려다 보고 있었다.

나돌을시는 조선말을 조금 할 줄 아는 번호였다. 나이는 스물일곱이었지만 얼굴이 검어 실제 나이를 가늠하기 어려웠다. 키는 작았으나 동작이 날쌔고 말 타는 솜씨가 훌륭해서 세국이 연락책으로 부렸는데, 평소에는 매 사냥을 하거나 담비를 잡아서 생계를 이었고 세국이 필요로 할 때면 강을 건너왔다. 나돌을시와의 연락 수단은 만포 진영의 망루에 세워져 있는 깃발이었다. 오전에 깃대 중간에 매달아 놓았던 깃발을 오후에 꼭대기로 올려놓으면 그날 밤에 나돌을시가 자피선을 타고 강을 건너왔다가 되돌아갔다.

 요동과 조선의 변경지역에는 많은 간자들이 활동하고 있었다. 조선과 명, 후금은 서로 간자를 이용해 상대방의 정보를 수집하고 때로는 거짓 정보를 흘려서 이간했다. 특히 요동은 조선과 후금의 간자들뿐만 아니라 심지어 일본 막부에서 보낸 간자들까지 활동하는 곳이었다. 그만큼 만주의 정세는 급박하게 돌아갔고 간자들 또한 기민하게 움직였다. 입수한 정보를 활용하는 방법은 각국이 모두 달랐다. 조선은 정세를 파악하고 대처하는 데 골몰했고, 후금은 헛소문을 퍼뜨려 조선과 명을 이간질했으며, 명은 조선과 후금이 화친을 맺는지 감시하고 방해했다.
 조선의 변경지역 중에 간자들이 가장 많이 활동하는 곳은 의주와 만포였다. 특히 만포는 여진족 간자들이 우글거리는 곳이었다. 그들은 주로 조선으로 귀순해 온 자들이었는데, 소문이나 첩보를 입수해 강 건너 번호들에게 전해 주는 역할을 했다. 이번에 정충신이 차관으로 가는 사실도 이미 명과 후금의 장수들에게 전해졌을 터였다.

만포에서도 명과 후금의 동향을 정탐하기 위해 간자들을 만주로 보냈다. 세국이 주축이 된 정탐단원들과 향통사들이 상인으로 위장해 요동과 후금에서 정보를 수집해 왔다. 게다가 세국은 만포에서 활동하는 간자들을 색출해내기 위해 은밀히 움직였고 때로는 역정보를 흘려 그들을 반간反間으로 이용하기도 했다. 세국이 반간으로 이용하고 있는 자 중에는 만포 강변에 살고 있는 우시하라는 자도 있었다. 우시하는 자신의 정체가 탄로 난 줄 까맣게 모르고 있었을 뿐만 아니라, 이용당하고 있다는 사실조차 몰랐다.

여진족이 귀순을 해오면 만포진 관아에서 심문을 하게 되어 있었다. 심문에는 향통사들이 군관의 말을 중간에서 통역했다. 7년 전, 가족을 데리고 귀순해 온 여진족 우시하의 심문은 세국이 담당했다. 우시하를 심문한 세국은 그가 귀순자로 위장한 간자일 가능성이 높다고 판단했는데, 결국 얼마 지나지 않아 그 의심은 사실로 증명되었다.

우시하는 아내와 어린 아들을 데리고 강폭이 좁은 곳에

서 뗏목을 타고 건너와 귀순했다. 심문을 할 당시 우시하는 두만강 북쪽 번호 마을에 살다가 건주여진이 쳐들어와 집을 잃고 떠돌다가 강을 건너왔다고 대답했다.

－어디에서 살았는가?

－동건童巾(종성鍾城) 북쪽 땅에서 살았다.

－그쪽이면 회령이 가까운데 왜 만포까지 내려와 강을 건넜는가?

－동건을 떠나 이리저리 떠돌다가 이곳으로 오게 되었다.

－동건 북쪽 어디에 살았는가?

－강가에 살았다.

세국은 귀순한 여진족을 심문할 때 일부러 여진말이 서툰 척했다. 우시하는 세국의 서툰 말에 그만 방심하고 말았다. 우시하는 고향이 동건 북쪽이라고 했으나 그의 말투는 건주 쪽에 가까웠다. 우시하의 아내는 동건 출신이 확실한 듯했고, 심문할 때의 표정으로 보아 남편이 간자의 임무를 띠고 귀순한 사실은 모르는 것 같았다.

귀순한 우시하는 강변 근처에 허름한 움막집을 짓고 정착한 뒤, 한동안은 의심스러운 행동을 하지 않았다. 그러나 한 해 정도 지나자 우시하의 행동에 미묘한 변화가 생겼다. 만포진 군사들이 은밀히 지켜본 결과, 우시하는 강가에서 낚시를 하며 생계를 꾸려가는 어떤 노인과 자주 접촉하고 있는 것으로 드러났다. 노인은 강에서 잡은 물고기를 저잣거리에 내다 팔았는데, 가끔 우시하가 그것을 곡식과 바꾸어서 집으로 돌아가곤 했다. 하루는 우시하가 인적이 드문 곳에 이르자 물고기 주둥이에 손을 집어넣고 무언가를 꺼내는 모습이 포착되었다. 뒤따라가며 몰래 지켜보던 군사들은 그것이 밀지라는 사실을 알아채고 즉시 윗선에 보고했다. 만포진 관아에서는 우시하를 즉각 체포하려 했으나 세국의 뜻에 따라 그를 반간으로 이용하기로 했고, 그 후 세국은 변경지역의 방어태세와 군병의 인원수를 부풀리는 등, 거짓 정보를 우시하 주변에 흘려 그를 역이용해왔다.

세국 일행은 다행히 노숙은 면했다. 아올란이 붙여준 두 명의 호위 군사 덕분이었다. 날이 저물면 호위 군사들이 민가의 집주인을 위협해서라도 하룻밤의 잠자리를 만들어 냈다. 노정에 지친 짐꾼들은 자리에 눕자마자 코를 골며 깊은 잠에 빠졌다. 수행 아전은 첨사의 눈치를 보느라 피곤해도 곧바로 잠자리에 들지 못하고 짐꾼들을 관리했다. 짐꾼들은 한 명씩 교대로 보초를 서며 말과 짐을 지켰는데 도중에 퍼질러 앉아 잠이 드는 짐꾼들도 있었다.

그럴 때마다 수행 아전은 펄쩍 뛰며 돌아가서 곤장을 칠 것이라고 엄포를 놓았다.

세국은 말을 탄 호위 군사 뒤에 바짝 붙어서 걸었다. 가끔씩 호위 군사들이 내려다보며 이것저것 물어오기도 했다. 자신들과 생김새가 너무 닮은 세국에게 정말로 조선인이 맞느냐고 묻기도 했고 그의 능숙한 여진어에 더욱 친밀감을 보였다. 마을을 지날 때마다 주민들은 낯선 행렬보다 말 등에 실린 함에 시선을 두었고 군사들이 없으면 당장이라도 달려들어 빼앗을 태세였다. 처음에는 호위 군사들도 함에 들어 있는 물건에 은근한 눈빛을 보였으나 눈치를 챈 세국이 장수들에게 줄 물건이라고 하자 그때부터 욕심을 거두었다.

첨사 정충신은 말을 타고 가는 내내 깊은 생각에 잠겨 주위 산천이 눈에 들어오지 않았다. 이번 임무가 매우 중하다는 것을 잘 알기에 그의 머릿속에는 다른 생각이 끼어들 틈이 없었다. 만포를 떠날 때부터 역관 박경룡은 첨사 곁을 떠나지 않았다. 박경룡은 첨사의 말 뒤에서 걷다가 말꼬리에 서너 번 얻어맞았고 첨사가 부르면 옆으로 달려가서 대화를 나누었다. 역관 박경룡은 소롱이와 데면데면했으나 소롱이 쪽에서 가끔 말을 걸어왔다. 세국에게서 얻은 수 없는 정보를 얻기 위해서인지 소롱이는 박경룡에게 관심을 보였다. 하지만 박경룡도 그만한 눈치는 있는 사람이어서 필요한 말 이외는 하지 않았다. 처음에 박경룡은 자신이 교재로만 배우고 익힌 여진어가 실제로 소통이 된다는 사실에 신기해 하는 눈치를 보였다.

세국은 회령에서 왔다는 조흘이라는 젊은 사내를 눈여겨보았다. 세국은 짐꾼 행세를 하며 따라가는 조흘의 정체가 궁금했다. 말고삐를 잡고 있음에도 조흘은 짐꾼으로 보이지 않았다. 조흘은 서툴게나마 여진어로 말할 줄 알았는데 오도리(회령 부근의 여진족) 여진의 말투가 묻어났다. 조흘의 어미는 귀순한 여진족이고 조흘은 어릴 때부터 변경지역에서 살았기에 여진족의 말을 조금 할 줄 안다고 수행 아전은 말했다.

조흘은 압록강을 건너기 전에 보자기에 싼 기다란 물건을 종이가 들어 있는 함 속에 넣은 뒤 신주단지 모시듯 챙겼고, 잠을 잘 때도 곁에 가져다놓고 잠들었다. 어쨌거나 수행 아전도 조흘이 이번 동행에 끼어든 소상한 내막에 대해서는 알지 못했고, 다만 비변사 낭청의 명으로 데려가는 것이라고 했다.

–오랑캐 땅으로 들어가는데 두렵지 않은가?

세국이 넌지시 묻자 조흘은 오히려 반문했다.

−통사 어른은 어찌 이 두려운 길을 여태껏 마다하지 않았소?

세국은 아무런 대답 없이 먼 들판을 응시하며 여태껏 자신이 두려움을 견디며 살아온 이유를 잠시 되돌아보았다. 처음엔 겉보리 몇 되라도 얻기 위해 두려움을 견뎠으나 시간이 지날수록 지켜야 할 것들이 보이기 시작했고, 그것을 지켜내기 위해 끝없는 두려움을 견뎌온 것이 아닌가 여겨졌다. 세국은 통사의 일을 하며 두려움 없는 삶을 상상해본 적이 없었다. 한겨울 거친 눈보라가 휘몰아쳐 한 치 앞이 보이지 않아도 어두운 벌판을 오고 갔다. 옷이 얇아 찬바람이 뼛속 깊이 스며들고 손발이 부르터 진물이 흘러도 앞으로 나아갔다. 온통 두려움으로 휩싸인 벌판에서 세국은 철저히 혼자였다. 그럴 때마다 언제까지 이 두려움을 안고 살아가야 할지 스스로도 알 수 없었다. 다만, 두려움의 끝에 다다르면 두려움이 없는 평온한 세상이 기다리고 있을 것이라고 스스로에게 말하며 세국은 모진 세월을 버텨왔다.

교섭

 저 멀리 벌판 끝에서 작은 흙먼지가 아지랑이처럼 부풀어 오르며 다가왔다. 만포를 떠난 지 십여 일째였다. 후금의 기병들이 흙먼지를 일으키며 세국 일행을 향해 달려오고 있었다. 말고삐를 잡고 걷던 짐꾼들이 놀라서 멈칫거렸다. 앞에서 걷던 세국이 걸음을 멈추고 몸을 뒤로 돌렸다. 그때 말 등에서 손차양을 하고 앞쪽을 응시하던 정충신이 물었다.

―기병들이 아닌가?

―마중을 나오고 있는 듯합니다.

 세국은 대답을 한 뒤 짐꾼들을 향해 외쳤다.

―놀란 표정들을 짓지 말게!

 그리고 정충신에게 다가가 말했다.

―저들이 위압적인 태도를 보일 것입니다.

 정충신은 세국의 말뜻을 금방 알아차렸다. 처음부터 상대의 기를 꺾어 이번 교섭에서 자신들이 얻고자 하는 대답을 얻으려는 행위일 것이었다.

 소롱이가 세국에게 여진어로 말했다.

―마중을 나오는 것이다. 놀라지 마라.

세국은 느긋하게 말을 받았다.

―우리 차관을 마중 나오고 있으니, 기쁘다.

둘은 한마디씩만 주고받았을 뿐이었다. 오랫동안 서로에 대해서는 물론 상대국에 대해서도 너무나 잘 알고 있었기에 둘 사이에는 긴 말이 필요치 않았다. 흙먼지 사이로 흰 깃발이 희미하게 드러났다. 양백기鑲白旗를 펄럭이며 홍타이지의 기병들이 다가왔다. 바람이 앞에서 불어와 흙먼지가 세국 일행을 뒤덮었다.

―놀라지 말고 침착하라!

정충신이 뒤돌아보며 일행을 향해 외치자, 세국이 말 위를 올려다보며 말했다.

―홍타이지의 군사들입니다.

하필이면 조선에 강경한 태도를 보이고 있는 홍타이지의 군사들이었다. 어느새 기병들은 두 갈래로 흩어져 세국 일행을 에워쌌다. 흙먼지가 걷히자 기병들의 모습이 뚜렷이 드러났고 그들은 하나같이 정예로워 보였다. 얼굴에 긴 칼자국이 있는 자가 무리 중에서 나왔다. 홍타이지의 직속 장수 동구어부였다.

―조선에서 차관을 보냈습니다.

소롱이가 일행 속에서 나서며 말하자, 그를 발견한 동

구어부는 뜻밖이라는 표정을 보였다.

　-어찌 이제 오는가? 떠난 지 오래 되었다고 들었다.

　-조선의 차관을 데리고 오느라 늦었습니다.

　소롱이는 변명하듯 둘러댔다. 칸이 보낸 국서를 조선이 거부해 답을 기다리느라 늦었다고 말하기보다, 조선이 대신 차관을 보낸 것이라고 그는 말했다. 소롱이와 세국의 역할은 서로 본국의 뜻을 상대국에 전하고 화친을 맺도록 돕는 데 있었으므로, 소롱이는 평소에도 조선이 후금에 강경한 태도를 유지하고 있다는 말은 가급적 피했다.

　세국 일행은 기병들에게 둘러싸인 채 앞으로 나아갔다. 얼마 후, 앞서가는 기병들의 투구 사이로 요동성이 얼핏얼핏 시야에 들어왔다. 곧이어 높은 성벽 뒤로 불에 타다 남은 시커먼 관아 건물이 보이기 시작했다. 올 봄에 주인이 바뀐 요동성은 오히려 더욱 활기찬 모습이었다. 중국인 포로들이 관아를 보수하느라 분주했고 그 주변으로 감시하는 기병들이 신출귀몰했다. 불에 탄 관아를 보수하는 모습을 보고 정충신이 물었다.

　-다시 고치는 이유가 뭔가?

　-노추가 거처로 쓰려는 것입니다.

　세국의 대답을 들은 정충신은 장차 대륙의 운명이 관

아 건물처럼 될지도 모른다고 생각했다. 온 대륙을 다 불태운 뒤 자신의 왕국을 새로 건설하려는 누르하치의 욕망과 한 왕조의 끝을 보는 듯했다. 대륙의 흥망성쇠가 만물의 순리라면 조선은 어떻게 대처해야만 할까? 대륙의 주인인 명이 없는 세상을 상상해 본 적이 없는 정충신은 어떤 판단도 할 수 없었다.

세국 일행은 전에 요동의 관리들이 쓰던 성 밖 관사에서 첫날밤을 묵었다. 마침 누르하치는 휘하 장수와 일부 군사들만 이끌고 온천으로 휴양을 떠나고 없었다. 조선의 차관이 왔다는 소식을 전해들은 누르하치는 장수 언가리를 대신 보냈다. 언가리는 조선에서 차관이 나온 이유를 파악해 보라는 누르하치의 명을 받들고 요양으로 달려왔다.

세국 일행이 묵고 있는 관사로 소롱이가 관원 한 명과 함께 찾아왔다. 마당에 있던 수행 아전은 얼른 건넛방으로 들어가 세국을 찾았다. 방에서 나오는 세국에게 소롱이가 다가와 말했다.

-우리 장수가 차관을 찾고 있다.

-전하겠다. 잠시 기다려라.

차관을 찾고 있다는 말을 전해들은 아전은 첨사 정충신이 묵고 있는 방으로 뛰어갔다. 소롱이가 바짝 다가와 말했다.

-역관이 따로 왔으니, 하 통사는 갈 필요 없다.

-알았다.

세국은 어차피 예상하고 있었던 일이기에 굳이 이유를 묻지 않았다. 저들은 처음으로 만주에 온 역관 박경룡을 통해 더 많은 정보를 얻고자 할 것이었다. 이미 박경룡에게 해야 할 말과 하지 말아야 할 말에 대해 알려 주었고, 저들 중에도 조선말을 아는 자가 있으니 통역에 오해가 있어서는 안 된다는 사실도 알려준 터였으므로, 별로 문제될 것이 없었다.

소롱이는 정충신과 박경룡을 데리고 언가리가 있는 관아로 향했다. 관사에는 수행 아전과 짐꾼들이 남아서 짐을 지키고 말을 돌봤다. 조흘은 군졸들과 가능한 한 눈을 마주치지 않으려고 애쓰며 짐꾼들 틈에 섞여 있었다. 관사를 지키는 군졸들은 순박한 얼굴들 사이에서 예사롭지 않은 눈매를 가진 조흘을 눈여겨봤다.

첨사 정충신이 도착한 곳은 관사에서 서쪽으로 멀지 않았다. 전에 요동도사가 접객을 하던 건물로 다행히 불에 타지 않고 멀쩡했다. 입구 앞쪽에는 무장을 한 수백 명의 군사들이 용맹을 자랑하듯 대로 좌우로 길게 도열해 있었다. 소롱이는 정충신을 데리고 군사들 사이로 지나갔다. 자신들의 용맹함을 과시하려는 의도도 있었으나 조선의 차관에게 겁을 주려는 의도가 더욱 강했다. 이미 저들의 의도를 파악한 정충신은 담담한 표정으로 군사들 사이를 걸었다. 옆에서 따라 걷던 후금의 관원은 정충신의 얼굴을 슬쩍 훔쳐보았고 그의 당당한 표정에 곧 실망했다. 자신들의 의도대로 되지 않는 조선의 차관을 보며 대체 조선은 어떤 나라일까, 하고 관원은 생각했다.

정충신은 소롱이를 따라 화려한 장식으로 꾸며진 방으로 들어갔다. 후금의 장수들은 붙잡아온 중국 여인들을 옆에 끼고 잡담을 나누고 있었다. 소롱이가 다가오는 것을 보고 한 장수가 팔을 치켜들자, 방 안은 순식간에 조용해졌다. 장수들은 소롱이 뒤에 서 있는 정충신과 역관 박경룡을 일제히 바라봤다. 눈치를 살피던 여인들이 조용히 일어나 물러갔다. 소롱이가 조금 전 팔을 치켜들었던 장수 앞으로 정충신을 안내했다. 누르하치의 신임을 받고 있는 장수 언가리였다. 얼굴이 길쭉한 그의 눈매에는 간교함이 묻어났다. 소롱이는 뒤로 물러나며 역관 박경룡을 앞으로 붙였다.

―먼 곳까지 오느라 고생 많았다. 칸께서 환대하라 하셨다.

언가리의 말을 박경룡이 통역했다. 정충신은 낯빛을 고르게 하며 감정을 드러내지 않았다.

―환대해 주어서 고맙다.

―방문한 목적이 무엇인가?

―우리는 두 나라가 사이좋게 지내기를 원한다. 그것을 전하기 위해서다.

―화친을 원한다면서 우리가 보낸 조서에 어찌 답을 하지 않는 것인가?

언가리는 국서를 '조서'라고 부르며 은근히 상대의 반응을 떠보았다. 그런 의도를 모를 리 없는 정충신은 차분히 대답했다.

―우리는 명과의 의리를 함부로 저버릴 수 없다.

언가리가 목청을 조금 높였다.

―명은 떠받들면서 우리는 멸시한다는 뜻인가? 장차 명이 망하면 그때서야 우리를 인정하려 하는가?

―그런 뜻이 아니다. 다만 국경을 맞대고 있으니 서로 침략하지 말고 이웃 간에 신의를 지키며 지내자는

것이다.

―화목한 이웃으로 지내자는 말은 오래전부터 있어왔다. 말만 무성하고 실천은 없으니 너희 나라 말은 항시 그러한가? 그럼, 오늘에야 그 뜻을 확실히 알았으니 서로 맹약을 맺는 건 어떠하겠는가?

역관 박경룡이 전하는 말을 듣고 정충신은 세국이 했던 말을 떠올렸다. 답하기 곤란할 때는 즉답을 피해야 한다는 세국의 충고에 따라 정충신은 답을 미루었다.

―그것은 내가 결정할 수 있는 일이 아니다. 조정의 명이 있어야 한다. 서로 신의를 지킨다면 굳이 맹약이 필요하겠는가?

정충신은 역관 박경룡이 통역하는 사이에 상대방의 표정을 관찰하면서 다음 말을 생각했다. 후금의 장수들은 상대가 미꾸라지처럼 요리조리 빠져나가는 걸 눈치 채고 따지고 들었다. 가끔 명과 후금 중 어느 쪽을 선택할 것인지 노골적으로 물어오기도 했다. 정충신은 명을 끌어들여 핑계를 대면서도 후금과는 잘 지내기를 바란다는 말만 되풀이했다. 그런대로 첫 대면은 순탄했으나, 결국 말로써 상대의 말을 막았을 뿐 진전된 것은 아무것도 없었다.

정충신은 환대를 받고 관사로 돌아왔다. 후금의 장수들

이 억지로 권한 술을 서너 잔 받아 마신 정충신은 취기가 조금 올라 있었다. 방으로 들어간 정충신은 긴장한 마음이 풀렸는지 곧바로 잠에 빠졌다. 역관 박경룡은 세국의 방을 찾아가 오늘 자신이 통역한 말 중에 몇 가지 단어를 물어보았다. 혹시나 자신이 잘못 통역한 건 아닌지 확인하기 위해서였는데 다행히도 단어의 쓰임새가 조금 다르긴 했지만 전체적인 의미 전달에는 오류가 없는 듯하여, 박경룡은 마음이 놓였다.

성화

임금 광해는 궁궐 영건에 쓰일 목재를 지난해 미리 마련해 놓지 않았다고 도감都監의 관리들을 질책했다. 임금은 번듯한 궁궐이 있어야 성상의 권위가 서고 신료들이 함부로 대하지 못할 것이라고 여기는 듯했다.

심하에서 패전한 후로 임금은 신료들의 말을 더욱 믿지 않았다. 임금인 자신의 말을 듣지 않고 끝까지 파병을 주장한 신료들에 대한 분노의 표시였다. 그때의 신료들을 다 갈아치웠음에도 임금은 여간해서 분노가 수그러들지 않았다. 그렇다 보니, 궁궐 영건을 중지해야 한다는 상소가 올라와도 아예 무시하기 일쑤였고 옥음에는 항시 노기가 서려 있었다.

―그대들은 대궐 같은 집에 살면서 임금은 작은 궁궐 한 채도 짓지 못한단 말이오?

이런 옥음이 내릴 때마다 신료들은 임금의 역린逆鱗을 건드린 것은 아닌가 싶어 서둘러 변명만 늘어놓을 뿐이었다.

―저, 전하. 그런 뜻이 아니오라, 궁궐 공사를 잠시만 미루자는 뜻이었사옵니다.

임금 광해의 궁궐 영건에 대한 집착은 신료들이 명에 집착하는 것만큼이나 크고도 견고한 것이었다. 신료들은 궁궐 영건에 대한 임금의 집착을 결코 꺾지 못했고, 임금은 명에 대한 신료들의 집착을 꺾지 못했다. 어쩌면 서로의 집착을 꺾으려고 드는 것은 서로의 역린을 건드리는 것과 다를 바 없어 보였다.

오전에 궁궐 공사 현장을 둘러보고 편전으로 돌아온 임금 광해는 비변사 당상들을 불러 모았다. 적의 침략을 늦추어 보려고 요양으로 간 정충신의 소식을 임금은 애타게 기다리고 있었다.

―곧 강이 얼 것이다. 충신은 아직 연락이 없는가?

얼음이 얼면 적이 쳐들어올지 모른다고 임금은 걱정이 태산이었다. 임금의 성화를 못이긴 비변사는 변방 방비를 강화할 대책 마련에 골몰했다.

―충신의 손에 국서를 들려 보내지 못한 게 참으로 안타깝다.

오랑캐에게 무슨 국서를 보내느냐며 반대한 신료들을 질책하는 말이었다. 임금은 언제나 대화로써 적을 막아보려 했으나 신료들은 명의 권위를 빌어 적을 막으려고 들었다. 그러자 임금은 신료들이 대륙의 정세를 제대로 읽지 못한다고 질책했고, 신료들은 명이 없는 세상을 상상해본 적이 없기에 임금의 질책을 심각하게 받아들이지 않았다.

명으로 가는 요동 길이 막히자 모문룡의 가치는 조선과 명 조정 사이에서 더욱 두드러졌다. 마치 두 나라를 잇는 길이 막히기를 바라고 있었다는 듯, 모문룡은 자신이 곧 명 조정임을 자처하고 나섰다. 명 조정은 뒤늦게 모문룡을 이용해 조선과 후금이 가까워지는 걸 막을 수 있다는 생각을 했다. 후금이 조선에 신경을 쓸수록 오랑캐들이 산해관을 넘어 쳐들어오는 일은 늦어질 것이라고 여겼다. 명은 두 오랑캐가 서로 싸워서 자신들이 좀 더 편해지기를 바랐다.

비변사는 명에 의심을 살 만한 일은 일절 삼갔다. 임금은 명 조정 몰래 후금에 차관을 보내자고 주장했으나, 비변사 신료들은 꿈쩍도 하지 않았다. 임금은 명이 의심할까 염려되어 몰래 차관을 보내자고 했고 신료들은 나중에라도 명이 알게 되면 더욱 의심할 것이라며 반대했다. 임금과 신료들은 언제나 명 때문에 싸웠고 명이 끼지 않는 일에 관해서는 부딪히는 일이 적었다. 임금 광해는 신료들과 싸울 일이 없는 세상을 혼자 머릿속에 그려보았으나 잘 떠오르지 않았다.

두 아들

짐꾼들이 물과 음식에 적응하지 못해 며칠째 물똥을 쌌다. 평소 기름진 음식에 익숙하지 못한 짐꾼들의 위장이 요동의 기름진 음식을 거부했다. 그럼에도 짐꾼들은 아랑

곳 하지 않고 매끼 음식을 남기는 법이 없었다.

─속에서는 안 받아도 입맛은 당기는데 어쩌나, 먹어야지.

만포로 돌아가면 다시는 맛보지 못할 귀한 음식들이었다. 세국은 기름진 중국 음식 대신 여진족의 음식을 먹고 마유주를 마셨다. 조흘은 대체로 음식을 조금만 먹었고 기름진 음식을 좋아하지 않았다. 수행 아전과 역관 박경룡은 음식이 입에 맞지 않아 고생이 심했다.

짐꾼 하나가 만포에서 몰고 온 말 다섯 필 중에서 한 필만 마방에서 몰고나왔다. 수행 아전은 토산물을 말 등에 싣게 하고 조흘에게 말고삐를 맡겼다. 정충신은 역관 박경룡 대신 세국과 함께 귀영가의 군영으로 향했다.

누르하치의 둘째 아들 귀영가의 군영은 요동성에서 남쪽으로 5리 정도 떨어져 있었는데, 군사들이 벌판에서 훈련을 하거나 시합을 벌이는 모습들이 여유로워 보였다. 천막은 벌판의 서쪽과 동쪽으로 무리지어 나뉘어 있었다. 서쪽 벌판에는 붉은 깃발이 나부끼고 동쪽에는 붉은색 바탕에 용이 새겨진 깃발이 나부꼈다. 관사에서부터 따라온 후금의 군졸이 붉은 깃발이 꽂혀 있는 서쪽 천막으로 안내했다. 말편자를 고치며 잡담을 나누던 군사들이 정충신 일행을 신기한 눈으로 쳐다봤다.

　큰 막사 앞에 다다르자 경계를 서고 있던 군관이 칼을 쥔 손으로 앞을 가로막았다. 분위기가 사뭇 엄중한 것으로 보아 귀영가가 머무는 곳인 듯했다. 조선에서 온 차관이 장수를 만나러 왔다는 말을 듣고 군관이 막사 안으로 들어갔다가 잠시 뒤 한 하급 장수와 함께 밖으로 나왔다.

　-하 통사 아닌가!

　하급 장수가 세국의 얼굴을 알아보고 아는 체 했다. 이전에 만난 적이 있어 서로 낯이 익은 사이였다. 정충신은 말고삐를 잡고 있던 조흘에게 짐을 내리게 하고 하급 장수를 따라 세국과 함께 안으로 들어갔다. 짐승 가죽을 바닥에 깔아놓은 막사 안은 아늑했다. 정충신과 세국이 안으로 들어서자 입구에 매어두었던 큰 개들이 순하게 짖었다. 세국과 정충신이 들어오는 것을 보고 의자에 앉아 대화를 나누고 있던 귀영가가 말을 끊고 두 팔을 벌리면서 환영의 뜻을 표시했다. 옆에 있던 양홍기鑲紅旗의 기주旗主 보을지사가 자리에서 일어나 뒤로 걸음을 옮겼다. 개 짖는 소리에 정충신이 고개를 돌리자 귀영가가 개를 밖으로 물리라고 손짓했다. 세국이 몇 걸음 앞으로 옮기며 다가갔다.

―하 통사, 왔는가?

귀영가는 세국에게 말을 건네면서 뒤에 서 있는 정충신을 쳐다봤다.

―조선에서 온 차관입니다.

세국의 말에 귀영가는 호탕한 모습으로 고개를 크게 끄덕였다.

―소식 들었다.

세국이 중간에서 말을 옮겼다.

―조선국 만포첨사 정충신이라 하오.

―환영한다. 이리 앉아라.

그때 밖에서 조흘과 군관이 함 두 개를 들고 들어왔다. 대화를 이어가려던 귀영가가 함으로 시선을 옮겼다.

―선물로 가져온 조선의 토산품이니 정성으로 알고 받아주기 바라오.

세국이 말을 옮기는 동안 정충신은 귀영가의 표정과 용모를 살폈다. 막 사십 줄에 들어선 귀영가의 작은 얼굴에는 온화한 기질이 드러났으나 그 이면에는 소심함도 엿보였다. 군관이 함을 열자 귀영가는 목을 길게 빼고 함 속에 들어 있는 물건에 관심을 보이며 흡족해했다.

―고맙다. 잘 받겠다.

―항시 조선을 좋게 여긴다고 들었소. 고맙소이다.

―조선과 우리는 적이 아니니, 다툴 일이 있겠는가? 지난번 포로들의 일은 내가 막지 못해 안타깝게 생각한다.

세국은 말을 옮기면서 지난번 포로들의 일이란, 심하에서 포로가 된 조선의 군병들을 후금군이 학살한 사건이라고 설명을 곁들였다.

―이웃과는 신의로 사귀며 잘 지내는 게 우리가 바라는 것이오.

정충신의 말에 귀영가도 동의하면서 만족하는 듯 고개를 끄덕였다. 귀영가는 슬쩍슬쩍 조선의 군사 태세에 대해 떠보았다. 조선을 침략하기 위해 그 형세를 알아보려는 것보다는 조선이 오히려 자신들의 배후를 공격하지는 않을까를 염두에 두고 떠보는 것 같았다. 귀영가는 조선에 대해 궁금한 것이 많았다. 글과 예를 중시하는 선비의 나라를 동경해서인지, 아니면 내부 사정을 알아보려는 것인지는 명확치 않았다. 말미에, 조선에서는 봄에 다양한 꽃들이 핀다고 들었다면서 어떤 꽃이 가장 화려한지 묻기도 했다. 정충신과 귀영가의 대화는 시종 화기애애했으며 말이 끊길 때마다 세국이 나서서 분위기를 돋우었다. 정충신 역시 내내 흡족한 표정을 보였다. 듣던 대로 조선에 대한 귀영가의 우호적인 생각은 변함이 없는 듯했고, 그가 그러한 생각을 갖도록 누군가가 헌신했다는 것도 깨닫게 되었다. 정충신은 그 사람이 바로 하 통사일 것이라고 생각했다.

이튿날, 정충신은 일행을 이끌고 누르하치의 8남 홍타이지가 머물고 있는 요동성 북쪽 군영으로 향했다. 일행이 말 등에 토산물을 싣고 군영에 도착했을 때, 마침 홍타이지는 주요 부하들과 함께 사냥을 나가고 없었다. 막사를 지키던 군관이 시큰둥한 표정으로 기다리라고 하며 근처 빈 천막으로 일행을 데리고 갔다.

군영 곳곳에는 흰 깃발이 바람에 펄럭였고 군사들은 훈련에 열중하고 있었다. 기병들은 달리는 말 등에서 이쪽과 저쪽을 재빠르게 옮겨 다니며 재주를 뽐냈다. 한쪽에서는 활 쏘는 훈련이 한창이었는데 다들 멀리 떨어진 곳에 있는 가죽 방패를 정확히 맞췄다. 언덕 쪽에서는 공성전에 대비해 군사들이 긴 사다리 위로 오르내리며 훈련을 하고 있었다. 어제 방문한 귀영가의 군영과는 분위기가 사뭇 다르고 더욱 엄격해 보였다. 군사들이 훈련하는 모습을 눈여겨보고 있던 정충신이 물어왔다.

―평소에도 이렇게 훈련을 하는가?

세국이 시선을 옮기며 대답했다.

―예, 노추의 군사들은 병농兵農을 겸하지 않습니다.

훈련을 하던 군사들이 잠시 휴식을 취하고 있을 때 멀리서 흙먼지가 일며 한 무리의 기병들이 달려왔다. 흰 깃발이 나부끼는 것으로 보아서는 홍타이지가 돌아오고 있는 듯했다. 조금 지나자 말발굽소리에 섞여 들리지 않던 개 짖는 소리가 시끄럽게 들려왔다. 달려오는 기병들의 모습이 흙먼지 속에서 점차 뚜렷해졌다. 지난번 마중을 나왔던 장수 동구어부의 모습이 확연히 드러났고, 그 뒤로 기병들에게 둘러싸인 한 장수의 모습이 얼핏얼핏 보였다. 세국은 정충신의 귀에 대고 누가 홍타이지인지 알려주었다. 막사 앞까지 다가온 기병들은 홍타이지와 동구어부를 남겨두고 모두 물러갔다. 홍타이지가 막사 안으로 향하자, 군관이 개들을 끌고 뒤따라 들어갔다. 동구어부가 걸음을 옮기려다가 정충신이 있는 천막 쪽으로 다가왔다.

―여기는 무엇 때문에 왔는가?

퉁명스럽게 물어보는 동구어부의 얼굴 흉터가 유난히 도드라져 보였다. 동구어부는 조선의 차관이 올 것이라는 소식을 정충신이 만포를 떠나기 전에 이미 알고 있었을 뿐만 아니라, 어제 귀영가의 군영에 정충신이 들러 선물을 건넨 사실까지 첩보조직 숑코로 내부의 장수를 통해 다 듣고 있었다.

─패륵을 만나러 왔소.

세국의 대답에 동구어부는 일행을 둘러보더니 아무 말 없이 그냥 막사를 향해 걸어갔다. 애써 상대를 무시하려는 태도가 그의 얼굴에 그대로 드러났다. 상대를 무시함으로써 자신들의 권위를 높이려는 건지, 자신들의 강경한 의지를 전달하려는 건지, 정충신은 알 길이 없었으나 상대가 호의적이지 않다는 사실만은 정확히 감지할 수 있었다.

개를 몰고 막사 안으로 들어갔던 군관이 나오더니 가까이 오라고 손짓을 했다. 일행이 막사 앞으로 다가가자 세국에게 안으로 따라 들어오라고 말했다. 정충신은 수행 아전에게 짐을 내리도록 턱짓으로 지시한 뒤 세국과 함께 막사 안으로 향했다.

둘이 막사로 들어서자 개들이 날카로운 이빨을 드러내며 마구 짖어댔다. 기둥에 목줄이 매인 개들은 침을 흘리며 정충신의 옷자락을 물어뜯으려고 달려들었으나 닿지는 않았다. 여진족이 개를 신성시 하고 있다는 사실을 익히 알고 있는 정충신은 침착함을 유지하려고 애썼다. 홍타이지는 근엄한 표정으로 정면의 의자에 앉아 있었다. 골격이 왕성한 서른 중반의 홍타이지는 얼굴선이 굵고 용맹해 보였다. 젊은 나이임에도 눈빛에는 나름의 위엄이 보였고 그 속에 숨어 있는 욕망은 강렬했다.

-개를 무서워하지 않으니 다행이다.

홍타이지가 정충신을 관찰하듯 바라보며 말했다. 세국이 중간에서 말을 옮겼다.

-개는 영리한 동물이니 짖어대는 까닭이 있을 것이오. 아마도 우리를 환영하는 뜻이 아니겠소?

사나운 개를 이용해 상대의 반응을 떠보려던 홍타이지는 별로 재미가 없는지 시큰둥한 반응을 보였다. 개가 계속 시끄럽게 짖어대자 홍타이지가 개를 향해 소리치며 무섭게 쏘아보았다. 으르렁 대던 개들이 곧 신음소리를 내더니 턱을 바닥에 대고 납작 엎드렸다. 주인을 닮아서 그런지 개들은 무척 사나워 보였다.

-나를 찾아온 연유는 무엇인가?

-선물을 전하기 위해 들렀소이다.

-왜 나에게 선물을 주려고 하는가?

―우리 조정에서는 패륵을 각별히 여기고 있소이다.

홍타이지는 동그란 눈으로 빤히 쳐다봤다.

―각별히 여기고 있다니, 무슨 뜻인가?

―장차 크게 되실 분이라는 뜻이오.

정충신의 말뜻을 알아 챈 홍타이지는 무표정한 얼굴을 유지했다.

―멀리서 가져온 것이니 받아주시지요.

홍타이지는 잠시 뜸을 들이다가 천천히 고개를 끄덕였다. 군관과 함께 짐꾼들이 함을 들고 안으로 들어왔다. 짐꾼들은 다들 긴장해 고개를 들지 못했으나 한 사람만은 그렇지 않았다. 조흘은 함을 내려놓고도 나갈 생각을 잊은 채 곁눈으로 홍타이지를 살폈다. 군관이 칼자루로 팔을 툭 치자 그제야 정신을 차린 조흘은 뒤늦게 밖으로 나갔다. 진귀한 선물을 보고서도 홍타이지의 표정에는 조금도 변함이 없었고 눈망울은 여전히 부리부리했다. 조선의 차관이 형 귀영가보다 자신에게 훨씬 더 많은 선물을 주었음에도 홍타이지는 별다른 관심을 내보이지 않았다.

―이번에 역관이 따로 왔다고 들었다. 밖에 있는가?

홍타이지가 갑자기 역관 박경룡을 찾았다. 역관을 찾는

홍타이지의 의도를 세국이 모를 리 없었다. 세국은 홍타이지가 열두어 살 무렵일 때부터 그를 보아왔다. 그러니 둘은 서로를 누구보다 잘 아는 셈이었고 홍타이지의 입장에서는 세국이 부담스러운 존재이기도 했다.

세국이 박경룡을 데리고 안으로 들어온 뒤 물러나려고 하자, 홍타이지는 속셈이 따로 있는지 세국을 제지했다.

-내 말을 옮겨라. 조선은 우리를 어떻게 생각하는가?

박경룡이 말을 옮기자 정충신은 이미 언가리에게 말한 대로 조선의 입장을 전했다.

-서로 우호 관계를 유지하자는 게 조선의 입장이오.

-그럼 화친의 맹약을 맺을 수 있다는 뜻인가?

정충신은 역시 두루뭉술하게 말할 수밖에 없었다.

-서로 의리가 있으면 굳이 맹약이 필요하겠습니까?

홍타이지의 부릅뜬 눈에 노기가 꿈틀댔다.

-화친을 말하면서 국서를 주고받는 것도 꺼리고 맹약도 필요 없다고 하니, 무슨 말이 그리도 희한한가? 솔직히 말하라!

정충신은 대답을 하기 전에 무심결에 세국을 쳐다봤다.

-명에 대한 의리를 저버릴 수 없기 때문이오.

드디어 홍타이지가 목청을 높였다.

―무어라!

―조선과 명은 군신의 관계나 다름없어서 국서를 주고받거나 맹약을 하는 건 명의 허락이 있어야만 가능하오.

―너희들에게는 명만 보이느냐!

분위기가 점점 살벌지고 있었다. 며칠 전 언가리에게도 똑같은 말을 했으나 그때와는 반응이 전혀 달랐다. 역시나 조선에 대한 홍타이지의 태도는 강경했다. 정충신은 상대의 강경함이 어디에서 비롯된 건지 생각해보았으나 알 길이 없었고, 다만 타고난 성품이 그럴 것이라고 여겼다.

홍타이지는 갑자기 세국을 향해 소리쳤다.

―의리 때문이라는 말을 들었느냐! 너는 명이 조선을 치겠다고 위협하기 때문이라고 핑계를 대지 않았느냐! 그런데 차관은 명과의 의리 때문에 맹약을 할 수 없다고 한다. 너는 지금까지 말을 빙빙 돌리며 우리를 속여 왔다.

홍타이지의 분노는 결국 세국에게 향했고 세국은 곤혹스러웠다. 후금과의 화친을 부정하는 조정 신료들을 대신해 세국이 여태껏 할 수 있었던 일은, 오로지 이 말과 저 말을 돌려가며 말로써 위기를 막아온 것뿐이었다. 이제 홍타이지의 분노는 협박으로 이어졌다.

―명과의 의리가 목숨보다 중하단 말이지. 알겠다. 너희 변경의 마을들이 불에 타는 걸 보아야만 정신을 차리겠구나.

분위기가 사뭇 험악했지만 정충신은 홍타이지의 위협을 그대로 받아들이지는 않았다. 조선을 공격하는 일은 홍타이지 스스로 결정할 수 있는 사안이 아니라는 것을 정충신은 알고 있었다. 하지만 저러한 생각을 하고 있는 홍타이지가 장차 칸의 자리에 오를지도 모른다는 사실 자체가 문제였다. 세국은 홍타이지의 말에 아무런 변명도 하지 않았다. 다만 자신의 역할이 이제 한계에 다다랐고 통사로서 보낸 한 세월이 서서히 저물고 있음을 느꼈다.

정충신은 막사를 나서며 새로운 현실을 알게 되었고, 그동안 상대의 숱한 위협을 말과 말로써 막아온 한 통사의 지난 역경에 대해 새삼 생각해 보았다. 누르하치의 두 아들을 서로 이간하라는 비변사의 명은 정충신의 기억 속에서 아득히 멀어졌다.

억류

 바깥이 시끄러웠다. 관사에서 무료하게 지내던 짐꾼들이 관사를 지키던 군졸 하나와 시비가 붙었다. 짐꾼들이 변발한 군졸의 모습을 보고 놀리는 듯한 행동을 한 것이 발단이 되었다. 부모에게서 받은 신체를 귀히 여기는 조선의 짐꾼들 눈에는 뒷머리 일부만 남겨두고 삭발한 군졸의 모습이 우스꽝스럽게 보였던 것인데, 그동안 긴장하고 있던 짐꾼들의 마음이 조금 느슨해진 탓이기도 했다. 시비가 붙은 군졸은 급기야 칼을 빼들고 달려들며 짐꾼들을 위협했다. 때마침 관사로 급히 들어오던 군관이 그 모습을 보고 군졸을 말리며 나무랐다. 군관은 온천에 요양을 갔던 칸이 돌아왔다고 역관 박경룡에게 전하고 돌아갔다.

 누르하치는 언가리로부터 조선의 차관이 방문한 이유에 대해 전해 들었다. 역시나 말을 빙빙 돌려가며 맹약에 대해 명확한 입장을 표명하지 않았다는 말을 전해들은 누르하치는 조선의 차관이 내심 괘씸했다.

 누르하치는 잇달아 부하 장수들을 관사로 보내 조선이 자신들의 국서에 답하지 않는 연유를 따져 물었고 모문룡에 대한 조선의 입장에 대해서도 재차 물었다. 그럼에도 조선의 차관이 한결 같은 대답만 내놓자, 결국 누르하치는 차관으로 온 정충신을 만나주지 않았다. 그 대신 누르하치는 조선의 내부 사정을 알아보기 위해 역관으로 따라온 박경룡을 불렀다. 세국이 이번에 함께 왔다는 것을 뻔히 알면서도 누르하치는 박경룡만 데려오라고 명한 것이다.

박경룡은 누르하치의 거처로 향했다. 명의 요동도사가 별장으로 쓰던 건물인데 주위 경관이 화려하고 건물 구조가 빼어났다. 누르하치와 대면한 박경룡은 너무 긴장한 나머지 시선을 어디에 두어야 할지 몰랐다. 올해 예순이 넘은 누르하치는 계속되는 전쟁으로 지쳐 있었다. 얼굴에는 위엄과 사나움이 겹쳐 보였고 한때의 용맹함은 이제 노련함으로 바뀌어 너그러운 인상마저 풍겨났다. 산전수전 다 겪은 장수의 얼굴은 평온한 벌판처럼 조용했다.

-조선에서 궁궐을 짓는다고 들었다. 사실인가?

누르하치는 뜻밖에도 궁궐 영건에 대해 물었다. 박경룡은 왜란으로 불에 타서 소실된 궁궐을 다시 짓는 것이며 공사가 거의 다 끝났다고 대답했다. 또한 누르하치는 강화도에 성을 쌓는 이유에 대해 꼬치꼬치 캐물었고 조선이 전쟁을 대비해 왕의 피난처를 만드는 것이 아닌가, 하고 의심했다.

─우리말이 능히 통하니, 좋구나.

누르하치는 언어 소통이 원활히 이루어지자 흡족한 모습을 보였고, 이제는 세국이 없어도 그를 대신할 통사들이 있음을 깨달았다. 오랫동안 조선과의 관계를 좁히고자 노력했음에도 결코 좁혀지지 않던 원인을 누르하치마저 세국에게 돌리려는 조짐이 엿보였다.

누르하치는 정충신이 요양에 온 김에 강홍립을 만나고 갈 수 있도록 허락했다. 강홍립은 심하에서 포로가 된 후로 2년 반 동안이나 억류 생활을 이어오고 있었다. 그동안 비변사에서는 하루가 멀다 하고 강홍립의 가족에게 벌을 내리라는 상소를 올리고 있었다. 심하에서 적과 내통하고 애써 싸우지 않았다는 것이 그 이유였으나, 실은 애초 파병을 주장한 자신들의 죄를 덮기 위함이었다. 그것을 모를 리 없는 임금 광해는 신하들의 상소에 비답을 내리지 않았다.

정충신 일행이 묵고 있는 관사로 후금의 군사들이 강홍립과 김경서, 오신남, 박난영 등을 데리고 왔다. 누르하치는 거처를 옮길 때마다 강홍립 일행을 데리고 다녔다.

올 봄에 요양으로 온 강홍립 일행은 중국인이 쓰던 집에서 머물렀는데, 밖으로 나갈 때는 항시 군졸들이 따라붙었고 먼 곳까지는 갈 수 없었다.

강홍립 일행을 데려온 군졸들은 후한 음식을 관사 안으로 밀어 넣고 밖에서 대기했다. 기름진 음식 냄새를 맡은 짐꾼들은 목을 길쭉 빼고 입맛을 다시며 상전들이 조금 남겨주기를 바랐다. 그러면서도 짐꾼들은 걱정이 태산이었다. 자신들이 돌보던 말 한 필이 아침에 죽었는데 하필이면 첨사가 타고 온 말이었기 때문이다. 긴 노정에 여물을 제때 먹이지 못해서 그런지 첨사가 타고 온 말은 요양에 도착하자마자 시름시름 앓더니 결국 죽고 말았다. 수행 아전은 만포로 돌아가면 반드시 책임을 물을 것이라며 엄히 꾸짖었고 짐꾼들은 벌써부터 매 맞을 걱정을 하고 있었다.

조흘은 짐꾼들과 섞여 있지 않고 항시 홀로 떨어져 무언가 살피는 듯했다. 어젯밤에는 일행의 눈을 피해 몰래 밖으로 나갔다가 왔는데 관사를 지키던 군졸들마저 눈치를 채지 못했다.

짐꾼들과 관사를 지키는 군졸들 사이에 더 이상 다툼은 없었지만 서로를 멸시하는 눈빛은 여전했다. 짐꾼들은 후금 군졸들의 변발한 모습을 여전히 천박하게 여겼고, 후금 군졸들은 서캐가 들끓는 조선 짐꾼들의 상투를 이해하지 못했다. 명에 대한 서로의 입장과 주장만큼이나 서로의 풍습에도 차이가 컸다.

푸짐하게 차려진 술상을 앞에 두고 방 안의 분위기는 무거웠다. 강홍립의 얼굴에는 수심이 가득했고 그것이 속병으로 이어진 탓인지 얼굴이 누렇게 떠 있었다.

-도원수께서 고생이 많으십니다.

정충신은 강홍립을 아직 도원수라 불렀다. 비록 적에게 항복은 하였으나 조정 신료들의 말은 사실이 아닐 것이라고 평소 생각해오던 터였다. 강홍립은 전혀 술을 입에 대지 않았고 나머지 사람들은 가끔씩 술잔을 기울이며 자신들의 처지를 푸념했다. 강홍립은 자신에 대한 흉흉한 소문들이 한양에 떠돌고 있음을 짐작했지만 아무런 변명도 하지 않았다. 오히려 조선의 방어 태세에 대해 자세히 물어보았고, 후금이 서쪽이 아닌 동쪽으로 먼저 말머리를 돌릴 수도 있음을 염려했다.

-하 통사, 잘 듣게.

강홍립은 그동안 자신이 보고 들은 후금의 군사 기밀에 대해 세국에게 말로써 전할 참이었다. 자신들에 대한 감시가 더욱 강화되어 전처럼 밀지를 주고받기가 어려웠다. 강홍립은 지금까지 보고 듣고 관찰한 후금에 관한 정보를 장시간에 걸쳐 세국에게 전했다.

밖에서는 후금의 군졸들이 빨리 돌아가 쉬고 싶은 마음에 강홍립 일행이 나오기를 애타게 기다렸다. 짐꾼들 또한 남은 음식을 기다리다 지쳐서 행랑으로 물러가며 아쉬워했다. 그날 저녁 늦게 관사를 나선 강홍립 일행은 취기가 약간 올라 있었다.

정충신 일행은 조선으로 돌아가기 위해 짐을 꾸렸다. 모래 쯤 떠날 것이라고 이미 소롱이에게 알린 뒤였다. 누르하치의 부하 장수 언가리와 대해가 관사에 들러 정충신을 찾았다. 언가리는 정충신을 만난 자리에서 차관의 왕래 문제를 다시 거론하며 돌아가는 길에 대해서도 따져 물었다.

-의주를 통하지 않고 곧장 만포로 가는 연유가 무엇인가?

박경룡이 통역했다.

-나는 만포의 관원이기 때문이오.

-의주를 거쳐 만포로 들어가기 바란다.

정충신은 즉각 후금의 노림수를 알아챘다. 후금은 의주와 가까운 용천에 있는 모문룡에게 조선의 차관이 다녀갔다는 사실이 들어가도록 해 조선과 명을 이간질하려는 의도였다. 하지만 후금을 정탐하기 위해 차관을 보낸다고 이미 비변사에서 모문룡에게 알린 상태였으므로 명이 오해를 할 일은 없었다.

언가리가 품속에서 불쑥 문서를 꺼내며 들이밀었다.

-모문룡의 진영에서 나온 것이다.

정충신은 한자로 된 문서를 직접 읽었다. 요동의 난민으로 가장한 후금의 첩자들이 입수한 문서가 분명해 보였다. 모문룡과 명 군문 사이에 주고받은 문서 같았는데, 조선과 함께 요동을 회복하자고 쓰여 있었다. 언가리는 이 문서의 내용을 가지고 트집을 잡으며 정충신을 은근히 떠보았다.

-이러고도 교린을 운운하는가?

정충신의 태도는 단호했다.

-누군가 모장(모문룡)과 계략을 꾸민 듯하나, 우리와는 전혀 관련이 없소이다.

언가리가 추궁하듯 재차 떠보았지만 정충신 역시 단호하게 부정했다. 그러자 문서의 진위 여부에 대해 자신도 확신이 없었는지 언가리도 더 이상 언급하지 않았다. 대신 조선으로 돌아가면 자신들의 뜻을 조정에 잘 전해 주길 바란다면서 다음에 올 때는 꼭 회답을 가지고 오라고 요구했다.

오후 늦게 홍타이지 군영에서 군관 하나가 관사를 찾아왔다. 지난번 홍타이지 막사에서 보았던 그 군관이었다. 군관은 이번에 차관이 돌아갈 때 세국은 따라가지 말고 요양에 남으라는 홍타이지의 말을 전했다. 소식을 전해들은 세국은 왠지 모르게 이전과는 다른 느낌이 들면서도 한편으론 자신에게 다른 일을 맡겨 조선으로 보내려는 것이 아닌가, 하는 생각이 들었다. 어쨌거나 자신에게 남으라고 지시를 내린 상대가 조선에 대해 강경한 태도를 지닌 홍타이지라는 것이 마음에 걸렸다. 게다가 자신이 만포로 나가지 못하면 강홍립 일행에게 전해들은 정보를 온전히 전할 수도 없었다. 관사를 나설 때 후금의 군졸들이 몸과 짐을 수색할 것이 틀림없기에, 후금의 군사 편제를 비롯한 여러 정보들을 밖으로 전할 묘책이 필요했다. 세국은 생각 끝에 결국 몇 년 전에 사용했던 방법을 쓰기로 하고 가느다란 붓털로 비단조각에 깨알 같은 글을 적어 기름종이에 쌌다.

이튿날 새벽 세국은 조용히 마방으로 나갔다. 아직 어둠이 가시지 않은 마방에는 벌써 짐꾼 한 명이 나와서 말들을 살피고 있었다. 이번에 따라온 짐꾼 중에 가장 젊은 용슴이었다. 세국은 어느 말이 새벽에 똥을 쌌느냐고 용슴에게 묻고는 그 말의 항문 속에 기름종이로 싼 비단조각을 깊숙이 집어넣었다. 세국의 행동을 보고 용슴은 그것이 무엇인지 대충 짐작했다.

-목숨이 달린 일이다. 이곳을 벗어나면 첨사 나리께 전해야 한다.

용슴은 입을 앙다물고 고개를 끄덕였다. 세국은 이 일이 발각되면 모두 집으로 돌아갈 수 없다고 말했다.

아침을 먹은 직후에 뜻하지 않은 일이 벌어졌다. 지금까지 멀쩡하던 조흘이 숟가락을 놓자마자 갑자기 복통을 호소하며 입에 거품을 물고 쓰러진 것이다. 짐꾼들이 이유를 물었으나 조흘은 정신이 혼미해져 대답조차 하지 못했다.

수행 아전이 조흘의 상태를 살펴본 뒤 그를 데리고 먼 길을 떠날 수 없을 것 같다고 첨사에게 고했다. 아픈 짐꾼 때문에 정해진 출발을 미룰 수 없는 정충신은 세국에게 조흘을 맡겼다. 정충신은 세국이 돌아올 때 조흘을 데리고 오도록 조치한 뒤 일행을 이끌고 관사를 나섰다.

귀국

 임금 광해는 속이 타들어갔다. 후금에 대한 입장을 두고 여전히 신료들과 사사건건 대립했다. 그런 와중에, 서궁에 유폐된 대비를 추종하는 무리들이 생겨나기 시작해 정국이 더욱 위태했다. 게다가 전 예조판서 이이첨을 먼 섬으로 유배 보내야 한다는 상소가 빗발쳐서 궐 안이 하루도 시끄럽지 않은 날이 없었다.

 -옥사가 끊이지 않는구나.

 임금 광해는 스스로를 나무랐다. 강이 얼면 언제 적이 쳐들어올지 모르는 형국임에도 자신의 뜻대로 되는 건 하나도 없는 현실에서, 임금은 자신의 무력함을 탓했다.

 -이제 북방에는 얼음이 얼기 시작할 텐데….

 궁궐 영건 현장에서 막 돌아온 임금은 편전에 홀로 앉아 먼 북방의 겨울을 떠올리며 중얼거렸다.

 -전하!

그때 도승지가 다급히 편전 안으로 들어왔다. 도승지의 손에는 두루마리가 들려 있었다. 임금은 또 누구를 벌주라는 상소라고 여겨서인지 시큰둥한 반응을 미리 내보였다.

-만포첨사의 복명이옵니다.

옆으로 비스듬히 돌아앉아 있던 임금 광해는 재빨리 자세를 돌려 팔을 뻗었다. 그렇지 않아도 차관으로 간 정충신의 소식을 학수고대하고 있던 터였다.

-어, 어서 가져오라.

임금은 서둘러 두루마리를 펼쳐 읽었다. 정충신의 보고서를 읽고 있는 임금의 표정은 점점 생기를 잃어가더니 결국에는 긴 한숨을 토해냈다. 후금에 차관으로 간 정충신이 고생은 했지만 서로의 입장차만 확인하고 돌아온 셈이었다. 처음부터 변화된 교섭 안을 가지고 갔던 것도 아니었기에, 변한 것이 없는 것은 어쩌면 당연했다.

환관이 임금의 깊은 한숨을 편전 밖 빈청으로 전했다. 비변사 당상들이 편전으로 들어와 임금 앞에 부복했다.

-또다시 말로써 적들을 막고 돌아왔다. 언제까지 이럴 것인가!

임금 광해는 다짜고짜 신료들을 꾸짖었다. 정충신이 자

신들의 입장과 다를 바 없이 교섭에 임하고 돌아온 사실을 알게 된 신료들은 속으로 안도했다. 혹시라도 정충신이 명의 심기를 건드리는 일을 하고 돌아왔다면 당장이라도 그 죄를 추궁하려던 참이었으나, 정말 다행이었다. 임금 광해는 손에 쥐고 있던 두루마리로 서안을 내리쳤다.

-내 말을 듣지 않다가 수많은 군사들을 사지로 몰아넣지 않았는가? 그대들은 정녕 백성들을 다 죽일 셈인가!

임금 광해는 자신의 명을 거부하고 파병을 고집한 일을 다시 들먹이며 신료들을 질책했다. 임금은 그때의 일만 생각하면 화가 치밀어 올라 자다가도 벌떡 일어날 지경이었다. 편전에 엎드려 있던 신료들은 고개를 조아리며 서로를 쳐다볼 뿐 입을 다물었다.

-더 이상 말로만 나라를 지킬 수는 없다. 당장 국서를 보내도록 하라!

그제야 신료들이 하나 둘 허리를 펴기 시작했다.

-전하, 명이 오해라도 하면 어찌시렵니까? 오랑캐에게 국서를 보내는 일은 절대 불가하옵니다.

신료들은 돌아가며 임금의 의지를 꺾으려고 들었다.

-그렇사옵니다. 이웃과는 신의가 중한 것이지 굳이 국서가 필요하겠습니까? 오랑캐들이 국서를 요구하면 그

때그때 임기응변으로 말을 지어서 달래면 그만이옵니다.

　-전하, 오랑캐에게 국서는 가당치 않사옵니다. 저들이 나라를 만들었다고 떠들고는 있으나, 명이 인정하지 않는데 우리가 국서를 보낼 수는 없는 일이 아니옵니까?

　임금 광해는 천장만 쳐다보며 깊은 한숨을 내쉬었다. 비변사 당상들은 자신들의 주장을 강조하기 위해 옛적의 문헌을 인용하고 송나라와 한나라를 끌어대고 심지어 아득한 요나라 임금까지 불러내어 빗대며 국서의 부당함을 아뢰었다. 그럼에도 임금이 거듭 화친을 말하면 신료들은 오랑캐와 화和를 논하는 것은 옛 성현의 말씀에 없다고 하면서 반박했다. 화和를 배척하면 나중에 큰 화를 면치 못할 것이라는 임금의 말에는, 차라리 명에 대한 의리를 저버리느니 모두 싸우다 죽자고 주장했다. 임금은 살아남기 위한 것이지 의리를 저버리는 일이 아니라고 거듭 강조했으나 신료들은 오랑캐와 화를 논하는 것 자체가 비루한 일이라고 맞섰다. 이렇듯 임금과 신료들의 대화는 언제나 일치되는 법이 없었다. 그럴 때마다 임금은 신료들이 너무도 낯설었고 대체 누구의 신하들인지 분간할 수 없었다.

　-내가 하려는 일마다 막으니 참으로 안타깝다. 반드시

큰 탈이 생기고 말 것이다.

　신료들이 물러간 뒤 임금 광해는 두루마리를 차근히 살폈다. 세국이 말의 항문 속에 넣어 정충신 편에 보낸 후금에 관한 정보를 임금은 몇 차례나 더 읽어보고는 가만히 세국을 떠올렸다. 임금은 이번에 세국이 돌아오지 못한 것을 의외라고 여기며 곧 닥쳐올 겨울을 생각했다. 임금은 세국의 얇은 의복을 걱정했다.

　달래는 남편이 돌아오지 못했다는 소식을 아전이 보낸 짐꾼 용슴으로부터 전해 들었다. 남편은 언제나 오고 가는 일에 때가 없었으므로 이번에도 때가 되면 돌아올 것이고 돌아오는 날이 그때일 것이라고 달래는 여겼다. 다만, 자신이 지은 두툼한 솜옷을 남편에게 챙겨주지 못한 것이 마음에 걸렸다.

　달래가 남편의 솜옷을 짓게 된 것도 불과 몇 해 전부터였다. 남편 세국은 십 수 년 넘게 한겨울에도 얇은 홑옷으로 만주를 오갔다. 살림살이가 넉넉지 않아 먹고 사는 일도 수월하지 않은 탓에 솜옷은 어림없었다. 달래가 악착같이 산비탈을 일구어 밭농사라도 지었기에 그나마 세국의 솜옷이라도 마련할 수 있었다.

아침저녁으로 찬 기운이 몰려와 북방의 9월은 이미 초겨울에 접어들었다. 달래는 밭일을 하다가 가끔 압록강 너머의 벌판을 멀거니 응시했다. 남편 세국은 이맘때만 되면 동상에 걸린 발가락에 가려움증을 느꼈고 무릎 관절염이 심해져 괴로워했다. 달래는 여태껏 목숨을 부지한 것만도 다행이라며 제 몸을 돌보지 않는 남편이 항시 서운했다. 그때마다 달래는 서로의 몸이 따로 듯 삶도 각자의 것인가, 하고 생각하며 딸을 바라보았다. 하지만 딸의 눈망울 속에서, 달래는 서로의 삶이 결코 분리될 수 없음을 느끼곤 했다.

한편 세국이 나오지 못했다는 소식을 듣고 훈도 방응두도 걱정이 되기는 마찬가지였다. 전과 달리 누르하치가 요양을 점령하고 난 뒤부터는 더욱 자신감이 생겼는지 세국을 대하는 태도가 확연히 달라졌기 때문이다. 세국과 누르하치의 인연은 25년여에 걸쳐 이어져 있었으나 수시로 변하는 후금의 내부 사정으로 인해 언제든 세국을 적으로 여길 수도 있음이었다. 방응두가 걱정하는 또 다른 이유도 있었다. 요양에서 정탐활동을 하고 있는 신응구가 보내온 소식에 의하면, 비변사 첩보조직이 요양에서 무슨 일을 꾸미고 있는 것 같다는 것이었다. 게다가 며칠 전 사역원의 사령이 만포에 왔을 때도 지난번 차관이 들어갈 때 모종의 임무를 띠고 들어간 자가 한 명 있는 것 같다고도 했는데, 혹시나 그런 일들이 세국을 위험에 빠뜨리지나 않을까 염려되었다. 한문호와 서지온, 동수 등 정탐단원들도 세국에게 무슨 일이 생긴 건 아닌지 걱정하며 역학원으로 왔다가 수행 아전을 만나러 관아로 달려갔다.

이번에 차관을 수행하고 요양을 다녀온 아전 오지화는 만포로 돌아온 뒤 짭짤한 수입을 올렸다. 정충신 일행이 요양을 떠날 때 누르하치가 돌아가는 길에 노자에 보태 쓰라며 아전과 짐꾼들에게도 은 한 냥씩을 주었는데, 오지화는 조흘의 몫까지 차지하고도 욕심을 부렸다. 만포로 돌아온 오지화는 짐꾼들의 몫을 전부 거두어들여 쌀과 보리로 바꿔주면서 시세를 속여 이문을 더 챙긴 것이다.

짐꾼들은 생각지도 못한 은 한 냥이 공짜로 생겼다며 좋아할 뿐 은과 곡물의 교환 시세 따위에는 관심이 없었다. 아전 오지화는 요양에서 첨사의 말이 죽은 것에 대해서도 그 책임을 묻지 않겠다고 짐꾼들에게 넌지시 말하며 얼른 곡식 자루를 메고 집으로 돌아가라고 일렀다. 짐꾼들은 연신 허리를 굽실거리면서 두툼한 자루를 하나씩 메고 서둘러 집으로 돌아갔다.

두 통사

 만포로 돌아가지 못한 세국은 자신이 억류된 것인지 아니면 다른 일 때문인지 알 수 없었다. 정충신 일행이 떠난 지 이틀 뒤 세국은 관사를 나와 민가로 숙소를 옮겼다. 후금의 군관이 찾아와 관사를 비워야 한다고 하면서 아파서 누워 있는 조흘과 함께 데리고 간 곳은 중국인이 살고 있는 집이었다. 조흘은 쓰러진 지 엿새 만에 겨우 일어나 이제는 걸어 다닐 수 있을 만큼 회복되었다.

 ―왜 자네만 복통이 생긴 건가?

 세국의 물음에 조흘은 명확한 대답을 하지 않고 어물쩍 넘겼다. 짐꾼으로 따라온 조흘의 행동이 아무래도 세국의 눈에는 범상치 않았다. 조흘이 무언가 숨기고 있다는 것을 세국은 느낄 수 있었으나 그것이 무엇인지 감을 잡을 수는 없었다. 조흘이 복통을 일으킨 원인은 부자附子라는 약재 때문이었다. 독성이 강한 부자를 조흘이 제 스스로 먹고 그것을 핑계로 요양에 남았다는 사실은 의심을 사기에 충분했다. 세국은 조흘이 정신을 잃고 누워 있는 동안 의원을 불러 살펴보게 했는데, 조흘의 맥을 짚어본 의원은 고개를 갸웃하더니 조흘의 옷에 묻어 있던 토사물 냄새를 맡아보고 원인을 알아냈던 것이다. 한 달 전에 비변사 낭청이 만포를 거쳐 회령으로 내려간 뒤 조흘이 만포로 온 것으로 보아서는, 아마도 조흘이 비변사의 임무를 받고 이곳에 온 것이 아닌가 짐작되었다.

세국은 이제 별다른 제약을 받지 않고 거처 밖을 돌아다닐 수 있었다. 다만 자신을 몰래 따라다니며 감시하는 눈은 있었으나 요양에서 멀리 떨어진 곳 외에는 아무도 간섭하지 않았다. 하여, 세국은 가끔 강홍립의 거처도 드나들었다. 강홍립 역시 이번에 세국이 남게 된 사실을 의아하게 여겨 귀영가의 부하 장수들에게 물어보았으나 그들 또한 아는 바 없다고 이구동성으로 말했다. 아무래도 홍타이지가 세국을 남게 한 데는 다른 속셈이 있는 것이 틀림없었다.

―그자가 장차 조선을 침략하지 않을까 걱정이네.

강홍립 역시 홍타이지의 호전성에 대해 우려했다.

―말로써만 화친을 주장하는 조선에 대해 후금의 장수들 사이에 불만이 고조되고 있습니다. 노추가 살아 있을 때는 모르겠지만, 그 후에는 장담할 수 없는 일입니다.

강홍립은 심각한 표정으로 고개만 끄덕였다. 그것은 세국의 말에 전적으로 공감하고 있다는 뜻이었다. 자신 역시 중국어 어전통사로서의 경험이 있기에 누구보다 세국의 경험과 능력을 높이 평가하고 있던 터였다. 오랫동안 온갖 역경을 견디며 자신의 임무를 다 해온 세국에 대해 강홍립은 가끔 궁금했다. 천한 신분인 일개 향통사에게도 나라를 위하는 일이 자신의 목숨보다 중한 것인지 의문이 들었다. 자신들이야 벼슬에 올라 녹봉을 받았고 지켜야 할 논밭이라도 있으니 응당 이유가 있었다지만, 저들은 대체 무엇을 위해 목숨을 걸고 적진을 오가는지 알 수 없었다. 2년 전, 강홍립은 심하에서 전투가 벌어지기 바로 직전에 세국을 적진으로 보낸 적이 있었다.

기미년(1619년) 2월, 혹한이 몰아치는 한겨울에 강홍립이 도원수로서 군병 1만 3천여 명을 이끌고 압록강을 건넜을 때 세국은 부원수 김경서 휘하의 향도장嚮導將으로서 길잡이 역할을 맡았다. 처음부터 명의 압력에 못 이겨 어쩔 수 없이 출전했기에, 남의 나라 전쟁에 참여한 군사들의 사기는 높을 리 없었다. 게다가 전장으로 가는 군사들에게 식량과 보급품조차 제대로 지원되지 않아 도중에 굶어 죽고 얼어 죽는 자들이 속출했다. 행군을 하던 중 세국은 강홍립의 명으로 격문을 가지고 적의 진영으로 달려갔다. 세국이 떠난 지 나흘째 되던 날, 조선군은 갑자기

들이닥친 후금군의 기습을 받고 순식간에 절반 이상 떼죽음을 당했다.

세국은 적을 회유하는 격문을 가지고 김언춘과 함께 허투알라로 갔다가 그곳에서 붙잡혀 억류를 당했다. 후금군은 둘을 따로 떼어놓고 추궁했다. 세국만 허투알라에 붙잡아 두고 김언춘은 누르하치가 있는 전장으로 보내진 것이다.

세국은 전세가 이미 기울었음을 간파하고 이번 출전은 조선의 뜻이 아니라고 극구 부인하며 임기응변으로 대처했다. 이후 풀려난 세국은 강화교섭의 임무를 띠고 만포와 허투알라를 수차례나 오갔다. 하지만 조정은 강화교섭에 나서면서도 끝내 후금이 요구하는 국서를 보내지 않음으로써 명에 대한 예를 다했다. 포로로 붙잡힌 군사들의 목숨은 결코 명에 대한 의리보다 앞설 수 없었다.

한편, 당시 강홍립은 중국말을 할 줄 아는 후금의 장수 대해와 강화교섭을 벌였다. 강홍립 역시 후금의 장수들에게 어쩔 수 없이 참전했고 후금과는 원한이 없다고 강조했다. 언어의 소통이 상대의 마음을 움직이고 적개심을 누그러뜨리는 데는 분명 효과가 있었으나, 눈에 보이는 것보다는 덜했다. 후금은 눈에 보이는 국서를 요구했고 조정은 눈에 보이지 않는 말로써 국서를 대신하려 했다. 비변사 신료들의 머릿속에는 언제나 명에 대한 생각들로 가득해서 포로들을 기억하지 못했다. 결국 조정은 국서를 보내지 않았다.

강홍립은 자괴감에 빠져 있었다. 총사령관으로서 제대로 한 번 싸워보지도 못하고 포로의 신세가 되고 말았으니 그 처량함이 끝없이 밀려왔다.

―나에 대한 소문은 어떠하던가?

강홍립은 자신에 관한 일을 물었다.

― ….

세국이 대답을 머뭇거리자, 강홍립은 회한 섞인 목소리로 말했다.

―알만 하네. 패장이 무슨 변명을 한들 믿어 주겠는가?

강홍립은 동생 홍적을 통해 자신에 관한 소문을 어렴풋이나마 듣고 있었다. 명의 눈치를 보느라 조정은 후금에 국서를 보낼 수 없어서, 부득이 동생 홍적이 형에게 언문으로 된 사간私簡을 보내는 형식으로 꾸며 조선의 입장을 대변하게 했다. 그 편지를 강홍립에게 전해준 사람이 바로 세국이었다.

조정 신료들은 패전에 대한 강홍립의 죄가 막중하다는

이유를 들어 그의 가족들을 구금해야 한다고 외쳤다. 전장에 나간 장수가 목숨을 걸고 싸우기는커녕 오히려 적에게 투항하고 포로가 되어 목숨을 구걸하고 있다며 신료들은 이구동성으로 강홍립을 비난했다. 하지만 임금은 매번 신료들의 청을 들어주지 않고 물리쳤다. 그러자 신료들 사이에서 흉흉한 소문이 나돌기 시작했다. 임금이 출전하는 강홍립에게 몰래 밀지를 내렸고 강홍립은 그 밀지의 내용대로 항복했다는 것이었다. 애초 심하 출병을 밀어붙였던 신료들은 그 패전의 책임을 은근히 임금에게 뒤집어 씌웠다.

강홍립의 회한은 도원수 자리를 끝까지 거부하지 못한 데 있었다. 비변사의 천거에 따라 도원수가 된 강홍립은 몇 차례 그 자리를 사피辭避하였으나, 임금의 청을 끝내 받들지 않을 수 없었다. 임금 광해는 왜란을 겪으며 통사들의 역할이 매우 중함을 알고 있었다. 강홍립은 임금이 자신을 선택한 이유가 능통한 중국어 때문이라고 여겼고, 뒤늦게 그런 능력을 기른 자신을 원망했다.

―자네는 어찌하여 통사의 일을 하게 되었는가?

강홍립이 넌지시 물었다. 높은 벼슬에 있는 자신도 이럴진대 일개 향통사 따위야 언제든 쓰이고 버려질 것이었다. 상대가 그것을 모를 리 없는 영리한 통사이지만, 그래도 강홍립은 그 이유가 궁금했다.

―굶지 않으려고 하다 보니….

세국은 멋쩍은 표정을 지었다.

―그랬구나….

강홍립의 말은 입속에 오래 머물다가 나왔다. 그는 세국의 대답이 의외라고 생각하지 않았다. 그것은 각자 사는 방식이 다를 뿐이었다. 양반이란 밥만으로는 살 수 없는 수많은 명분과 허울에 둘러싸인 존재이므로, 자신이 겪는 이 치욕도 양반이기에 감당해야 하는 것이라고 강홍립은 생각했다.

조흘

짐꾼으로 따라온 조흘 역시 바깥출입이 자유로웠다. 조흘을 지키는 군졸들은 조선의 짐꾼에게 별로 신경을 쓰지 않았다. 세국과 함께 중국인 집에 머물고 있던 조흘은 집주인 옷을 얻어 입고 시도 때도 없이 바깥으로 나돌았다.

세국이 어디를 돌아다니느냐고 물어봐도 거리 구경을 다녀오는 길이라고만 답할 뿐 상세한 말은 피했다.

조흘은 자신이 머물고 있는 곳에서 멀리 떨어지지 않은 어느 민가를 몰래 들락거렸다. 후금군이 쳐들어오자 중국인 집주인이 달아나 비어 있던 집이었다. 조흘은 그곳에서 어릴 때 부모를 따라 조선으로 귀화한 장채주라는 장사꾼과 몰래 만났다. 장채주는 무비사낭청이 관리하는 첩보단원의 일원으로서 몇 년 전부터 장사꾼 행세를 하며 의주와 요양을 오갔다. 장채주의 임무는 명 관원들과 요동 군문 주변의 정보를 수집하여 의주에 있는 비변사 지부에 전하는 것이었는데, 얼마 전 비변사 무비사낭청으로부터 새로운 임무를 부여받고 이 빈집으로 들어왔다.

조흘이 요양에 온 진짜 목적은 따로 있었다. 그동안 장채주와 몰래 만났던 것은 자신의 임무를 완수하는 데 도움을 받기 위해서였다.

-120보는 너무 멀다는 뜻인가?

장채주는 조흘의 옆에 놓인 물건으로 시선을 돌리며 물었다.

-적에게 치명상을 입히려면 적어도 80보 이내로 다가가야만 하오.

조흘은 보자기를 풀고 기다란 물건을 꺼냈다. 조총이었다. 장채주는 조흘이 들고 있는 조총을 신기한 눈으로 바라보며 확인하듯 물었다.

―이것으로 정말 가능하겠는가?

―적이 갑주를 입고 있다면 60보 이내까지 다가가야만 숨통을 끊을 수 있소.

―60보 이내라? 경계가 삼엄할 텐데….

―만일 그 이상이라면 갑주를 갖추고 있지 않을 때를 노려야 하오.

―홍타이지는 의심이 많은 자라 잠자리 외에는 갑주를 잘 풀지 않는 것으로 알고 있네. 어쨌든, 그자를 저격할 수 있는 곳은 그곳뿐이 아닌가 생각되네만.

―그곳이 평지라서 적당하긴 하지만, 기회는 오직 단 한 발뿐일 것이오.

조흘이 회령에서부터 가지고 온 것은 조총이었다. 조흘은 관사에 도착하자마자 종이를 넣은 함 속에 숨겨 가지고 왔던 조총을 마방 천장에 감춰두었다가 관사 근처로 찾아온 장채주에게 몰래 넘겨주었었다.

무비사낭청이 내린 밀명은 조선에 강경한 태도를 보이는 홍타이지를 저격해 살해하는 것이었고, 그 임무를 맡은 자가 바로 조흘이었다. 홍타이지가 장차 조선에 큰 화근이 될 것임이 틀림없다고 판단한 무비사냥청이 그를 제거하기 위해 회령 최고의 포수인 조흘을 짐꾼으로 가장해 보낸 것이었다. 조흘은 지난번 홍타이지 군영을 방문했을 때 그의 용모를 미리 파악해 두어 먼 거리에서도 그를 식별할 수 있었다.

조흘의 나이는 올해 스물세 살이었고 가족은 없었다. 5년 전, 강을 건너와 노략질을 하던 여진족들에게 그의 가족은 모두 죽임을 당했다. 그 후로 혈혈단신이 된 조흘은 복수를 꿈꾸며 세월을 흘려보내다가 작년에 훈련원에서 주관하는 무과 초시에 뽑혔다. 조흘은 신묘할 정도로 조총을 잘 다루었는데, 나는 새도 떨어뜨린다는 말이 그에게 딱 어울릴 것이라고 다들 입을 모았다. 조흘이 조총을 처음으로 본 것은 아주 어릴 적이었다. 아비가 왜란 때 의병으로 참전했다가 고향으로 돌아올 때 일본군이 쓰던 조총 한 자루를 가지고 왔다. 아비는 조총으로 사냥을 하곤 했는데 화약이 다 떨어져 집에만 처박아두었던 조총을 조흘은 어릴 때부터 가지고 놀았다.

올 초 조흘이 조총을 잘 다룬다는 소문이 훈련원 주부의 귀에까지 들어가자, 무비사냥청이 회령으로 사람을 내려 보냈다. 조흘을 설득하는 일은 그리 어려운 일이 아니었다. 여진족에게 원한을 품고 있던 조흘은 무비사냥청의 제안을 거절하지 않고 오히려 그런 기회가 오기를 기다리고 있었다는 듯이 받아들였다.

−단 한 발만 쏠 수 있고 돌아올 수는 없을 테지요.

조흘은 상대에게 자신의 운명에 대해 먼저 언급함으로써 강한 의지를 내보였다. 무비사냥청은 조흘이 적임자임을 간파하고 그에게 집중적으로 사격 훈련을 시켰다.

장채주는 전부터 부리던 중국인들을 시켜 홍타이지의 동선에 대해 알아보게 했다. 홍타이지는 사냥을 자주 나가고 군영으로 돌아올 때 가끔 요양의 서쪽 들판에 있는 작은 탕서(사당)에 들른다고 알려왔다. 장채주는 그 탕서가 평지에 있어서 저격을 가로막는 물체가 없는 점에 착안하여 그곳을 최적의 장소로 여기고 있었다. 장채주는 현장을 점검하고 상세한 저격 장소를 물색하기 위해 조흘을 데리고 탕서로 갔다.

둘은 탕서 근처 숲속에 엎드려서 주위를 유심히 살폈다. 군사들이 탕서를 지키고 있지는 않았으나 혹시나 하여 가까이 다가가지는 않고 숨어서 적당한 저격 위치를 찾았다.

―탕서로 들어가거나 나올 때 저격하는 건 어떤가?

장채주가 멀리 탕서를 바라보며 나직이 물었다. 조흘은 예리한 눈빛으로 최적의 저격 지점을 찾느라 대답하는 것도 잊고 있었다. 단 한 발이었다. 새끼손톱만한 탄환 하나를 적의 심장에 정확히 꽂아야만 하는 일이었고, 두 번째 탄환을 날릴 여유는 전혀 없을 터였다. 그동안 무수히 연습을 거듭했지만 스물을 셀 때까지 두 번째 탄환을 장전하는 것은 어려웠다. 결국 첫 번째 탄환이 빗나가면 두 번째 기회는 영원히 오지 않을 것이었다. 이번 일은 탄환 하나와 자신의 목숨을 맞바꾸는 것이어서 실수는 곧 의미 없는 죽음으로 연결될 터였다. 첫 한 발에 모든 것을 걸어야 한다고 생각하며 조흘은 사격 지점을 찾느라 고심을 거듭했다.

―문을 들고 날 때가 등과 가슴이 반듯하게 보이니 적당하지 않겠는가?

대답을 재촉하듯 장채주가 고개를 돌리며 다시 물었다.

―그렇긴 하오만….

조흘의 시원한 대답을 듣지 못하자, 그제야 장채주는 그 이유를 알아챘다.

-아! 그렇게 하려면 문과 정면이 되는 지점에서 쏘아야 하는데, 그런 적당한 곳이 보이지 않는군.

　장채주는 난감한 표정을 보였다. 조흘의 눈은 여전히 탕서와 앞쪽의 벌판을 오가고 있었다. 한참 뒤에 조흘이 입을 열었다.

　-저기 낮은 둔덕 외에는 저격할 곳이 마땅치 않은 듯하오.

　-탕서까지 90보는 더 되어 보이는데 너무 멀지 않은가?

　-그렇긴 하지만, 적당한 곳이 없으니….

　둘은 숲속에 엎드려 계속 탕서 쪽만 응시했다. 이곳 탕서 외에는 홍타이지에게 접근할 장소와 기회가 없기에 둘은 자리를 떠나지 못하고 궁리만 하고 있었다.

　-저 앞이라면 어떤가?

　장채주가 침묵을 깨고 입을 열자, 조흘이 고개를 돌렸다.

　-놈이 탕서 안으로 들어가지 않고 저 앞쪽에 머문다면 가능하겠는가?

　어떤 이유로 장채주가 그렇게 말하는지 선뜻 눈치 채지 못한 조흘은 고개만 끄덕였다. 장채주가 가리키는 곳은 자신이 말한 둔덕과 대략 70보 정도 떨어진 거리로 보였다. 조흘은 장채주의 생각을 물어보려다 말고 그의 얼굴을 쳐다봤다. 장채주는 자신이 가리킨 곳을 유심히 노려보고 있었다.

열흘 뒤, 의주에서 한 젊은 여인이 요양으로 건너왔다. 장채주가 명 첩보조직의 감시를 피하기 위해 자신의 딸로 위장해 데리고 다니던 스물두 살의 여화였다. 그동안 여화는 장채주를 따라 의주와 요동을 오가며 첩보활동을 해왔는데 부모는 조선으로 귀순한 중국인이었다. 여화는 6살 무렵에 의주로 넘어왔고 3년 뒤 부모가 역병으로 모두 죽자 어느 무당집에 수양딸로 들어가 그곳에서 자랐다. 여화는 중국어를 할 줄 알았고 얼굴이 고와서 의주에 있는 비변사 지부의 눈에 띄었다.

장채주는 여화를 데리고 탐서 현장을 둘러보며 그녀의 역할에 대해 알려주었다. 거처로 돌아온 장채주는 조흘을 기다리는 동안 여화에게 이번 일을 할 수 있겠느냐고 거듭 물었고 그녀는 말없이 고개를 끄덕였다. 수 년 동안 함께 지내온 여화는 사실 장채주에게 수양딸이나 마찬가지였다. 장채주는 이번 일에 여화를 끼우는 것이 꺼림칙했으나 저격을 성공시키기 위해서는 불가피하다고 판단했다. 여화가 이번 일에 끼이게 되면 저격의 성패 여부를 떠나서 그녀 또한 위험을 피할 수 없었다.

여화를 처음 본 조흘은 시선을 똑바로 하지 못했다. 한창 나이인 조흘이 미모가 빼어난 여화에게 끌리는 것은 당연했다.

―놈이 탕서 앞에 머물 때 저격하는 걸로 하지.

조흘이 고개를 갸웃하며 물었다.

―군사들에게 둘러싸여 있지 않겠소?

―저격 지점을 바꾸는 건 사실상 어려운 일이니, 이렇게 하는 건 어떻겠는가?

장채주의 계획은 이러했다. 홍타이지가 탕서를 들고 날 때 저격하는 것은 위치가 좋지 않아 성공하기 어려웠다. 하여, 대안으로 생각해 낸 것이 홍타이지가 탕서 밖에 머물 때 저격하는 것이었다. 홍타이지를 탕서 앞에 머물도록 하기 위해 장채주가 생각해낸 것은 바로 야제野祭였다. 첩보에 의하면 홍타이지가 탕서 앞에서 야제를 지낸 적이 한 번 있었다고 했다. 자신의 소망을 이루려는 욕망이 강한 홍타이지를 이용할 생각이었다.

―놈이 야제를 언제 지낼지 어떻게 알 수 있겠소?

조흘의 물음에 장채주는 차근히 말했다.

―야제를 지내게 만들어야지. 그건 내가 알아서 할 테니, 자네는 저격하는 일에만 신경을 쓰게.

첩보조직

의주의 비변사 지부에서 보낸 밀지 한 통이 한양 비변사 관아에 당도했다. 낭청들이 근무하는 비변사 관아는 남산 밑에 있었는데 당상관들은 관아가 멀어 여간해서는 들르지 않고 궐 안의 빈청을 이용했다. 요양에서 장채주가 보낸 밀지는 의주를 거쳐 남산의 비변사 관아에 파견 나가 있는 병조 소속의 무비사武備司낭청에게 전달되었다. 밀지가 의주부윤을 거치지 않고 직접 무비사낭청 이민랑에게 전달된 것은 이번에 꾸미고 있는 일이 조정과는 무관하다는 뜻이기도 했다.

후금에 대한 이민랑의 생각 역시 비변사 당상들과 다르지 않았다. 후금은 화친의 대상이 아니라 글과 예를 모르는 그저 변방의 오랑캐에 불과한 존재라고 평소 생각해 왔다. 조선과 명은 부자지간인데 그런 명을 침략하는 행위는 바로 우리의 적이나 다름없고, 호전적인 홍타이지를 제거함으로써 향후 조선과 명이 편안해질 것이라고 이민랑은 판단했다.

　통상적으로 첩보와 정보가 비변사로 모여드는 경로는 해당 지역의 수령들을 통해 올라왔다. 일본의 동향에 관해서는 주로 왜관에서 활동하는 왜학 역관들에 의해 수집되어 동래부사를 거쳐 승정원으로 전달되었고, 명에 관한 것은 요동에 상시로 나가 있는 역관(당인압해관唐人押解官)과 비변사에서 파견한 첩보원들에 의해 수집되어 의주부윤을 거쳐 전해졌다. 후금에 관한 첩보와 정보 수집은 대부분 만포진에서 담당했고 세국이 주도적으로 그 역할을 수행해왔다.

　무비사낭청 이민랑에게 전달된 장채주의 밀지에는, 일이 늦어지고 있으나 반드시 실행할 것이라는 내용이었다. 이민랑은 관아를 오가며 문서를 수발하는 하급관원 편에 그 밀지를 병조 관아로 보냈다. 그런데 도중에 의외의 사건이 일어나고 말았다.

　―무어라! 밀지가 어찌 되었다고?

　하급관원의 말을 듣고 이민랑은 고함을 내질렀다. 비변사 관아가 순식간에 발칵 뒤집어졌다. 밀지를 가지고 병조로 향하던 하급관원이 도중에 공문서 꾸러미를 통째로 분실하고 만 것이었다. 말을 타고 달리던 중 큰 통나무 하나가 길을 가로막고 있어 그것을 치우기 위해 잠시 말에서 내린 틈에 공문서 꾸러미가 사라졌다고 하급관원은 보고했다.

의금부에서 관리들이 나와 공문서 꾸러미를 분실한 하급관원을 문초하고 현장 주변을 탐문했다. 그런데 마침 공문서를 분실한 현장 근처에서 수상한 자를 보았다는 행인이 나타났고, 그의 도움으로 인상서를 작성하여 주요 길목에 붙였다. 며칠 동안 비변사 소속의 정예병들이 저자와 민가를 기찰한 결과, 인상서 속의 사내는 귀순한 여진족으로 밝혀졌다. 그렇지 않아도 후금 첩자들의 움직임이 곳곳에서 포착되고 있는 마당에 공문서 분실이 여진족 첩자의 소행으로 결론나자, 비변사는 변경으로 파발을 띄우는 한편 정예병들을 보내 인상서 속의 사내를 뒤쫓기 시작했다.

비변사에서 띄운 파발은 이틀만에 의주, 만포를 거쳐 나흘째는 회령 등 대부분의 변경지역 관아에 당도했다. 변경의 수령들은 낯선 자들을 엄히 검문하며 인상서 속의 인물과 닮은 사내를 찾기 시작했다. 한편, 비변사 소속의 정예병들은 밤낮으로 말을 달려 후금 첩자의 뒤를 쫓았다. 후금으로 건너가는 가장 빠른 길이 만포라고 판단한 정예병들은 평양을 지나 안주에서 오른쪽으로 방향을 꺾어 북쪽으로 내달렸다.

요동은 각국의 첩자들이 왕성하게 활동하는 곳이었다. 요동의 중심지인 요양에서는 명 조정에서 파견한 첩보조직 동창東廠이 타국의 첩자들을 찾아내기 위해 은밀히 움직였다. 요양은 역관이나 상인으로 위장해 파견한 조선의 첩자들과 후금의 첩보조직 숑코로뿐만 아니라, 멀리 일본 막부에서 보낸 첩자들까지 서로 뒤엉켜 활동하는 첩보 무대였다.

요양이 후금에 점령당한 뒤에도 명의 첩보조직 동창은 여전히 활동을 이어갔다. 후금은 요양을 점령한 뒤 이전과는 달리 그곳 주민들을 학살하지 않았다. 점령지의 민간인들을 이제 적이 아닌 자신들의 백성으로 여긴다는 뜻이었다. 중국인들이 거리를 활보하는 데 제약을 받지 않게 되자 동창의 첩자들 또한 자유롭게 활동할 수 있었다.

얼마 전 정충신이 요양을 다녀간 일을 알아낸 동창은 조선이 후금의 끈질긴 요구에도 끝내 차관의 왕래와 국서의 교환을 거부했다는 소식을 명 조정에 전했다. 동창으로부터 첩보를 전해들은 명 조정은 조선과 후금이 우호관계를 맺지 못하도록 계속 감시하고 이간질하라는 명을 내렸다. 그러자 동창은 두 나라를 이간하기 위해 모문룡을 끌어다 댔다. 모문룡이 조선으로부터 원조를 받고 있으며 머지않아 조선이 군병도 지원할 것이라고 헛소문을 퍼뜨렸다. 이에 맞서 후금의 첩보조직 또한 기민하게 움직였다. 누르하치의 직속 부대에서 운영하는 첩보조직 숑코로는 소문의 진위 여부를 가리기 위해 요동의 첩보망을 총동원했다. 자신들이 수집한 첩보에 의하면, 소문이 사실과는 달랐지만 그래도 숑코로는 조선 내에 심어놓은 첩자들을 통해 거듭 확인했다.

숑코로도 명의 동창 조직과 비슷했다. 숑코로의 가장 큰 임무 중 하나는 조선에 귀화한 여진족들을 첩자로 이용해 조선 내부의 동향을 감시하고 조선과 명 사이를 이간하는 것이었다. 지난번에 정충신이 방문했을 때 후금과 맹약을 맺겠다고 했다면 그것을 요동에 퍼뜨려 조선과 명 사이를 이간하는 데 이용했을 것이 틀림없었다. 또한 숑코로는 모문룡을 주의 깊게 관찰해 오고 있었다. 숑코로는 모문룡의 진영에 요동 난민으로 위장한 첩자들을 대거

잠입시켜 조선과의 연계 여부에 대해 감시했다.

세국 역시 예외일 수 없었다. 슝코로는 오래전부터 세국을 주시해 오고 있었고, 그러한 사실을 잘 알고 있는 세국 또한 슝코로의 첩보망에 걸려들지 않기 위해 주의 깊게 행동했다. 슝코로는 세국이 자신들의 동향을 수집해 조선에 몰래 전하는 첩자나 다름없다고 여기고 있었다. 그럼에도 지금까지 아무런 조치를 취하지 않았던 것은 세국이 자신들의 뜻을 조선에 알리는 중대한 역할을 맡고 있기 때문이었다.

슝코로의 첩보망에 최근 들어 요양에서 활동하는 조선 첩자들의 은밀한 움직임이 감지되었다. 소상한 내용까지는 알 길이 없었으나 대단히 중요한 일임에는 틀림없는 듯했다. 그러자 슝코로 조직을 담당하고 있는 장수 소두리가 세국의 거처를 직접 찾아왔다. 세국을 의심해서라기보다 그에게서 무언가 실마리라도 얻을 수 있지 않을까 해서 찾아온 것이었다.

-요양에 나와 있던 조선의 간자들이 아직 철수하지 않은 모양이다. 이곳은 더 이상 명의 땅이 아니니, 그만 돌아가야 마땅하지 않겠는가?

세국은 소두리가 무슨 의도로 말하는지 알지 못했다.

―무슨 뜻이오?

―조선의 간자들이 요양에서 뭔가 일을 꾸미고 있는 듯하다.

―이렇게 억류되어 감시받고 있는 내가 무얼 알 수 있겠소?

소두리는 조금 미안하다는 표정을 지어 보였다.

―그것은 나의 뜻이 아니다.

소두리는 몇 차례 더 세국의 마음을 떠보았지만 아무것도 얻어내지 못했다. 설사 세국이 사실을 알고 있다고 해도 실토할 리는 없었다.

한편, 세국은 요양에서 활동하는 비변사의 첩자들이 실제로 무슨 일을 꾸미고 있을지도 모른다는 생각이 들었다. 소두리가 이렇게 자신을 찾아와 떠볼 정도면 분명 무언가 냄새를 맡은 것이 확실해 보였다.

소문

세국이 요양에 머물고 있다는 소식을 듣고 신웅구가

은밀히 접촉해왔다. 신응구는 요양에서 활동해 오던 만포 역학원 소속의 첩자였다. 만포에서 보내온 밀지를 보고 세국이 요양에 붙잡혀 있다는 사실을 알게 된 신응구는 숑코로가 항시 세국을 감시하고 있음을 잘 알고 있었기에, 중국인 장사꾼을 시켜 은밀히 세국에게 밀지를 전했다. 세국은 밀지의 내용을 보고 역시나 소두리가 괜한 말을 하고 돌아간 것이 아니라는 생각을 굳혔다. 신응구가 보낸 밀지에는, 요양에 나와 있는 비변사 첩보조직에서 무슨 일을 꾸미고 있는 듯하고 지난번 차관이 들어올 때 모종의 임무를 띠고 몰래 섞여 들어온 자가 있다는 내용이었다.

세국은 밀지의 내용을 보고 조흘을 의심했다. 조흘은 단순히 짐꾼으로 따라온 자가 아닐 가능성이 높았다. 요양에 남기 위해 일부러 자해를 하는 등 수상쩍은 행동을 한 것으로 보아 분명 다른 목적이 있었다. 민가로 거처를 옮긴 뒤에도 밖으로만 나돌고 있는 조흘에게서 세국은 비변사의 그림자가 느껴졌다.

─자네 요양에 온 목적이 무엇인가?

세국이 거두절미하고 물었다.

─무슨… 뜻입니까?

세국은 조흘을 빤히 쳐다보다가 말을 이었다.

-자네가 무엇 때문에 요양에 왔는지는 모르나 경거망동하지 말게.

-….

-자네의 행동이 후금과의 관계를 더욱 어렵게 만들 수도 있음을 말하는 걸세.

-무슨 뜻인지 잘 모르겠소.

조흘은 퉁명스럽게 시치미를 뚝 뗐다. 자신의 입장에서는 그럴 수밖에 없었지만 세국의 말을 흘려듣지는 않았다. 조흘은 이번 일이 잘못 되면 자기 혼자만의 목숨으로 끝나지 않을 것임을 짐작하고 있었으나, 막상 세국의 말을 듣고 보니 더욱 실감났다. 하지만 이제 와서 그만 둘 수는 없는 일이기에 반드시 적을 쓰러트리는 길밖에 없다고 생각했다.

한편, 장채주는 슝코로의 감시를 피해 은밀히 움직이면서 임시로 무당집을 차렸다. 장채주는 사람을 시켜 여화가 예지능력이 뛰어난 무당이라는 소문을 요양 바닥에 흘렸는데, 실제로 여화는 신기神氣가 다분했다. 어릴 때 무당집의 수양딸로 들어간 여화는 무당이 하는 행동들을 눈여겨보며 자랐고 어느새 자신도 모르는 사이에 신기가 몸에 들어와 웬만한 점占은 볼 수 있었다. 장채주가 여화의 소문을 퍼뜨린 이유는 홍타이지의 귀에 들어가게 하기 위해서였다. 다음번 칸의 자리에 오를 인물에 대에 지금 누구보다 궁금해 하는 쪽은 홍타이지 자신일 터였다. 역시나 숑코로는 요양 바닥에 나도는 소문을 놓치지 않았다. 숑코로의 조직 내부에는 홍타이지와 은밀히 연결되어 있는 자들이 많았는데, 그들이 여화의 소문을 홍타이지에게 전했던 것이다. 며칠 뒤 중국인 복장을 한 세 명의 사내들이 여화가 있는 무당집으로 찾아왔다.

−장차 높은 자리에 오르겠는가?

덩치가 작은 한 사내가 얼굴에 흉터자국이 있는 다른 사내를 가리키며 중국말로 물었다. 여화는 얼굴에 칼자국 흉터가 깊은 사내를 쳐다보다가 맨 뒤에 가만히 서 있는 목이 짧은 사내를 손짓으로 불렀다. 뒤에 있던 사내가 가까이 다가오자 여화는 그의 얼굴을 가만히 들여다보더니 대답했다.

−이분이 높은 자리에 오를 것이오. 다만, 아직은 그 기운이 약하오.

덩치 작은 사내가 목이 짧은 사내에게 무언가 속삭였다. 그러자 목이 짧은 사내가 여화를 지그시 바라봤다.

―어찌하면 그 기운이 왕성해지겠는가?

덩치 작은 사내의 물음에 여화는 잠시 뜸을 들이다가 말했다.

―조상신께 기원을 자주 드려야 하고 야제를 지내면 더욱 좋을 것이오.

목이 짧은 사내는 덩치 작은 사내가 옮긴 말을 듣고 여화를 유심히 살펴보더니 밖으로 나갔다. 여화는 목이 짧은 사내가 홍타이지라는 것을 어림짐작으로 알아차렸다. 얼굴에 흉터가 있는 자는 부하 장수 동구어부라고 장채주로부터 미리 들어서 알고 있었지만, 홍타이지는 큰 특징이 없어서 짐작으로 알 수밖에 없었다.

일이 계획대로 되어가고 있다고 판단한 장채주는 조흘에게 소상히 알렸다. 조흘은 홍타이지가 야제를 지낼 때 자신이 저격하는 것으로 알고 준비에 들어갔다. 조흘은 자주 장채주의 거처로 찾아가 연습 삼아 빈총으로 목표물을 겨누어 보거나 조총을 정비하며 때를 기다렸다.

조흘은 허공을 향해 총을 겨누어보다가 문득 오구鳥口 속의 탄환 하나를 꺼내 눈앞에 대고 들여다봤다. 작은 탄환 한 발과 자신의 목숨을 맞바꾼다는 생각이 들자, 조흘은 문득 중압감이 밀려왔다. 적의 심장에 이 작은 탄환 하나를 정확히 꽂음으로써 자신의 가족을 죽인 여진족에 대한 원수를 갚는 길인지는 확신할 수 없었다. 하지만 그렇게라도 하지 않으면 끓어오르는 분노를 안고 평생 살아갈 방법이 없었다. 처음 회령으로 무비사낭청이 내려 보낸 사람은 홍타이지를 저격하는 일이 곧 나라에 충성을 하는 길이며 백성 된 당연한 도리라고 했으나, 조흘은 애초부터 그 말에 관심을 두지 않았다. 조흘이 무비사낭청의 제안을 받아들인 것은 오로지 개인적인 분노 때문이었고 나라와 백성이라는 거창한 말은 조흘의 마음을 움직이지 못했다.

장채주가 방 안으로 들어와 탄환을 바라보고 있는 조흘에게 지나가는 말로 물었다.

─철환이 더 강력하지 않은가?

─가벼운 연환鉛丸이 더 멀리 날아가고 몸에 맞으면 부서져 더욱 치명적이지요.

장채주는 고개를 끄덕이며 탄환이 몸속에 박힌 홍타이지를 상상했다.

─저들이 연락해 올까요?

조총을 만지작거리며 조흘이 묻자, 장채주는 확신하듯

이 대답했다.

　-반드시 올 걸세.

　-어찌… 그리 확신하오?

　-욕망 때문이지. 칸의 자리에 오르고자 하는 욕망 말일세.

조흘은 홍타이지의 욕망에 대해 문득 생각했다. 칸이 되기 위한 홍타이지의 욕망과 그를 죽이고자 하는 자신의 욕망이 어쩌면 다르지 않을지도 모른다는 생각이 들었다.

한편, 여화는 임시로 차린 무당집에서 계속 손님을 받으면서 무당 행세를 했다. 숑코로가 보낸 첩자들이 손님으로 위장하여 여화의 무당집을 다녀갔다. 숑코로는 한동안 여화를 면밀히 관찰했으나 그녀에게서 의심스러운 점은 눈치 채지 못했다. 다행히도 여화가 점을 잘 보는 재주가 있어서 앞날이 불안한 중국인들이 무당집을 자주 드나들었고 그 소식은 곧바로 홍타이지에게 전해졌다.

장채주는 처음 계획과는 달리 여화에게 새로운 임무를 추가로 부여했다. 여화는 무당으로서 야제를 주관하는 것이 주된 임무였으나 조흘이 저격에 실패할 경우 마지막 뒤처리까지 맡게 되었다. 무당칼춤을 능숙하게 추는 여화에게 저격이 실패하면 홍타이지를 직접 처리하라는 지시를 내린 것이다. 야제가 열릴 때 홍타이지에 가장 근접해 있는 사람이 여화이기 때문이었고, 여화는 자신이 살아서 돌아올 일이 더욱 희박해졌다고 생각하면서도 고개를 끄덕였다.

 아홉 살 무렵에 무당집 수양딸로 들어간 여화는 그곳에서 8년 동안 잡일을 거들며 살았다. 여화가 열일곱이 되던 해 수양어미는 한마디 말도 없이 혼자 야반도주를 했다. 의주에서 행세깨나 하고 살던 토관土官의 점을 잘못 본 것이 발단이었다. 수양어미는 항시 점을 칠 때 앞일에 대해 나쁘게 말하는 습관이 있었다. 그래야만 설혹 결과가 다르더라도 따지러 오는 사람이 없었기 때문이다. 앞일을 좋게 말했는데 결과가 반대가 되면 신기가 없다는 소리를 들을 뿐만 아니라 복채를 도로 내놓으라는 등 봉변을 당할 수도 있음을 수양어미는 경험으로 잘 알고 있었다. 하루는 토관의 점을 보다가 그만 실수로 앞으로 좋은 일이 많을 것이라고 했는데 나중에 그 반대가 되고 말았다. 그러자 분을 삭이지 못한 토관이 가노들에게 무당을 잡아오라고 시켰고 그 소식을 미리 알게 된 수양어미는 그날 밤 여화를 혼자 남겨두고 줄 행랑을 쳤다.

여화는 추가로 부여받은 임무로 인해 살아서 돌아오는 일이 더욱 불가능함을 깨달았다. 이번 일이 나라를 위해 자신의 목숨을 거는 것이라고 여화는 생각하지 않았다. 여화에게 나라라는 것은 애초부터 없었다. 여화는 명이 자신의 모국이고 명의 적이 후금이기 때문에 이번 일을 하는 것이 아니었다. 여화는 나라와 백성의 관계를 알지 못했다. 자신을 거두어주고 굶주리지 않게 해 주면 그것이 어느 쪽이든 여화의 나라이고 여화의 임금이 되는 것이었다. 여화는 자신을 거두어준 쪽에 목숨을 바치는 것은 아까운 일이 아니라고 여겼다. 여화는 굶주림이 죽음보다 더 혹독하다는 사실을 부모가 조선으로 귀순하던 어린 나이에 이미 알아버린 영리한 여인이었다. 여화는 야제가 열리면 자신이 담당해야 할 일만 생각하며 조용히 기다렸다.

이틀 뒤 홍타이지 군영에서 사람이 나와 야제를 지낼 날짜를 전하고 돌아갔다.

추적

 비변사의 명에 따라 변경지역의 경계를 강화하자 여진족 첩자는 쉽게 국경을 넘지 못했다. 공문서를 훔쳐 달아나던 여진족 첩자는 만포와 의주 사이의 창성으로 향했다. 그의 도주 경로를 전혀 예상치 못한 비변사 소속 정예병들은 허를 찔리고 말았다. 여진족 첩자는 검문이 삼엄한 의주와 만포 대신 험준한 강남산맥을 넘어 창성 땅으로 들어갔다. 그런데 창성으로 숨어든 여진족 첩자는 뗏목을 타고 압록강을 건너다가 그만 발각되고 말았다. 마침 경계를 서고 있던 토병에게 발각된 여진족 첩자는 강 한가운데서 토병이 쏜 화살에 맞았다.

 만포를 거쳐 회령으로 향하던 비변사 소속 정예병들은 뒤늦게 소식을 듣고 말머리를 급히 창성으로 돌렸다. 화살을 맞은 사내의 생김새가 뒤쫓고 있는 인상서 속의 사내와 비슷하다고 토병은 말했지만 거리가 멀어서 정확히 파악할 길은 없었다. 자신의 공을 내세워 군역이라도 면할 길을 찾아보려고 한 탓인지 토병은 한사코 며칠 전에 본 인상서 속의 인물과 닮았다고 우겨댔다. 어쨌든 북단으로 올라가던 정예병들은 사실을 확인하기 위해 창성 땅으로 내려왔다.

　새벽 동이 틀 무렵, 창성 관아의 외삼문 앞에 말발굽소리가 요란했다. 밤새 말을 타고 달려온 낭청 정항준이 이끄는 비변사 소속의 정예병들이 창성도호부에 막 당도했다. 정항준은 피로와 허기에 지친 병사들을 위해 관아 객사부터 찾았다. 새벽녘에 군관과 함께 순찰을 나갔던 도호부사 김기언이 소식을 듣고 관아로 되돌아왔다. 객사에서 요기를 하고 있던 정항준은 군관을 따라 도호부사의 집무실로 향했다.

　-오느라 고생이 많았네.

　김기언은 엉거주춤 자리에서 일어나 정항준을 맞이했다.

　-소상히 듣고자 밤새 달려왔습니다. 화살을 맞고 강물에 떠내려갔다는 그 첩자의 생김새를 토병이 보았답니까?

　정항준은 첫인사도 없이 단도직입으로 물었고 말의 기세 또한 당당했다. 듣던 대로 비변사낭청의 위세는 대단했다.

　-우선 좀 앉지.

　정항준이 자리에 앉자 도호부사 김기언이 차분한 목소

리로 설명했다. 뗏목을 타고 몰래 강을 건너가던 한 사내가 토병이 쏜 화살을 맞고 강물 속으로 빠졌으나, 생사여부는 알지 못한다고 했다. 하지만 그자가 비변사에서 뒤쫓고 있는 자라고 확신하는 이유는, 장사꾼으로 위장한 그자가 강을 건너기 하루 전 마을 대장간에서 낫 한 자루를 모시와 바꾼 사실이 밝혀졌고, 인상서를 대장장이에게 보여주었더니 생김새가 얼추 비슷하다고 했다고 말했다.

−그럼 그자가 낫으로 뗏목을 만들었다…?

정항준은 의문이 다 풀리지 않았다는 표정으로 중얼거렸다.

−낫으로 관목을 베어 뗏목을 만든 것 같네. 떠내려가던 뗏목을 토병들이 보았는데 관목을 칡덩굴로 촘촘히 엮어서 만든 거였다고 하더군.

미심쩍은 부분이 조금 해소되었는지 정항준은 천천히 고개를 끄덕였다. 도호부사의 집무실에서 나온 정항준은 화살을 쏜 토병을 불러 사실 여부를 직접 확인한 뒤 한양으로 향했다.

무비사낭청 이민랑은 이번 작전을 취소해야 할지 말아야 할지 결정을 내리지 못했다. 정예병들을 이끌고 변경으로 달려간 낭청 정항준이 돌아올 때까지 기다리며 결정을 미루고 있었다. 애초 홍타이지를 저격하는 일을 주도한 사람은 이민랑 자신이었다. 비변사 당상들은 후금의 침략을 늦추게 하기 위해 누르하치의 두 아들을 서로 이간하는 것을 제안했으나, 이민랑은 한 발 더 나아가 아예 홍타이지를 제거하려고 들었다.

비변사 소속 열 두 명의 문무 낭청 중 후금에 대해 가장 강경한 태도를 보이는 사람은 이민랑이었다. 평소 이민랑은 여진족을 천한 오랑캐에 지나지 않는 족속들이라고 여겼고, 후금을 나라로 인정하려고 들지 않았다. 이민랑은 자신의 생각 깊은 곳에 자리 잡은 여진족에 대한 멸시의 원천을 스스로도 알지 못했다. 다만 자신이 태어나기 오래 전부터 사람들의 생각이 그러했으므로 앞으로도 그 생각은 변하지 않을 것이라고 여길 뿐이었다. 이민랑에게 명은 언제나 제자리에 있는 하늘의 해와 같은 존재였다. 억겁의 세월이 흐른다 해도 명은 언제나 오랑캐의 도전을 막아낼 것이고 그런 명을 상국으로 떠받드는 일은 조선의 몫이라고 생각했다. 이민랑은 공맹의 도리를 깨우친 조선이 오랑캐에게 굴복하는 일은 절대 없을 것이라고 스스로를 세뇌시켰다.

여진족 첩자를 뒤쫓아 변경으로 달려갔던 정항준이 돌아왔다. 남산의 비변사 관아를 나온 이민랑과 정항준은 병조로 향했다. 정항준은 비변사낭청들에게 여진족 첩자를 제거했다고만 알렸고 다른 말은 일체 언급을 피했다. 홍타이지를 저격하는 이번 작전은 이민랑과 정항준 그리고 병조참판 외에는 아무도 모르는 일이었다. 이민랑이 이번 작전을 비변사의 다른 낭청들에게 비밀로 하는 이유는, 승지의 추천으로 임명된 다른 낭청의 귀에 들어가는 것을 염려했기 때문이었다. 임금의 명도 없이 이런 엄청난 일을 꾸민다는 것은 사실 있을 수 없는 일이었고, 만일 임금이 알게 된다면 당장 취소하라는 명이 내려올 뿐만 아니라, 문책 또한 피할 수 없었다.

　변경을 다녀온 정항준의 보고가 끝난 뒤 이민랑이 이번 작전을 그대로 실행할 뜻을 내비치자, 병조참판 한균직은 은근히 우려하는 기색을 보였다.

　−만일 실패하게 되면 큰일이 생기지 않겠는가?

　−참판 영감. 이제 와서 멈출 수는 없는 일이옵니다. 비록 실패한다 해도 조선이 일을 꾸민 흔적은 남지 않을 것입니다.

　이민랑은 머뭇거리는 듯한 병조참판의 기색을 읽고 강

하게 밀어붙였다. 잠시 방바닥을 응시하며 침묵하던 참판 한균직은 고개를 끄덕였다.

—…이번 일은 우리만 아는 걸로 하세. 설혹 일이 잘못되더라도 병판대감은 모르는 일이라고 하실 걸세.

처음 참판의 보고를 받은 병조판서는 아무런 내색도 하지 않았다. 그러자 참판은 판서의 침묵을 긍정의 뜻으로 여기고 계속 일을 추진해왔다.

모두 시선을 허공으로 돌리며 말이 없었다. 이제 홍타이지를 저격하는 일은 시위를 떠난 화살처럼 누구도 제어할 수 없는 일이 되어버린 듯했다. 결과에 대해서는 오직 그 결과만이 증명할 터였다.

야제 野祭

야제가 열리기 하루 전이었다. 칸이 되고자 하는 욕망을 누르지 못한 홍타이지가 결국 무당집으로 연락해왔다. 탕서 앞에서 야제를 열기로 했으니 여화가 주관하라고 홍타이지 군영에서 알려온 것이다.

장채주는 자신의 거처로 조흘을 불렀다. 그동안 조흘은 탕서 근처에 몰래 가서 저격할 지점을 살피고 돌아오곤 했다. 탄환 한 발에 모든 것이 달려 있는 만큼 조흘 역시 속으로 상당한 부담감을 느끼고 있었다. 조흘이 염려하는 것은 상대를 쓰러트리지 못하면 자기뿐만이 아니라 여화도 살아남을 수 없기 때문이었다.

옆방에 있던 여화가 조흘이 있는 방으로 건너왔다. 둘은 여전히 시선을 마주하지 못했고 조흘은 헛기침으로 인사를 대신했다. 긴 생머리를 늘어뜨린 여화는 발그레한 볼을 하고 슬픈 듯 동그란 눈을 아래로 내리깔았다. 여화의 미색에 마음이 끌린 조흘은 좋은 시절에 남녀의 인연으로 만났으면 어땠을까 하고 생각해보기도 했으나, 결국은 부질없는 짓이라고 스스로를 달랬다. 조흘은 자신에게 이 여인의 목숨이 달렸다고 생각하니 더욱 중압감이 밀려왔다. 저격에 실패하면 자신과 이 여인이 죽고 성공하면 자기 혼자만 죽는 것이었다. 조흘은 이제 원수를 갚는다는 생각보다 왠지 이 여인을 위해서라도 놈을 정확히 맞춰야 한다는 생각이 앞섰다. 조흘은 여화에 대해 궁금했으나 장채주에게 묻지 않았다. 각자 나름의 사정이 있을 것이고 그것에 의해 각자의 삶과 운명도 결정될 것이라고 조흘은 생각했다.

―긴장되는가?

장채주가 좌우로 고개를 돌리며 둘에게 물었다.

―….

여화는 말없이 시선을 아래로 깔았고 조흘은 비장한 표정만 보였다.

―각자 맡은 역할에 따라 일을 차분히 처리해야 하니, 마음을 편히 먹게.

위로하듯 말하는 장채주의 표정은 진지함을 넘어 엄숙했다. 살아서 돌아올 수 없는 동료들에게 장채주가 할 수 있는 말은 따로 없었다. 야제가 열리는 시각은 명일 신시(오후 3-5시)가 시작될 무렵이었다. 그동안 장채주는 야제가 열리면 각자 어떻게 행동해야 하는지 상세한 내용을 여러 차례 숙지시켜 왔다. 조흘은 탕서 근처 숲에 숨어 있다가 저격 지점인 낮은 둔덕으로 이동해 저격 준비에 들어가고 야제를 주관하는 여화는 홍타이지를 둔덕에서 잘 보이는 곳에 자리 잡게 만들며, 만일 조흘의 저격이 실패할 경우에는 여화가 재빨리 달려들어 독이 묻은 무당칼로 상대를 찌르는 것이었다.

― 화승火繩에서 연기가 솟으면 미리 발각되지 않겠는가?

장채주가 확인하듯이 물어왔다.

-염려 마시오. 대나무 속으로 만들었으니 연기는 나지 않을 거요.

조흘은 만포에서 올 때부터 화승을 만들 재료로 잘게 쪼갠 대나무 속과 노송 뿌리를 함 속에 조금 넣어왔는데, 불이 잘 붙고 연기가 나지 않는 대나무 속을 선택했다.

장채주가 조흘의 얼굴을 흘끔 바라봤다. 조흘도 긴장하고 있음이 그의 얼굴에 역력했다. 셋은 아무 말 없이 한동안 앉아 있다가 헤어졌다.

압록강에서 화살을 맞은 여진족 첩자는 곧바로 죽지 않았다. 창성의 토병이 쏜 화살에 등짝을 맞고 강물에 떠내려가던 첩자는 야판이라는 젊은 번호에게 발견되었다. 며칠 동안 사경을 헤매던 그 첩자는 죽기 전에 잠깐 의식이 돌아왔을 때 자신이 숑코로에 알려야 할 말들을 야판에게 전했다. 망설이던 야판은 전해들은 말을 요양에 알리기 위해 가장 날쌘 호마를 타고 벌판을 내달렸다.

야판은 이틀 밤낮을 달려 요양에 당도했다. 요양이 처음인 야판은 어느 곳으로 찾아가야 할지 몰라 망설이다가 등에 화살을 맞은 자가 죽기 전에 한 말을 떠올렸다.

―누런 깃발을 찾아가라.

야판은 정황기正黃旗가 펄럭이는 누르하치의 직속 군영을 물어서 찾아갔다. 온통 땀에 찌든 한 사내가 군영 앞에서 얼쩡거리자 경계병이 위협적인 어조로 물었고 야판은 소두리라는 장수를 찾아왔다고 하며 그동안 있었던 일을 전했다. 하지만 경계병은 낯선 사내의 말을 듣고 미심쩍어 할 뿐 다급하게 여기지 않았다. 한참이나 지난 뒤 우여곡절 끝에 장수 소두리를 만난 야판은 경계병에게 이미 전했던 말을 되풀이했다. 가만히 듣고 있던 장수 소두리는 슝코로 조직 내에서 조선을 담당하던 부하를 불러 야판의 말을 다시 들었다.

―그런 자가 있는가?

소두리가 부하에게 물었다.

―첩보를 전해오는 자 중에 비슷한 자가 있습니다.

부하의 말을 듣자마자 소두리는 야판에게 추궁하듯 캐물었다.

―다시 말해보라. 그자가 죽기 전에 무엇이라 했느냐?

야판은 기억을 더듬으며 이런저런 말을 늘어놓았다. 하지만 소두리와 부하는 슝코로 조직원이 죽으면서 했다는 말이 무슨 뜻인지 감을 잡지 못했다.

―몸에 지니고 있던 문서 같은 것은 없었나?

답답한 표정을 짓고 있던 소두리가 말을 중간에 끊고 물었다.

―강물에 떠내려갔는지 아무것도 없었습니다.

그때 야판이 했던 말을 곰곰이 되새기고 있던 부하가 중얼거리더니 물었다.

―흰 늑대의 우두머리를 잡기 위해 무녀를 불렀다. 늦어지고 있으나… 꼭 실행할 것이다…. 분명히 흰 늑대라고 말했나?

야판은 자신이 들은 말이 틀림없다는 듯이 고개를 끄덕이며 대답했다.

―목소리는 희미했지만 분명 흰 늑대라고 했습니다.

소두리가 부하의 얼굴을 빤히 바라보며 물었다.

―무엇이냐?

부하는 조심스럽게 자신의 짐작을 말했다.

―혹시… 사패륵님(홍타이지)을 뜻하는 건 아닌지요? 양백기가 흰색이니….

―양백기의 우두머리…?

그제야 감이 오는지 소두리는 자리에서 벌떡 일어났다. 그렇지 않아도 얼마 전부터 요양에서 활동하는 적들의 움직임이 수상하다는 첩보가 있었던 터라, 소두리는 예사롭지 않음을 알아차리고 즉시 고함을 내질렀다.

─당장 양백기 군영으로 갈 것이다!

소두리는 장채주가 무비사냥청에게 보낸 밀지에 쓴 '흰 늑대'의 뜻을 어렴풋이 짐작하고 다급히 군영을 나섰다.

야제가 열리는 탕서 앞 벌판에는 여화를 돕는 사람들과 군사들이 제단을 중심으로 빙 둘러서 있었다. 임시로 차린 제단에는 여러 가지 곡식들과 삶은 돼지 한 마리가 통째로 올라와 있었고, 주위에는 나무기둥들을 세워 종이를 촘촘히 매단 끈으로 연결해 놓았는데, 바람이 불어올 때마다 끈에 매달린 종이가 요란스러운 소리를 내며 나부꼈다.

모든 채비를 마친 여화는 홍타이지가 나타나기를 기다렸다. 붉은 두루마기를 걸친 여화는 머리에 종이로 만든 접부채 모양의 모자를 쓰고 손잡이 부분에 방울이 달린 쌍칼을 손에 쥐고 있었다. 여화의 얼굴에는 긴장도 슬픔도 없는 오히려 평온함이 깃들어 있는 듯했다. 벌판 너머에서 불어오는 바람이 제법 쌀쌀했으나 여화는 그것을 느낄 여유가 없었다.

조흘은 그동안 함께 지낸 세국에게 제대로 인사도 못하고 거처를 나선 것이 마음에 걸렸다. 조흘은 위험을 마다않고 나라를 위해 헌신하는 세국을 처음에는 이해하지 못했다. 일개 통사에게 나라는 무엇이냐고 묻고 싶었으나, 조흘은 시간이 지나면서 상대의 마음을 조금은 느낄 수 있었다. 세국에게는 지켜야 할 가족과 이웃이 있고 그것이 바로 그가 위험을 마다하지 않는 이유라는 것을 뒤늦게 알게 되었다.

조흘은 아직 홍타이지가 나타나지 않아 저격 지점으로 이동하지 않고 근처 숲속에 머무르고 있었다. 나뭇가지 사이로 제단 쪽을 노려보던 조흘은 조총을 세워 장전을 하기 시작했다. 그는 허리띠에 차고 있던 대나무 통에서 추진용 화약을 꺼내 총열 안으로 부어 넣은 뒤, 꽂을대로 화약을 다지고 가죽 주머니에서 서너 발의 탄환을 꺼내 손바닥 위에 놓고 그중 한 발을 골라 총열 안으로 넣었다. 그리고 꽂을대로 서너 번 더 다진 뒤 종이를 넣고 다시 꽂을대로 다졌다.

한편, 홍타이지의 양백기 군영으로 달려갔던 소두리는 말머리를 급히 돌려 탕서로 향했다. 양백기 군영에서는 홍타이지가 사냥을 나갔으며 돌아오는 길에 탕서에 들러 무당이 주관하는 야제에 참석할 예정이라고 말했다. 무당이라는 말을 듣는 순간 소두리는 정신이 번쩍 들며 더욱 다급해졌다.

−무녀라면…? 서둘러라!

소두리는 군사들을 재촉했다. 적들이 바로 오늘 야제가 열리는 시각에 홍타이지를 노릴 것이 분명해졌다. 압록강에서 달려온 번호 야판이 전한 말이 모두 사실로 드러나고 있었다.

탕서 앞 벌판은 여전히 긴장감만 감돌고 있었다. 신시 무렵이 지났는데도 홍타이지가 나타나지 않아 야제는 열리지 않고 있었다. 해가 짧아 벌써 서쪽 하늘에는 붉은 기운이 조금 스미기 시작했다. 숲속에서 탕서를 바라보고 있던 조흘의 시야에 한 무리의 군사들이 들어왔다. 벌판 너머에서 흙먼지를 일으키며 말을 타고 달려오던 군사들은 이내 탕서 근처에 닿았다. 제단 주위에 있던 사람들이 뒤로 물러나고 말에서 내린 한 장수가 제단으로 다가가는 모습이 보였다. 군사들이 재빨리 말에서 내려 넓은 원을 그리듯이 제단 주위를 에워쌌다. 여화가 모자를 고쳐 썼다. 미리 정해 놓은 신호였다. 말에서 내린 장수가 홍타이지임을 알리는 행동이었다. 조흘은 제단 주위의 어수선한

틈을 타서 재빨리 저격 지점인 앞쪽의 둔덕으로 향했다.

야제가 시작되자, 여화는 미리 계획한 대로 저격 지점에서 홍타이지가 잘 보이도록 자신의 오른쪽에 그를 자리하도록 했다. 조흘이 저격할 위치는 북향의 제단을 중심으로 북동쪽 70보 가량 떨어진 지점이었다. 여화를 거들기 위해 함께 온 중국 여인들이 악기를 연주하며 야제의 분위기를 돋우었다. 여화는 제단 앞에서 하늘을 우러러보며 주문을 외웠다.

둔덕에 바짝 엎드린 조흘은 홍타이지를 향해 조총을 겨누어 보았다. 예상과 달리 제단 주변을 군사들이 에워싸고 있어서 시야가 막혔다. 홍타이지의 모습이 군사들 사이로 언뜻언뜻 드러나 저격하기 어려웠다. 그렇다고 조금이라도 몸을 세운다면 당장이라도 군사들의 눈에 띌 것이 뻔했다. 조흘은 저격할 단 한 번의 기회는 반드시 오리라 여기며 부싯돌에 부시를 내리쳤다. 한데, 긴장해서 그런지 불꽃만 번쩍일 뿐 여간해서 부싯깃에 불이 붙지 않았다. 조금 당황한 조흘은 둔덕 아래로 기어 내려가 몸을 구부린 채 부시를 부싯돌에 계속 내리쳐 겨우 불씨를 옮겼다.

그 시각, 숑코로 조직의 장수 소두리는 군사들을 이끌

고 전력을 다해 달려오고 있었다. 이미 일이 벌어진 것은 아닌지 소두리는 불안한 생각이 들어 자기도 모르게 계속 말 옆구리를 발로 찼다. 한참을 내달리던 소두리의 시야에 탕서가 들어왔다. 탕서 앞 벌판에 사람들이 모여 있는 모습이 멀리서 희미하게 보였다. 보아하니, 아직 일이 벌어지진 않은 듯했으나 소두리는 속도를 늦추지 않고 계속 빠르게 달렸다.

탕서 앞에서는 야제가 한창이었다. 악기 장단에 맞추어 여화는 칼춤을 추고 있었다. 주위의 군사들이 처음 보는 광경에 넋을 잃고 쳐다봤다. 여화는 춤을 추면서도 아직 조총 소리가 들리지 않는 것에 대해 생각했다. 아마도 저격 조건이 맞지 않아 방아쇠를 당기지 못하고 있는 것이 분명했다. 여화는 무당춤을 추며 빙글빙글 돌다가 달려오는 한 무리의 군사들을 얼핏 보았다. 순간, 무슨 일이 생겼음을 직감한 여화는 서둘러야 한다고 판단했다. 갑자기 춤 동작을 멈춘 여화는 홍타이지 곁으로 다가가 기원을 올리라는 몸짓을 보였다. 홍타이지는 몇 걸음 제단 앞으로 나아갔다. 여화는 주위 군사들도 함께 무릎을 꿇어야 한다고 했고 그 말을 통역이 옮겼다.

조흘은 조총의 화문 안에 점화용 화약을 넣고 화승에

불씨를 붙인 채 저격할 기회만 노리고 있었다. 긴 화승이 이미 반이나 넘게 타들어가 화승의 길이를 다시 조정해 용두에 물려놓은 상태였다. 갑자기 악기 소리가 멈췄다. 침묵이 깔린 제단 주위를 에워싸고 있던 군사들이 모두 무릎을 꿇고 앉자 제단 앞에 서 있던 홍타이지의 모습이 완연히 드러났다. 드디어 때가 왔다. 조흘은 조총의 화문을 재빨리 열고 가늠자와 가늠쇠에 표적을 일치시켰다. 붉은 노을에 표적이 흐려보였다. 조흘은 호흡을 멈췄다. 정적이 흘렀다. 태초의 고요함이 이러했을 것이라고 조흘은 순간 생각했다. 방아쇠에 손가락을 걸었다.

소두리는 다급했다. 제단 앞에 홀로 우뚝 서 있는 홍타이지의 모습이 소두리의 눈에 들어왔다. 적의 표적이 되기에 딱 좋은 상태였다. 소두리가 달려오며 고함을 내질렀다.

−적이다!

갑작스러운 외침에 제단 주위에 꿇어 앉아 있던 군사들 중 두어 명이 불쑥 일어섰다.

−탕!

고요한 벌판에 한 발의 총성이 울렸다. 낯선 소리에 군사들이 어리둥절한 표정으로 서로를 응시했다. 곧이어 불쑥 일어났던 군사 중 한 명이 그 자리에 쓰러졌다.

―허, 억….

아직 상황을 알아차리지 못한 홍타이지는 멍하니 제자리에 서 있었다. 순간, 조흘의 저격이 실패한 것으로 판단한 여화는 독이 묻은 무당칼을 들고 홍타이지에게 달려들었다.

―퍽!

뒤에서 화살이 날아와 여화의 등에 깊숙이 박혔다. 여화는 허공을 향해 무당칼을 휘두르다가 그대로 주저 앉았다. 소두리의 군관이 말 등에서 두 번째 화살을 쏘았다. 화살은 또다시 여화의 등에 꽂혔다. 여화는 얼굴을 땅에 박고 쓰러졌다. 소두리의 군사들이 홍타이지를 에워싸고 현장을 장악했다. 일부 군사들은 재빨리 둔덕을 향해 달려갔다.

별

햇빛이 조흘의 눈에 들어왔다. 조흘은 고개를 들고 하

늘을 쳐다봤다. 밤새 두들겨 맞아서 온 몸이 쑤시고 아렸다. 조흘은 고통을 통해 자신이 아직 살아 있음을 느꼈다. 탕서에서 붙잡힌 조흘은 홍타이지의 군영으로 끌려와 큰 나무에 묶인 채로 벌판에서 밤을 보냈다. 저격에 실패한 조흘은 자결을 하거나 달아나지 않고 그 자리에서 군사들에게 붙잡혔다.

소두리로부터 이번 사건에 대해 전해들은 홍타이지는 광분했다. 분명 조선과 연계된 배후가 있을 것이라고 판단한 홍타이지는 조흘을 추궁해 캐내라고 재촉했다. 조흘은 자신의 말을 더욱 믿게 하기 위해 곧바로 입을 열지 않고 밤새 육신의 고통을 견뎠다.

홍타이지의 부하 장수 동구어부가 나무에 묶여 있는 조흘에게 다가왔다. 패륵 홍타이지가 자꾸만 재촉하고 있었기에 서둘러 조흘의 입을 열어야 했다. 상대는 어차피 죽기를 각오한 자였으므로 혹독한 고문으로는 결코 입을 열 수 없을 것이었다.

-배후를 말하면 고통 없이 죽을 수 있다.

동구어부의 말을 번호 통사가 옮겼다.

-어….

조흘은 목이 아래로 꺾인 채 신음소리를 냈다. 덩치가

아주 큰 군사 하나가 조흘에게 다가와 머리카락을 잡아채고 꺾인 목을 반듯이 세웠다.

-말하라. 너의 고통을 줄여줄 것이다.

동구어부가 조흘을 설득하며 덩치 큰 부하를 힐끔 쳐다봤다. 아마도 조흘이 고통 없이 죽도록 자신의 부하가 도와줄 것이라는 뜻인 듯했다. 조흘은 잠시 생각하는 척하며 뜸을 들이다가 천천히 입을 열었다.

-붉은 깃발의 군영이다.

조흘이 여진어로 말했다. 동구어부는 놀라는 눈으로 재차 물었다.

-우리말을 아느냐? 다시 말해보라.

-붉은색 깃발의 사람들이 시켰다.

-뭐, 무엇이라! 정말인가?

-그렇다. 어차피 죽을 목숨인데 숨길 이유가 없다.

크게 놀란 동구어부는 추궁을 이어가지 못하고 머뭇거렸다. 붉은 깃발이라면 귀영가의 군영이었다. 형 귀영가가 동생을 죽이기 위해 음모를 꾸몄다고는 도저히 믿기 어려웠다.

-너는 왜 이 일을 하게 되었나?

-나는 조선인이 아니라, 오도리 출신의 여진족이다.

조흘은 자신의 어미가 여진족 출신이었지만 아비까지 여진족이라고 일부러 속였고 조선과의 연계를 끝까지 부인했다. 또한 이번 일을 하게 된 연유는 자신의 가족을 홍타이지 군사들이 죽였기 때문이라 말했다. 게다가 귀영가 쪽 사람이 회령으로 찾아와 조선 차관이 요양으로 올 때 따라오라고 했으며 귀영가 군영에서 조총과 화약을 받았다고 둘러댔다.

-믿을 수 없다. 증거가 있는가?

동구어부는 이번 일의 배후가 귀영가라는 말을 여전히 믿지 못했다.

-붉은 깃발의 군영에 가보면 알 것이다. 건네받은 화약이 많아서 그곳에 조금 묻어두었다.

그제야 동구어부는 조흘의 말이 믿을 만하다는 표정이었다. 귀영가의 군영에 가서 확인해 보면 곧 드러날 일이었다. 동구어부는 화약을 묻어두었다는 구체적인 장소를 물어본 뒤 즉시 자리를 떠났다.

홍타이지의 양백기 군사들은 전원 무장을 하고 언제라도 출동할 태세를 갖추고 대기했다. 군사들은 영문도 모르고 긴장한 채 명령만 기다렸다. 여전히 분기가 가라앉지 않은 홍타이지는 내내 씩씩거리며 막사 안을 이리저리 거닐고 있었다. 자신을 죽이려는 배후가 조선인지는 확신할 수 없으나 누군가 치밀하게 움직인 흔적은 부정할 수 없었다.

−알아낸 것이 있는가?

막사 안으로 들어서는 동구어부를 보고 홍타이지가 서둘러 물었다.

−저… 그것이….

동구어부가 대답을 못하고 망설이자 홍타이지는 더욱 애가 탔다.

−무엇이냐? 어서 말하라!

−조총을 쏜 자가 입을 열었는데, 붉은 깃발의 사람들이 시켰다고….

−뭐! 붉은 깃발?

동구어부는 조흘이 말한 내용을 홍타이지에게 소상히 전했다. 처음엔 홍타이지도 믿기지 않는 듯했으나 점차 그럴 가능성도 배제하지 않았다. 다음번 칸의 자리를 두고 자신과 경쟁 관계에 있는 형 귀영가가 그럴 수도 있다는 생각이 들기 시작했다.

−당장 정홍기 군영으로 가자.

홍타이지가 막사 밖으로 나가려고 하자, 동구어부가 급히 말렸다.

―그냥 가면 우리 쪽이 오히려 오해를 받을 수도 있습니다.

동구어부는 밖으로 뛰쳐나가려는 성질 급한 홍타이지를 말리며 차근히 상황을 설명했다. 상대가 형 귀영가라는 사실을 동구어부는 주지시키며 오히려 형을 모함한다는 오해를 받을 수도 있다면서, 소두리와 칸의 직속 장수들을 대신 보내 사실 여부를 확인하도록 조언했다. 가만히 듣고 보니 그럴 듯 했는지 홍타이지는 고개를 진중하게 끄덕였다.

―음… 그렇게 하지. 한데, 이번 일에 조선이 관련되었는가?

―그건 확실히 알 수 없습니다. 조흘이라는 자는 부모가 여진족이었고 죽은 무녀는 중국인이었으니 조선이 개입되었다고는 단언할 수 없습니다.

홍타이지는 부하들을 보내 여화의 무당집을 급습했지만 아무것도 발견할 수 없었다. 평소 장채주와 여화는 남들이 있으면 항시 중국어로 말했기에 주변에서는 그들을 중국인으로 알고 있었다. 홍타이지가 인상을 찌푸렸다.

―분명 조선이 개입되었을 것이다. 조선에 나가 있는 우리 첩자가 이번 일을 미리 알아내고 그 소식을 전하려고 했다고 하지 않았는가?

―그 첩보를 어떻게 입수했는지 알 수 없기 때문에 조선이 개입되었다고 확신할 수는 없습니다. 누군가 조선 땅에 일부러 소문을 흘려 조선이 개입된 것처럼 꾸몄을 수도 있는 일이고… 어쨌든 단언할 수 없는 건 사실입니다.

하지만 홍타이지는 조선에 대한 의심을 끝내 떨쳐버리지 못했다. 항시 조선에 우호적이었던 형 귀영가와 조선이 서로 공모하여 자신을 죽이려 했다고 홍타이지는 의심의 눈초리를 거두지 않았다.

―참, 나를 저격했던 그놈이 하 통사가 머물고 있는 집에 기거했다고 했는가?

홍타이지는 문득 허공을 쳐다보며 눈알을 굴렸다. 그동안 눈엣가시처럼 여기던 세국을 이번 일에 엮을 절호의 기회라고 그는 생각하는 듯했다.

벌판의 밤하늘 위로 무수히 많은 별들이 빛났다. 별들은 금방이라도 쏟아져 내릴 듯 조금은 위태로워 보였다. 사람이 죽으면 하늘의 별이 된다는 말을 들은 적이 있는 조흘은 죽은 자들의 영혼이 밤하늘에서 빛나는 것이 별이라고 생각했다. 곧 자신도 저 별들의 무리 틈에서 빛나게 될 것이라고 생각하니 그리 슬프지 않았다. 다만 자신의 저격이 실패하여 여화가 살아남지 못한 것이 못내 원통할 따름이었다. 조흘의 마지막 남은 소원은 죽어서 별이 되어 여화의 별 옆에서 영원히 빛나고 싶은 것이었다.

탕서로 출발하기 바로 직전에 여화는 거처를 떠나면서 조흘에게 미소를 보였다. 조흘은 쑥스러운 나머지 아무 대꾸도 못하고 시선을 딴 곳으로 돌렸다. 조흘은 그때 여화의 눈을 똑바로 들여다보고 예쁘다는 말 한마디 건네지 못한 것이 뒤늦게 후회스러웠다. 등에 화살을 맞고 쓰러진 여화의 목이 군사들의 칼에 나가떨어질 때 조흘은 머릿속이 하얘졌고 자신의 무능을 탄식했다. 그때 조흘은 어떠한 고통이 따르더라도 자결하지 않고 살아남아 마지막 임무를 다해야겠다는 다짐을 다졌다.

별들이 언제라도 쏟아질 듯 유난히 빛나는 밤이었다. 조흘은 벌판에 우뚝 솟은 나무 밑동에 묶인 채 밤하늘을 응시하며 이미 별이 되었을지도 모르는 여화의 별을 찾아보았다. 그때 밤공기를 가르며 무언가 날아와 퍽, 하고 조흘의 심장에 박혔다.

-헉!

조흘은 고개를 숙여 자신의 가슴에 꽂힌 화살을 바라보았다. 곧이어 화살이 날아온 언덕을 응시하며 조흘은 두어 번 고개를 끄덕였다. 멀리 어둠 속에서 검은 물체가 자리를 떠나지 못하고 가만히 있더니 어느 틈엔가 사라졌다.

-고, 고맙소. 고통을 덜어 주어서….

심장이 멎어가고 있는 조흘이 중얼거렸다. 마지막 임무를 다 했으므로 자신을 편히 쉬게 해 주는 것이리라 조흘은 여겼다. 별빛이 점차 흐릿해져 이제 눈에 보이지 않았다. 조흘의 감겨진 눈 위로 별빛은 찬란했다.

장채주는 죽은 조흘을 남겨두고 돌아섰다. 조흘의 심장을 단번에 정확히 맞춰서 정말 다행이었다. 자신이 할 수 있는 일은 오직 조흘의 고통을 덜어주는 것밖에 없었다. 살아남은 자의 고통이 이런 것인가, 하고 어두운 벌판을 내달리며 장채주는 생각했다. 참으로 이 벌판이 원망스러웠다. 오랫동안 수양딸처럼 여겨오던 여화를 이 벌판에서 잃었고 앞길이 창창한 젊은 조흘이 이 벌판에서 쓰러져갔다. 장채주는 감당할 수 없는 고통이 밀려왔다. 하지만 그는 밤하늘을 쳐다보지 않았다. 자신이 별이 되기에는 아직 해야 할 일들이 남아 있었다.

장채주는 자신의 정체가 드러나기 전에 서둘러 떠날 채비를 했다. 모든 흔적을 지우고 떠나는 것이 살아남은 첩보원의 마지막 임무였다. 숑코로가 냄새를 맡고 조여 오기 전에 한 발 앞서 달아나야만 무사할 수 있었다. 장채주는 서둘러 의주에 있는 비변사 지부로 향했다.

연금

홍타이지는 흥분을 가라앉히고 이번 사건에 대해 차분히 대처해 나갔다. 부하 장수 동구어부가 건의한 대로 칸의 직속 장수 동양성과 소두리를 귀영가의 군영에 보내 사실 여부를 확인했다. 일전에 정충신이 귀영가의 군영을 방문할 때 따라갔던 조흘이 그곳 땅속에 몰래 묻어두었던 화약 주머니 하나가 발견되었다. 조흘의 말이 사실로 드러나자 홍타이지는 형 귀영가를 더욱 의심하게 되었고 이번 참에 형을 제거하려는 생각을 굳혔다. 자신이 다음번 칸의 자리에 오를 절호의 기회였으므로 이번을 놓치면

다시는 기회가 오지 않을 수도 있으리라 판단한 것이다.

-칸께 서둘러 알려야 하지 않겠나?

홍타이지는 속마음을 숨기지 못하고 재촉했으나 동구 어부는 여전히 차분했다.

-사실을 확인한 장수들이 알려야 우리가 의심을 받지 않습니다.

-일리 있는 말이긴 하지만….

홍타이지는 칸의 장수들이 자신의 뜻대로 움직여 줄지 미덥지 않았다. 게다가 이번 일을 증명해 줄 조흘이 죽어 버렸기에 홍타이지는 더욱 초조했다.

-놈을 지키지 못한 자들을 당장 참하라.

홍타이지는 화가 풀리지 않았는지 조흘을 지키지 못한 경계병들을 끌어다 죽이라고 명했다.

한편 귀영가는 마른하늘에서 날벼락을 맞은 꼴이나 다름없었다. 칸의 장수들이 돌아가고 난 뒤 그의 군영은 어수선했다. 귀영가는 지금 자신에게 무슨 일이 일어나고 있는지 자세히 알지는 못했으나 결코 단순한 일이 아닌 것만은 알아챘다. 그는 부하 장수들과 오랫동안 논의를 했지만 누구도 대처 방안을 내놓지 못했다. 칸의 직속 장수들이 찾아와 땅속의 화약 주머니를 캐내 가져갔기에 홍타이지의 모함으로만 밀어붙일 일이 아닌 듯했다.

―드디어 이 놈이 본심을 드러냈군!

귀영가는 이 모든 일이 홍타이지가 스스로 꾸민 일이라고 여기며 분을 삭이지 못했다. 평소 자신이 조선에 대해 우호적이었던 사실을 이용해 조선의 짐꾼과 자신을 엮은 것이라고 귀영가는 생각했다. 부하 장수인 보을지사와 탕고대는 입을 다물고 신중하게 처신했다. 그들이 보기에도 다음번 칸의 자리는 홍타이지에게 약간 더 기울어진 듯 보였으므로 굳이 형제들의 싸움에 말려들고 싶지 않았.

부하 장수 동양성과 소두리로부터 보고를 받은 누르하치는 이번 일을 크게 만들지 말라고 지시하며 소문이 밖으로 퍼지지 않도록 야제 현장에서 붙잡아 두었던 민간인들을 모두 도륙하라고 명했다. 몸이 노쇠한 누르하치는 두 아들이 자신의 후계자 자리를 두고 피를 흘릴까봐 몹시 우려했다. 누르하치는 여덟 번째 아들 홍타이지의 야망을 이미 잘 알고 있었고 둘째 아들 귀영가가 칸의 자리에 오르기에는 좀 유약하다고 평소 생각해왔다. 칸의 명이 지엄함을 잘 아는 두 아들은 서로 자숙하며 곧 내려올 결정을 조용히 기다렸다.

세국은 이제 밖으로 나다닐 수 없게 되었다. 갑자기 들이닥친 군사들이 세국의 바깥출입을 제한했다. 영문을 모르고 있던 세국은 자신을 지키는 군졸들로부터 어렴풋이 소식을 들을 수 있었다. 얼마 전까지 함께 머물다가 홀연히 사라진 조흘이 홍타이지를 조총으로 저격하다 실패했고, 그 일의 배후에 귀영가가 있다는 말을 군졸들이 수군거렸다.

세국은 자신이 갑자기 연금된 것으로 보아 군졸들의 말이 결코 헛소문만은 아닐지도 모른다고 생각했다. 그동안 조흘의 수상했던 행동뿐만 아니라, 비변사 첩보조직에서 무슨 일을 꾸미고 있는 것 같다고 지난번 신응구가 알린 것으로 보아서는 사실일 가능성이 높았다.

세국은 이번 일이 앞으로 후금과의 관계에 미칠 영향에 대해 생각하지 않을 수 없었다. 만일 이 모든 것이 사실이라면 이번 일은 무비사낭청이 이끄는 첩보조직의 소행이 틀림없을 터였다. 세국 자신이 알고 있는 임금은 결코 이런 무모한 일을 명할 리 없었다.

한편, 만포 역학원의 방응두는 나돌을시가 전해준 밀지를 들여다보고 있었다. 세국의 신변에 이상이 생겼다는 첩보를 입수한 신응구가 만포 역학원으로 전해왔다. 요양에서 세국의 소식이 당도했다는 말을 듣고 통사 김언춘과 한문호가 방응두의 방을 찾았다.

—나돌을시가 전해 주고 간 걸세.

방응두가 서안 위에 놓인 밀지를 앞으로 밀었다. 김언춘이 서둘러 밀지를 훑어보며 고개를 갸웃했다. 아무래도 후금의 태도가 이전과는 확연히 다른 듯했다. 무엇보다 통사의 중요성에 대해 잘 알고 그들을 귀히 여기며 잘 활용해왔던 후금이, 갑자기 세국을 연금했다는 것은 뭔가 심각한 변화가 있다는 뜻이었다.

—하 통사를 본보기로 삼지나 않을는지….

방응두가 걱정스러운 얼굴로 조심스럽게 말했다. 후금의 국서에 조정이 회신을 거부하고 있는 상황에서, 혹시나 후금이 자신들의 강경한 입장을 보여주기 위해 세국을 희생양으로 삼을지도 모른다는 말이었다.

—그럼, 통사 어른이 아주 위험하다는 뜻이 아닙니까?

가만히 듣고 있던 한문호가 나서며 물었다. 방응두는 별다른 대답을 하지 않았지만 그럴 수도 있다는 듯 희미하게 고개를 끄덕였다. 한동안 방 안은 조용했고 모두의 침묵은 곧 불안으로 이어졌다.

장채주가 보내온 밀지를 읽고 있던 무비사낭청 이민랑은 어금니를 꽉 깨물었다. 홍타이지를 저격하는 일이 실패로 돌아갔다는 장채주의 보고에 이민랑은 곤혹스러웠다. 그나마 다행인 것은 조선이 일을 꾸몄다는 증거를 남기지 않기 위해 장채주가 뒤처리를 잘하고 무사히 의주로 돌아왔다는 것이었다.

−후일을 위해서라도 놈을 꼭 제거했어야 했는데….

조선에 대해 늘 호전적인 홍타이지가 마음에 걸렸던 이민랑은 몹시 아쉬운 듯 중얼거렸다. 지금까지는 누르하치와 귀영가 때문에 조선을 넘보지 못하고 있지만, 언젠가는 홍타이지가 침략해올 것이라는 사실을 이민랑 역시 세국의 정세 보고를 통해 들어왔던 터였다.

무비사낭청 이민랑에게 은밀히 보고를 받은 병조참판은 별다른 말없이 헛기침만 해댔다. 괜히 쓸데없는 짓을 했다는 뜻도 담겨 있으나 자신은 이 일과 무관하다는 것을 은연중에 전하는 것이기도 했다. 참판은 관련자들의 입단속을 철저히 할 것을 재차 당부했고 이민랑은 이미 함구령을 내렸다고 아뢰었다.

임금 광해는 후금에 답서를 보내야 한다고 비변사 신료들을 연일 채근했지만 아무 소용이 없었다. 신료들은 임금의 요구에 여전히 이런저런 핑계로 버티며 답하지 않았고, 임금의 질책이 빗발치는 날이면 아예 입시를 거부하고 집에 드러누웠다.

―이러고도 나라가 망하지 않는 게 신기할 따름이다!

임금 광해는 홀로 편전에 앉아 탄식을 쏟아냈다. 승지들이 다급한 어심을 밖으로 전하려고 돌아다녔으나 귀를 기울이는 신료는 드물었다. 여전히 임금과 신료들의 의견은 좁혀질 기미가 보이지 않았다. 임금은 북방의 문제에 있어서는 철저히 고립무원에 놓여 있었다. 임금은 신료들이 언제나 명의 눈치만 본다고 질타했고, 신료들은 정세가 다급함에도 궁궐 영건에 집착하는 임금을 이해하지 못했다. 임금과 신료들은 서로 자신들의 눈으로만 세상을 바라보고 있었다.

―대륙의 정세가 몹시 궁금하구나….

언제나 세국으로부터 만주의 정세를 전해 듣던 임금은 세국에게 갑자기 소식이 끊기자 답답해했다. 세국이 없으면 만주의 상황을 정확히 알 길이 없는 임금은 소식이 끊긴 세국의 신변에 대해 걱정했다. 무비사낭청은 세국이 곤경에 처했을 것이라는 사실을 짐작하고 있었지만 입을 굳게 다물었다. 점차 시간이 지남에 따라 임금도 훈도 방응두와 같은 생각을 했다. 답서를 보내지 않고 있는 조선을 괘씸하게 여긴 후금이 세국에게 위해를 가하지는 않을까, 임금은 우려스러웠다.

―대륙은 벌써 추위가 닥쳤을 텐데….

임금은 추운 벌판을 떠올리며 세국을 걱정하고 있었다.

만남

10여 년 전, 임금 광해는 세국을 궐로 부른 적이 있었다. 평소 건주의 정세에 대해 궁금해 하던 임금은 마침 누르하치가 차관을 보냈다는 소식을 듣고 세국을 한양으로 불러올렸다. 임금이 두메의 일개 향통사를 불렀다는 사실이 알려지면 궐이 시끄러울 것이 뻔했으므로 사역원의 훈도 허흠을 중간에 끼웠다. 사역원의 사령을 거쳐 임금의 명을 비밀리에 전해들은 세국은 조용히 한양으로 올라와 사역원을 찾아갔고 여진학 훈도 허흠을 따라 궐로 들어갔다. 세국은 편전이 아닌 내밀한 곳에서 임금 광해를 처음 만났다. 허리를 반쯤 굽히고 조심조심 안으로 들어간 세국은 환관이 일러준 대로 방바닥에 엎드렸다.

―고개를 들라.

옥음이 머리 위에서 들리자, 세국은 구부렸던 허리를 조금 폈다.

―네가 통사 하세국이냐?

세국은 침착한 어조로 대답했다.

―예, 전하. 만포진 향통사 하세국이옵니다.

―적들에게 붙잡혀 있다가 풀려났다고 들었다. 그동안 고생이 많았겠구나.

―임무를 다하지 못해 부끄러울 따름이옵니다.

―어쨌든 무사해서 다행이다.

세국의 귀에 임금의 목소리는 다정하게 들렸다. 아마도 자신과 비슷한 나이인 듯싶었다.

―이번에 건주의 차관이 전하고 돌아간 서신 속에는 별다른 내용이 없었다고 들었다. 네가 보기에 저들이 자꾸만 서신을 보내는 연유가 무어라고 여기느냐?

임금이 세국의 생각을 물었다.

―답신을 받기 위한 것이라 여기옵니다.

―답신이라…?

―만일 조선에서 답신을 보내게 되면, 노추는 그것을 가

지고 다른 부족의 추장들에게 소문을 내고 자랑하며 이익을 보려고 할 것이옵니다. 게다가 조선과 우호적으로 잘 지내고 싶다는 말을 항시 버릇처럼 서신에 적어 보내는데, 그건 명과 조선 두 적을 동시에 두지 않으려는 하나의 전략일 것이옵니다.

-음….

임금 광해는 입가에 옅은 미소를 띠며 지그시 세국을 응시했다.

-임금 앞에서도 음성이 떨리지 않는 걸 보니, 사나운 노추의 면전에서도 그랬겠구나.

그러자 세국은 더욱 허리를 나추었다.

-망극하옵니다.

임금은 세국의 배짱이 마음에 들었는지 허허 웃음을 보이다가 다시 진지한 표정으로 돌아왔다.

-그래, 건주의 정세는 어떻게 돌아가고 있더냐?

-머지않아 노추가 여진 부족들을 모두 복속시킬 것이옵니다. 그들이 하나로 통합되고 나면 그 힘은 결국 조선으로 향할 것이오니, 서둘러 방책을 세워야 하옵니다.

임금은 떠보듯이 넌지시 물었다.

-우리에겐 명이 있지 않느냐?

―장차 명도 건주의 군사력을 감당해내기 어려울 것이옵니다.

―그럼 네가 보기에, 조선과 명 중에 어느 쪽을 먼저 침략할 것 같으냐?

잠시 망설이는 듯하던 세국은 평소 자신이 품고 있던 생각을 아뢰었다.

―요동을 먼저 공략하려고 들 것이옵니다.

―연유는 무엇인가?

―지금 노추에게 시급한 건 식량과 생필품을 마련하는 일이니, 건주와 가까운 요동으로 먼저 향할 것으로 여겨지옵니다.

―조선을 배후에 두고 노추가 요동을 공략하려고 들겠는가?

―노추도 그것을 몹시 꺼림칙하게 여기고 있기에, 명과 전면전에 들어가기에 앞서 어떤 식으로든 조선에 도전해 올 것이옵니다.

임금의 표정은 점점 더 진지해져갔다.

―음…, 어찌 하면 노추의 침략을 피할 수 있겠는가?

―노추의 세력이 왕성해지고 있으니, 기미책羈縻策은 곧 한계에 부딪칠 것이옵니다. 서둘러 군비를 강화하고 노추

와의 대화 통로를 항시 열어 두어야 하옵니다.

―기미책은 침략을 늦출 뿐 근본 대책은 아니다? 음, 옳다. 네 말이 옳다.

세국은 속으로 흠칫 놀라고 있었다. 여태껏 자신의 생각을 선뜻 인정해준 사람이 없었으므로, 세국은 임금에게서 작은 희망을 보았다. 임금 광해 역시 마찬가지였다. 만주의 정세를 훤히 꿰뚫어 보고 있는 자가 백성들 중에 있다는 것 자체가 그에게 작은 희망이었다.

잠시 끊겼던 옥음이 다시 들려왔다.

―올해 나이가 몇이더냐?

―병자년 생이옵니다.

―음, 나보다 한 살이 적구나.

―….

임금이 자신과 나이를 비교하자, 세국은 망극하여 더욱 몸을 낮추었다.

―나와 동무로 지낼 수 있겠느냐?

세국은 깜짝 놀라며 자신의 귀를 의심했다.

―저, 전하….

―나는 외롭다. 북방의 형세가 날로 다급한데도 오랑캐의 소식을 전해 줄 사람은 오직 너밖에 없는 듯하구나. 군

병을 기르고 성벽을 보수하는 것도 중한 일이나, 적의 동정을 면밀히 살피는 일은 더더욱 중한 것이다.

―….

―외교는 상대의 마음을 아는 데 있다. 상대의 마음을 알려면 소통을 해야 하고 소통은 상대의 언어를 알아야만 가능한 것이다. 너는 저들의 말과 풍습을 잘 안다고 들었다.

임금은 세국이 여진말에 능통할 뿐만 아니라, 장사꾼으로서의 거래 경험을 통해 교섭이 무엇인지를 잘 아는 인물이라고 여겼다.

―내가 궐에 있으면서도 대륙의 정세를 훤히 꿰뚫을 수 있도록 너는 나의 눈과 귀가 되고, 때로는 입이 되어 내 뜻을 오랑캐에게 전해 줄 수 있겠느냐?

―신명을 다 바치겠나이다.

―내가 왜란을 겪으며 체득한 것이다. 적정을 탐지하여 미리 화를 막는 게 무엇보다 중하다. 명심하라.

―예, 전하.

세국이 일어나 뒷걸음질을 하려고 할 때 또다시 옥음이 들려왔다.

―나는 동무가 전해 주는 소식을 이 궁궐 깊은 곳에서

항시 기다리고 있겠다.

 세국은 물러나오면서 임금의 간절함과 외로움을 느꼈다. 임금이 자신과 동무가 되자고 하였으나 그것은 진심을 다하여 대륙의 정세를 알려달라는 것일 터였다. 임금의 외로움은 대륙의 정세에 대해 서로 의견을 나눌 상대가 없는 데 있는 듯했다.

결의

 세국의 신변에 대해 상세히 알아보라는 역학원의 명을 받은 신응구가 뒤늦게 소식을 전해왔다. 홍타이지의 군사들이 세국을 다른 곳으로 옮겨서 이제는 행방이 묘연하고, 세국이 억류된 이유에 대해서는 여전히 알 수 없다고 했다. 다만, 세국이 어떤 큰 사건에 연루되었다는 소문이 있으나 확인할 길은 없으며, 세국의 행방을 찾기 위해 후금의 장수들과 친분이 있는 동고을을 요양으로 불렀고 며칠 뒤 허투알라에서 그가 올 예정이라고 했다. 그리고 홍타이지가 병권을 잡았고 귀영가의 행방이 묘연하다는 소문이 파다하다며 후금 내부의 소식도 덧붙여 보내왔다.

　세국의 행방을 알 수 없다는 신응구의 소식이 당도하자 정탐단원들이 역학원으로 모여들었다. 한문호와 서지온, 동수, 복임이 걱정스러운 얼굴로 훈도 방응두의 입만 쳐다보았다. 하지만 방응두 역시 마땅한 대책을 내놓지 못하고 멀거니 천장만 쳐다보고 있었다. 시간이 지날수록 정탐단원들의 머릿속에는 위기에 처한 세국에 대한 생각들로 가득했다.

　-구하러 가야 하지 않겠어?

　침묵이 흐르는 가운데 한문호가 한마디 하자, 저마다 고개를 끄덕여 긍정했다.

　-통사 어른을 구해야지. 한 식구끼리 나 몰라라 할 수는 없지.

　서지온의 말에 동수와 복임도 이견이 없다는 듯한 표정이었다. 한문호는 좌중을 둘러보다가 이미 결심을 끝낸 듯 방응두를 향해 나직이 말했다.

　-다녀오겠습니다. 그동안 통사 어른께 많은 위험이 있었지만 이번처럼 생사를 모를 정도는 아니었지 않습니까?

　-그렇긴 하지….

방응두는 대답을 하고 긴 한숨을 내쉬었다. 세국이 위험에 처했다는 것을 누구보다 직감하고 있는 사람이 방응두였다. 후금이 요양을 차지한 후로 더욱 오만해지면서 덩달아 세국에게 위해를 가할 가능성이 높았다.

다음날 한문호는 정탐단원들을 따로 한자리에 모았다. 압록강 건너편에 사는 나돌을시도 강을 건너왔다. 자신들이 한 자리에 모인 이유를 이미 알고 있기에 모두들 비장한 표정이었다. 이번에는 세국을 구출하기 위해 만주로 떠나는 것임으로 이전의 임무와는 확연이 다르고 위험한 일이었다.

-빠질 사람 있으면 말해 보게. 괜찮아, 이번에는 돌아오지 못할 수도 있네.

한문호가 좌중을 둘러보며 묻자 곧이어 복임이 걸걸한 목소리로 새삼스럽다는 듯이 말했다.

-언제는 돌아올 걸 기대하고 갔소?

복임의 말에 곰처럼 묵묵히 앉아 있던 동수가 고개를 끄덕이자, 옆의 서지온이 끼어들며 당연하다는 듯이 말했다.

-통사 어른을 구하러 가는데 누가 빠지겠나. 안 그래?

한문호가 결론을 내리듯이 말했다.

―좋아! 모레 증탁이 만포로 오니까, 사흘 뒤에 떠나는 걸로 하지.

다들 서로 간에 더 이상 말이 없었다. 지금까지 해왔던 대로 하면 될 것이라고 다들 생각했지만, 언제나 출발 전에 밀려오는 긴장감은 어쩔 수 없었다. 맏형 역할을 맡고 있는 한문호의 부담감은 남달랐다.

한문호가 정탐 임무를 위해 세국을 따라 처음 만주로 간 것은 9년 전 초여름 경이었다. 말을 탄 수백 명의 여진족들이 변경에 출몰했다는 만포진 첨사의 장계가 비변사로 향한지 이틀 뒤였다. 처음 얼결에 세국을 따라 나서게 된 한문호는 그 후로도 변경지역에 급박한 일이 생기거나 건주와 요양 현지에서 첩보가 당도하면 세국을 따라 정탐에 나섰다. 한문호는 무과에 응시하기 위해 열심히 검술을 익혔으나 번번이 지역에서 치르는 초시를 통과하지 못하고 낙방만 하다가 결국은 밭농사를 생업으로 삼았다. 한문호가 정탐단원들 사이에서 맏형 노릇을 하는 것도 그가 유일하게 글을 알기 때문이기도 했다.

정탐단원들은 생업과 정탐을 겸했다. 단원들이 목숨을 걸고 정탐을 나가더라도 나라에서 내려오는 녹봉이나 요식料食은 전혀 없었고 대신 군역에서 조금 혜택을 받는 정도였다. 그렇다 보니 평소에는 각자 생업에 종사하며 먹고 살았고 정탐이 있을 때만 모여서 압록강을 건너갔다. 세국과 정탐단원들이 수집한 첩보와 정보는 가급적 공식 경로를 통하지 않고 사역원 훈도 허흠을 거쳐 임금에게 전달되었다.

이틀 뒤, 위원渭原에서 유증탁이 왔다. 유증탁은 위원에 살고 있는데 올해의 군역을 마치고 돌아왔다. 만포 태생이 아닌 유증탁이 정탐단원에 합류하게 된 계기는 그가 활을 잘 다루기 때문이었다. 유증탁은 어릴 때부터 활로 사냥하는 법을 배워서 활을 잘 다루었고 위원 지방에서는 신궁으로 소문난 자였다. 그는 주로 사냥을 생업으로 삼았는데 나는 새도 화살로 맞출 정도여서 세국에게는 꼭 필요한 존재였다.

-이번에는 각오 단단히 해야 할 거야.

한문호가 유증탁을 앞에 앉혀놓고 말했다.

-난, 통사 어른을 구하는 일만 생각할 거요.

유증탁은 자신이 위험에 처할지도 모른다는 생각을 하면서도 무덤덤하게 받아들였다. 그러자 한문호는 유증탁의 어깨를 말없이 다독였다.

―한데, 그자는 계속 내버려둘 거요?

유증탁은 만포에서 활동하고 있는 후금의 첩자 우시하에 대해 말했다. 이전부터 우시하를 그냥 내버려두면 안 된다고 유증탁은 말해왔던 터였다. 날짐승을 사냥하는 데 일가견이 있는 유증탁은 우시하가 송골매를 이용해 강 건너편과 신호를 주고받는 것을 감시해왔다. 우시하는 미리 정해놓은 약속에 따라 송골매의 다리에 묶인 천조각의 길이와 개수를 통해서 번호 첩자들과 신호를 주고받았다.

―처리하고 떠나야지.

자신도 마치 생각하고 있었다는 듯이 한문호는 말했다. 이번에 만주로 가는 일이 우시하를 통해 적들에게 미리 알려지기라도 한다면 매우 위험한 일일 뿐만 아니라, 혹시라도 자신들이 돌아오지 못할 경우를 대비해 우시하를 처리하고 떠나는 것이 옳은 일이라고 한문호는 판단했다.

―제가 처리할까요?

―아니, 내가 알아서 하지.

유증탁의 말에 한문호는 자신이 처리하겠다고 대답하면서도 무언가 고심하는 듯했다. 우시하의 정체에 대해 전혀 모르고 있는 남은 가족들을 한문호는 생각하는 모양이었다.

만주로 떠나기 전 복임은 세국의 집에 들러 달래를 만났다. 세국의 소식을 학수고대하고 있던 달래는 집 근처 밭에 있다가 달려왔다. 오랫동안 소식이 끊긴 세국에 대해 달래가 서둘러 물어왔지만 복임은 끝내 사실대로 알리지 못했다. 달래는 상대방의 표정을 통해 심상치 않은 일이 세국에게 닥쳤음을 어렴풋이 짐작했다. 하지만 그동안 한두 번 겪은 일이 아니었기에 달래는 침착하려고 애썼다.

-이번에도 때가 되면 돌아오시겠지….

달래의 말 속에 간절한 기원이 담겨 있음을 복임은 느낄 수 있었다. 세국의 행방이 오리무중이라고 말할 수 없는 복임의 마음은 복잡했다.

-명일 만주로 갈 거예요.

달래는 정탐단원들이 만주로 가기로 했다는 말을 듣고 세국에게 무슨 일이 생긴 것이 틀림없다는 생각을 굳혔다. 하지만 달래는 자신의 마음을 겉으로 드러내지 않고 여전히 침착한 반응을 보였다.

-조심해서 잘 다녀와. 내년 봄에는 동수와 혼인을 치러야지.

뜻하지 않게 혼인 이야기가 나오자, 복임은 얼굴이 붉

어졌다. 동수가 자신과의 혼인만을 고대하고 있었으나 별다른 이유 없이 늦어지고 있던 터였다. 비록 동수가 미련한 면이 많아 답답하긴 했지만 자신만을 위해 주는 동수의 마음을 복임은 잘 알고 있었다. 서로 간에 좋아하는 마음은 마찬가지였으나 그 마음을 서로에게 표현하는 데는 둘 다 서툴러 항시 남들이 보기에는 언제나 티격태격하는 모양새였다. 이럴 때 주위에서 누군가 밀어붙여 혼인을 하게 된다면 양쪽 모두 마다할 이유가 없는 처지였는데, 그것을 눈치 챈 달래가 먼저 말을 꺼낸 것이다.

복임이 자리에서 일어나려고 할 때 달래가 장롱 속에서 보따리 하나를 꺼내며 내밀었다.

―날이 추울 텐데… 이거 좀 전해줘.

달래는 두툼한 솜옷을 내밀며 세국에게 전해달라고 말했다. 지난번 남편이 떠날 때 곧 돌아올 줄 알고 겨울옷을 챙겨주지 못한 것이 달래는 몹시 마음에 걸리는 듯했다. 복임이 보따리를 받아들고 집을 나서자 달래는 곧장 밭으로 되돌아가 머릿속에 떠오르는 나쁜 생각들을 몰아내기 위해 정신없이 호미질을 해댔다. 달래는 평소 각자의 삶이 있다고 여겼으나 결국 자신과 남편의 삶이 하나로 연결되어 있음을 남편의 부재를 통해 더욱 절실히 깨달았다.

 정탐단원들은 자신들이 만주로 떠난다는 사실을 비밀에 붙였고, 만포진 첨사에게도 알리지 않았다. 비변사에서 알게 된다면 절대 허락하지 않을 것임으로 이번 일은 어디까지나 공적인 임무가 아니라 비밀리에 수행해야 할 사적인 것이어야만 했다. 상황이 그렇다 보니, 이번에 만주로 가는 비용은 전적으로 역학원에서 마련해야 했는데, 다행히도 임금이 사역원 훈도 허흠을 통해 몰래 지원해 주던 비용의 일부가 남아 있었다.

 정탐단원들이 떠나기 전 마지막 점검을 위해 역학원으로 모여들었다. 아직 한문호가 오지 않아서 방응두와 정탐단원들은 방에 앉아 기다렸다. 얼마 지나자 얼굴에 살기가 서린 표정으로 한문호가 불쑥 들어왔다. 다른 사람들은 아무렇지 않게 여겼지만 그가 우시하를 처리하고 오는 길임을 유증탁은 짐작할 수 있었다.

 뒤늦게 통사 김언춘이 소식을 듣고 달려와 자신도 합류하겠다고 했지만 방응두는 허락하지 않았다. 비변사로부터 언제 어떤 명이 내려올지 모르는 일이므로 세국이 만포에 없을 때는 노련한 통사 한 명이 항시 대기하고 있어야 했다. 그렇지 않아도 김언춘은 요즘 가족들을 먹여

살리기 위해 저자에 나가 품을 팔고 있는 형편이었다. 나라에서 내려오던 요식마저 끊긴 지 오래되어 그의 가족들이 끼니를 거르는 날이 허다했다. 임금이 향통사들에게 요식을 내려주라고 명했으나 그 명은 몇 달을 이어가지 못하고 아전들의 농간에 잊혀졌다. 임금의 명은 언제나 궐 안에서만 쩌렁쩌렁 울렸을 뿐, 먼 지방까지는 들리지 않았다.

잠입

북방의 늦가을은 이미 겨울이었다. 벌판에는 밤새 서리가 허옇게 내려앉았고 개울가에는 옅은 살얼음이 얼었다. 늦은 오후, 짧은 해가 서산 아래로 떨어지자 정탐단원들은 서둘러 나룻배에 올랐다. 일행은 뱃전에 몸을 숨기고 압록강 맞은편을 향해 조용히 나아갔다.

배가 강 건너편에 가까워 질 무렵, 뱃전에 납작 엎드려 있던 서지온이 몸을 조금 일으키고 강가를 향해 새소리를 내자 숲속에서 불꽃이 서너 번 번쩍거렸다. 그러자 노를 젓던 역학원 생도가 불꽃이 번쩍이는 곳으로 급히 방향을 틀었다. 잠시 뒤 나룻배가 강가에 닿자 일행은 재빨리 배에서 내려 각자 자루 하나씩을 매고 물살을 거스르며 밖으로 걸어 나왔다. 한문호 일행이 몸을 숙이고 강가 숲속으로 이동하는 동안 나룻배는 조용히 되돌아가고 있었다.

―휘익, 휘익….

일행은 새소리가 들려오는 쪽으로 일제히 고개를 돌렸다. 곧이어 나무 뒤에서 검은 물체가 불쑥 나타나더니 일행 쪽으로 다가왔다. 순간, 맨 앞의 한문호가 걸음을 멈추고 칼 손잡이를 잡았다.

―접니다. 이쪽으로….

어둠속에서 나돌을시가 다가오며 일행을 서둘러 안내했다.

일행이 강가 숲을 벗어나 조금 더 걸어가자 나돌을시가 미리 구해놓은 호마들이 대기하고 있었다. 곁에는 젊은 여진족 사내 하나가 사방을 두리번거리며 주위를 경계했다. 한문호가 서두르라는 손짓을 하자, 일행은 재빨리 말을 잡아타고 어두운 벌판을 달리기 시작했다. 홀로 남겨진 여진족 사내는 잠시 일행의 뒤를 지켜보다가 어둠속으로 사라졌다.

한문호 일행은 감시가 소홀한 북쪽의 통화通化 방향으로 향했다. 요양으로 가는 최단거리는 곧장 서쪽으로 향하는 것이었지만 후금군의 눈에 띌 가능성이 있었다. 하루가 지난 뒤 이틀째 밤에, 일행은 방향을 서쪽으로 꺾어 강폭이 좁은 훈강을 건너 우모령 쪽으로 내달렸다. 일행은 후금군의 눈에 띄지 않기 위해 밤에는 이동하고 낮에는 산속에 몸을 숨겼다. 삼일 째 밤에는, 우모령을 완전히 벗어났다. 다음날 아침, 일행은 안개가 자욱하여 사람들의 눈에 뛰지 않을 것이라고 판단하고 안개가 걷힐 때까지 조금 더 앞으로 나아갔다. 밤새 산길을 내달린 호마들이 지친 기색을 보였다. 말들의 눈가에는 눈곱이 많아지고 내쉬는 숨결은 점점 더 거칠었다. 가옥들이 몇 채 모여 있는 작은 마을이 안개 속에 드러나자 일행은 여물을 구하기 위해 근처로 다가갔다. 다행히도 말을 기르는 가옥들이 있어서 유증탁과 동수가 마구간 옆에 쌓아둔 여물을 몰래 가져와 말들에게 먹였다. 아침 햇살이 안개를 뚫고 희뿌옇게 드러나기 시작할 무렵, 일행은 다시 산골짜기로 향했다.

얼마 뒤, 마을을 벗어난 일행은 서쪽의 낮은 산골짜기로 접어들었다. 그런데 골짜기 초입을 지난 뒤부터 계속 똑같은 새소리가 들려왔다.

―이상한데?

한문호의 말에 일행이 긴장을 하며 주위를 경계했다. 아마도 숲속에서 누군가 자신들을 몰래 감시하며 따라오고 있는 듯했다. 일행은 어떠한 반응도 내보이지 않고 모른 척하며 앞으로 나아갔다. 골짜기 중간쯤 지날 무렵 새소리가 끊기더니 갑자기 앞쪽에서 대여섯 명의 무장한 군사들이 불쑥 나타났다. 여태껏 자신들을 감시하며 따라오던 무리들임에 틀림없었다. 군사들은 팔기군의 복장을 하고 있었으나, 아마도 지방의 토병들이 노략질을 하기 위해 정규군으로 위장한 듯했다.

―다들 침착해라.

한문호가 일행에게 말한 뒤 앞장서서 천천히 다가갔다. 군사들 중 우두머리로 보이는 자가 손을 치켜들며 다가오는 한문호 일행에게 멈추라는 신호를 보냈다. 뒤쪽의 군사들은 이미 칼을 뽑을 준비를 하고 있었다. 한문호가 말고삐를 잡아당기며 급히 말을 세웠다.

―너희들은 누구냐!

우두머리가 앞으로 나와서 물었다. 그러자 나돌을시가 재빨리 앞쪽으로 다가와 우두머리에게 무어라 말했다. 나돌을시의 말을 듣고 있는 동안 우두머리는 한문호 일행을 노려봤다. 곧이어 군사들이 가까이 다가오더니 일행을 말에서 내리게 한 뒤 에워쌌다.

―정말로 조선 상인인가?

우두머리가 말 등에 실린 짐을 칼자루로 툭툭 치면서 물었다.

―그렇다.

한문호의 말을 나돌을시가 통역했다.

―어디로 가는가?

―요양으로 간다.

우두머리는 갑자기 동공이 커지며 빤히 쏘아보았다.

―빠른 길을 놓아두고 어찌 이 길로 가는가?

한문호는 침착하게 대답했다.

―허투알라로 가다가 어제 방향을 바꿨다. 너희 칸께서 봄에 요양으로 옮겼다는 사실을 지나오던 마을 사람에게 들었다.

누르하치가 봄에 요양으로 옮긴 사실을 이번에 알게 되었다고 한문호는 임기응변으로 대처했다. 그러자 우두머리는 빤히 노려보던 시선을 거두고 의심을 풀며 말 등에 실린 짐들을 하나씩 훑어보기 시작했다.

―무엇인가?

서지온의 말 앞에 멈춰서며 우두머리가 묻자, 나돌을시가 대신 답했다.

―소금이다.

―짐들을 모두 내려라. 살펴봐야겠다.

서지온이 망설이는 기색을 보이자, 한문호가 고개를 끄덕이며 신호를 보냈다. 그제야 서지온은 고분고분한 태도로 자루의 끈을 풀었다. 이윽고 자루 안에 들어 있던 하얀 소금이 드러나자, 군사들이 다가와 서로 다투어 구경했다. 우두머리는 은근히 욕심이 나는 표정을 지었다. 그 모습을 눈치 챈 한문호가 나서며 말했다.

―그냥 장사꾼의 물건이다.

나돌을시가 우두머리에게 말을 옮겼다. 그때 볼에서 목덜미까지 긴 칼자국 흉터가 나있는 한 군사가 복임 쪽으로 걸어가더니 야릇한 눈길로 쳐다봤다. 그 모습을 보고 뒤에 있던 동수가 앞으로 걸어 나왔다. 그러자 유증탁이 재빨리 다가가 동수의 앞을 가로막았다. 성격이 단순한 동수가 상황 파악을 못하고 무슨 짓을 할지 모르는 일이었다.

―이 자루 안에도 장사할 물건이 들어 있을 뿐이다.

유증탁의 말을 나돌을시가 옮기자 칼자국 흉터가 있는 군사가 고압적인 태도를 보였다. 그는 길쭉한 모양의 자루 안에 담겨 있는 물건이 혹시 칼이 아닌지 의심하는 눈치였다.

-어서 자루를 열어라.

유증탁이 앞쪽을 쳐다보자, 한문호가 고개를 끄덕이며 말했다.

-자루를 내리고 안을 보여주게.

유증탁이 복임의 자루를 땅에 내려서 끈을 풀었다. 군사들은 자루 안의 물건에 잔뜩 호기심을 보이며 손으로 만지작거렸다. 그러자 우두머리도 다가오더니 목을 길게 빼고 물었다.

-이것은 무엇인가?

-비단이라는 것이다.

복임의 대답을 나돌을시가 옮겼다. 우두머리는 화려한 무늬가 있는 비단 두루마리를 조금 펼친 뒤 탐나는 표정으로 살피더니 돌연 태도를 바꾸며 트집을 잡았다.

-상인들이라면서 지니고 있는 물건도 많지 않고… 어쨌든 너희들의 정체가 의심스럽다.

우두머리의 말에 맞추어 군사들이 당장이라도 칼을 뽑

아들 시늉을 하며 위협적인 행동을 보였다. 한문호가 부드럽게 웃으며 나섰다.

-우린 분명 상인일 뿐이다.

나돌을시가 옮기는 말을 듣고 우두머리가 슬며시 본심을 드러냈다.

-좋다. 너희들이 조금 의심스럽긴 하지만, 이 물건들을 주면 그냥 보내주겠다.

지금껏 정탐 활동을 해오며 한문호는 이런 일을 수도 없이 겪었던 터라 상대의 마음을 훤히 읽고 있었다.

-이 물건들은 큰 거래를 하기 위해 너희 장수에게 선물로 주려고 가져가는 것이다.

-거짓말 하지 마라.

-이 물건들을 도중에 빼앗겼다고 하면 너희 장수가 크게 화낼 것이다.

우두머리는 멈칫하더니 솔깃한 표정으로 물었다.

-어느 장수에게 줄 것인가?

한문호는 우두머리의 눈을 똑바로 바라보며 말했다.

-양백기의 기주에게 선물할 것이다.

순간, 우두머리와 군사들은 깜짝 놀라며 서로를 바라봤다. 양백기의 기주 홍타이지에게 줄 선물이라는 말에 군사들은 뒤로 물러났다.

─어찌할 것인가?

한문호가 오히려 되묻자, 우두머리는 위압적인 태도를 풀며 슬며시 물었다.

─저, 정말인가?

─이렇게 귀한 물건의 주인은 마땅히 높은 분이 아니겠는가?

잠시 망설이던 우두머리는 손가락으로 비단을 가리키며 떠보듯이 제안을 해왔다.

─비단을 조금 주면 이것을 주겠다.

우두머리는 비단에 대한 욕심을 끝내 거두지 못하고 자신의 목에 두르고 있던 담비 가죽과 교환하자고 말했다. 한문호는 현장을 빨리 벗어나기 위해 다른 제안을 내놓았다.

─곤란하다. 대신 소금을 주겠다.

우두머리는 아쉬운 표정으로 고개를 끄덕이며 응했다. 서지온이 소금을 조금 건네주자 우두머리는 목에 걸치고 있던 담비 가죽을 풀어서 내밀었다. 한문호가 손사래를 치며 괜찮다고 했지만 우두머리는 억지로 그것을 건넸다. 자신이 조선의 상인들에게 소금을 빼앗은 것이 아니라는 징표로 삼고자 하는 듯했다. 담비 가죽을 건네받은 한문호 일행은 서둘러 자루들을 말 등에 실었다.

─늦으면 기주께서 화를 낼 것이다.

한문호는 급히 선물을 건네야 한다고 둘러대며 곧장 일행과 말에 올랐다. 군사들이 엉거주춤 뒤로 물러나며 길을 열자, 한문호 일행은 서둘러 현장을 떠났다.

사역원

임금 광해는 하루에도 수차례나 세국이 소식을 보내 왔는지 묻고 또 물었다. 세국으로부터 소식이 끊긴 후로 임금은 점점 불안한 증세를 보이기 시작했다. 조선에 우호적이던 귀영가가 권력에서 밀려나고 홍타이지가 병권을 잡는 등 후금 내부의 상황이 시시각각으로 변하고 있음에도 누구 하나 상세한 소식을 전해 주는 사람이 없으니, 임금은 절박하고 애가 끊었다. 그런 와중에 임금을 더욱 초조하게 만드는 것은 의주와 정주 등지를 떠돌고 있는 모문룡이었다. 후금이 자신들의 배후를 불안하게 만들고 있는 모문룡을 공격하기 위해 조선 영내로 쳐들어올 가능성이 더욱 커졌다. 하지만 비변사 신료들은 어떠한 해결방안도 내놓지 못했고, 임금의 끙끙 앓는 신음소리는 궐을 떠돌았다.

사역원 여진학 훈도 허흠은 임금이 보낸 환관이 다녀갈 때마다 안절부절 하지 못했다. 임금이 세국에게 연락할 때는 항시 자신을 거쳤기에 세국으로부터 소식이 끊긴 지금 임금의 성화에 답할 길이 전혀 없었다. 허흠 역시 세국의 일을 생각하면 점점 불안한 생각이 들었다. 이렇게 오랫동안 세국에게 소식이 끊긴 적은 한 번도 없었던 터였다. 세국이 소식을 전하지 못할 형편이 되면 만주에서 활동하는 다른 첩보단원들이 대신 전해오곤 했는데 이번에는 그것마저 끊긴 상황이었다. 허흠은 하루 종일 멍하니 여진학당 툇마루에 걸터앉아 북쪽 하늘만 바라봤.

허흠이 세국과 인연을 맺은 지도 벌써 10여 년의 세월이 흘렀다. 임금의 명을 받고 세국을 한양으로 불러올렸을 때 둘은 처음 만났다. 허흠은 여진학 교재를 새롭게 개편하는 데 세국의 도움이 필요하다는 명분으로 임금의 명을 받들었다.

허흠은 세국을 궐로 데려가기 전 먼저 자신의 집에서

대화를 나누었다. 허흠의 집은 육조거리 서쪽 편에 있는 사역원에서 멀지 않았다. 허흠은 임금의 뜻을 세국에게 미리 전했다.

-방 훈도는 여전하신가?

허흠은 훈도 방응두를 생각할 때마다 누구보다 미안함이 앞섰다.

-생도들을 양성하느라, 항상 바쁘십니다.

-그 사람이 아직도 외관직에 있는 게 내 탓인 거 같아 마음이 편치 않네.

당시 만포로 내려갈 훈도를 결정할 때 허흠과 방응두 둘 중 한 명이 대상이었는데, 취재取才에서 방응두가 차점자가 되는 바람에 만포로 내려가게 되었다.

-전하께서 명하신 바가 있어 조용히 불렀네.

허흠은 세국을 따로 부른 연유에 대해 말했다.

-말씀 하시지요.

-하 통사도 알겠지만 전하께서는 누구보다 건주여진에 대해 경각심을 갖고 계시네. 하여, 그들의 동향을 정탐할 은밀한 조직이 필요한데 자네가 적임인 듯하네.

세국은 다소 의외라는 표정을 지었다.

-예? 비변사에서 할 일을 어찌 소인에게···.

―건주에 대해 전하와 비변사의 생각이 서로 다르고 또한 전하께서 만주의 정세를 꿰뚫고 계셔야만 신료들을 설득할 수 있지 않겠나?

세국이 대답을 머뭇거리자, 허흠이 이어 말했다.

―무엇보다 조선과 건주여진 사이의 왕래를 의심하는 명의 눈을 피하기 위해서라도 은밀한 조직이 있어야 하네. 전하께서는 자네에게 기대가 크신 듯했네.

세국은 천천히 고개를 끄덕이며 허흠의 말을 수긍했다.

궐에서 임금을 비밀리에 알현하고 나온 세국은 곧바로 만포로 내려가지 않고 한양에 머물렀다. 허흠은 세국이 한양에 있는 동안 자신의 집에 머물도록 배려했다. 세국은 허흠 덕분에 사역원 이곳저곳을 둘러볼 수 있었다. 사역원 생도들은 한학, 여진학, 몽학, 왜학 등 각자 자신들의 전공 언어별로 나뉘어져 수업을 받는데 한학을 배우는 생도들의 수가 가장 많았고 여진학 생도는 스무 명 남짓이었다. 생도들은 대부분 십대 초반 정도였고 열 살 미만도 드물지 않았다. 나이가 어릴수록 언어 습득이 빠르다는 이유 때문이기도 했으나, 역관 가문들이 대를 잇기 위해 어린 자식들을 사역원에 입교시켜 혹독하게 가르치는 것이었다.

―한학과 여진학 중 어느 쪽이 더 전망이 있겠는가?

역관들은 자식들에게 더욱 전망이 있는 언어를 가르치려고 만주의 정세를 잘 알고 있는 세국에게 물어오곤 했다. 그럴 때마다 세국은 여진어가 더 많이 쓰일 날이 곧 올 것이라고 조심스럽게 대답했다.

세국은 허흠의 부탁을 받고 여진학 교재의 개편 방향을 모색하기 위해 사역원 생도들의 수업을 참관했다. 생도들이 익히고 있는 여진어를 가만히 들어보니, 자신도 무슨 뜻인지 알 수 없는 표현들이 허다했다. 문제는 역시 교재에 있는 듯했다. 여진학 교재가 회화 중심으로 이루어져 있지 않았을 뿐만 아니라, 여진족의 문화와 풍습, 언어의 특수성 등을 고려하지 않은 채 단순히 중국어 교재를 여진어로 번역해 사용하고 있었다.

―나조차도 알 수 없는 말들이 있군.

여진학 교재를 살펴보던 세국이 중얼거리듯이 말하자, 허흠이 씩 미소를 지었다.

―그러니 하 통사가 많은 조언을 해 주게.

―이곳 사역원은 규율이 무척 엄한 듯 보입니다만….

―혹독하기 이를 데 없지. 이곳에 입교한 생도들은 하루 종일 공부에 매달리고 매월 여섯 차례나 시험을 보게 된

다네. 또한 출석을 엄격하게 관리하기 때문에 출석 일수가 모자라거나 태만한 자는 즉시 퇴교 조치가 내려지지.

–회화는 어떤 식으로 학습하는지요?

–교수나 훈도로부터 배운 내용을 생도들끼리 공동학습을 통해 익히고 있네. 언어별로 기숙사를 따로 쓰고 있는 이유도 그 때문인데, 생도들은 그곳에서 우리말을 쓰지 않는 것을 원칙으로 하지.

한양에 머무르는 동안 세국은 여진학 교재뿐만 아니라, 여진학 사전의 개편에도 도움을 주었다. 세국은 생도들 앞에서 자신이 겪은 경험을 바탕으로 통역의 기술을 강의할 시간도 가졌는데 통사들이 지켜야 할 가장 중요한 덕목이 무엇이냐는 물음에, 세국은 자신이 통역한 말을 남에게 발설하지 않는 것이라고 답했고 그 다음으로는 올바른 통역을 꼽았다. 모르는 말이나 잘못 들었을 경우, 통사는 화자에게 재차 물어보고 그래도 통역을 할 수 없다면 솔직히 불가함을 알려야 하며, 통사가 통역을 제대로 하지 못한다는 비난을 피하기 위해 어림짐작으로 통역을 해서는 절대 안 된다고 세국은 강조했다. 또한 통사가 금해야 할 사항으로는, 통사는 자신의 생각을 섞어서 통역하지 말아야 하며 부득이 의역을 해야 할 경우에는, 그 뜻이

왜곡되지 않게 최소한으로 하고 청자聽者에게 간략한 설명을 덧붙이는 것도 하나의 좋은 방법이라고 했다.

세국은 만포로 돌아가기 전날 사역원의 정(正, 정삼품)으로 있는 신기언과 대화를 나누었다. 신기언은 사역원의 미래를 고민할 줄 아는 인물이었는데, 향후 사역원의 중심 언어를 계속 한학에만 국한할 것인지 세국을 통해 알아보려고 했다. 원나라가 망하자 몽학蒙學이 시들해졌듯이 장차 여진족이 흥기한다면 사역원을 한학 중심으로만 운영할 수 없는 일이었다. 신기언은 늘어나는 여진어 통사의 수요에 미리 대비할 필요가 있다고 생각했다. 세국은 대화를 나누는 도중 여진어의 중요성을 거듭 언급했고, 그때마다 신기언은 고개를 끄덕이며 무언의 동의를 보냈다.

산적

요양으로 향하고 있던 정탐단원들은 만포를 떠난 지 나흘째 되는 날 번시本溪 지역에 당도했다. 이제는 요양이

지척이었다. 산속 깊숙이 몸을 숨기고 휴식을 취하던 일행은 해가 떨어지자 산 아래로 이동했다. 일행이 험한 산길을 지나 평평한 길로 접어들었을 때 큰 나뭇가지 하나가 길을 막고 있었다. 힘이 쎈 동수가 그것을 치우기 위해 말에서 내려 다가가자 한문호가 재빨리 말렸다.

-잠깐만!

누군가 나뭇가지를 일부러 자른 흔적이 한문호의 눈에 들어왔다. 한문호는 경계하듯이 주위를 살피며 일행에게 누군가 몰래 지켜보고 있다는 신호를 보냈다. 그러자 유증탁이 자루 속에 숨기고 있던 단도를 꺼내서 일행에게 나누어 주었다. 그때 숲에서 바스락거리는 소리가 들리더니 갑자기 몇 명의 사내들이 뛰어나와 일행의 앞을 가로막았다. 깜짝 놀란 동수가 주춤거리며 뒤로 물러섰다.

-저것들은 또 뭐야!

한문호가 혼잣말처럼 하자 뒤에 있던 서지온이 대답했다.

-보아하니, 배고픈 놈들끼리 모인 것 같군.

후금이 요동을 점령한 뒤 생겨난 난민들이었다. 굶주림을 면하기 위해 산적이 된 난민들이 죽은 군사들의 옷을 벗겨 입고 군병처럼 위장한 것이 틀림없었다.

―저 놈들 어찌 할까요?

유중탁의 물음에 난감한 표정으로 사내들을 바라보고 있던 한문호가 대답했다.

―소금을 조금 건네주고 달래보자.

사내들이 다가오며 일제히 칼을 뽑아들자 한문호 일행은 말에서 내렸다. 나돌을시가 앞으로 나서며 여진말로 무어라 외쳤으나 사내들은 알아듣지 못했다. 역시나 요동의 난민들이 확실했다. 중국말을 조금 할 줄 아는 한문호가 나서며 물었다.

―길을 막는 연유가 무엇인가?

맨 앞에 있던 얼굴색이 유난히 검은 사내가 명령조로 말했다.

―물건들을 내놓고 가라.

―우리는 상인이다. 원하면 소금을 주겠다.

―모두 내놓아라. 그럼 다치지 않을 것이다.

―그렇게 할 수는 없다.

한문호가 물건들을 내줄 수 없다며 버티자, 사내들은 칼을 치켜들며 더욱 위협적인 행동을 보였다.

―말로는 안 될 거 같은데….

서지온이 사내들에게서 눈을 떼지 않은 채 한문호에게

말했다. 상대를 노려보고 있던 한문호는 뉘엿뉘엿 넘어가는 해를 쳐다보더니 고개를 끄덕였다.

―어쩔 수 없군!

한문호의 말이 끝나자 나돌을시가 자루 하나를 들고 사내들 쪽으로 다가가 내려놓는 척하면서 순식간에 허리춤에서 단도를 꺼내 얼굴이 검은 사내를 찔렀다. 그 뒤를 이어, 한문호가 뛰어가며 단도를 던져 옆의 사내를 쓰러트렸다. 갑자기 공격을 받은 사내들은 주춤거리며 당황하더니 긴 칼을 휘두르며 달려들었다. 한문호가 상대의 칼을 피하며 땅에 쓰러진 자의 칼을 주워서 달려드는 사내를 단칼에 베어버렸다. 그 사이 유중탁은 단도를 들고 한 사내와 맞서고 있었고, 곧이어 나돌을시가 끼어들며 그 사내를 제압했다. 맨 뒤에서 주춤거리기만 하던 사내가 달아나려고 등을 돌리자, 유중탁이 단도를 던져서 사내의 등짝을 맞추었다. 사내들이 모두 쓰러지자 한문호가 빨리 말에 오르라고 외쳤다. 그때 단도를 맞고 쓰러졌던 한 사내가 칼을 잡고 비틀거리며 일어나 한문호의 등 뒤로 다가갔다. 그 모습을 이미 말에 오른 복임이 발견하고 재빨리 표창을 던져서 사내의 목에 정확히 꽂았다. 동수는 쓰러진 사내들을 길가 덤불숲으로 끌고 가 감춘 뒤 뒤늦게 말에 올랐다.

왕의 역관

　세국은 연금되어 있던 거처에서 다른 곳으로 은밀히 옮겨졌다. 홍타이지는 세국이 자신을 저격한 조흘과 공모했다고 억지를 부리며 평소 탐탁지 않게 여겨오던 세국을 요양 근처의 어느 빈집에 연금한 뒤 군졸들로 하여금 지키게 했다. 세국이 만포로 돌아가지 못하고 억류되어 있다는 사실을 누르하치가 뒤늦게 알았지만 이전과는 달리 아무런 조치도 취하지 않았다. 수차례나 국서를 보냈음에도 아예 답서조차 보내지 않고 있는 조선에 대해 누르하치 또한 계속 우호적인 태도만 보일 수는 없었다. 세국을 옹호하던 칸의 마음이 드디어 돌아선 듯하자, 홍타이지는 더욱 강경한 태도로 세국을 본보기로 삼아야 한다고 주장했다. 세국의 처지는 고립무원이 되고 말았다. 자신에 대해 늘 우호적이던 귀영가마저 권력에서 밀려나고 말았으니, 이제 자신을 도와줄 사람은 주위에 아무도 없었다.

세국은 마당에 나와 먼 하늘만 바라보며 하루를 보냈다. 벌판 너머로 지는 석양을 바라볼 때면 긴 세월 통사로서 보낸 자신의 역할이 이제 끝나가고 있음을 느낄 수 있었다. 그 긴 여정의 끝이 어떻게 마무리 될지는 정확히 알 수 없으나, 이번만은 무사히 만포로 돌아갈 수 없을 것만 같았다. 조선과의 새로운 관계 구축을 시도하고 있는 후금의 행동을 보면 그것은 더욱 확연해 보였다. 후금이 그동안 교섭 통로로 여기던 만포를 폐쇄하고 의주를 고집하는 것은 분명 과거와의 결별을 뜻하는 것이고, 그 과거의 상징을 제거함으로써 새로운 관계를 알리려고 할 것이었다. 그 상징이 바로 자신임을 세국은 잘 알고 있었다.

세국은 자신이 없는 임금을 상상했다. 만주의 정세를 알 길이 없는 임금은 점차 판단이 흐려질 것이고 신료들을 설득할 근거 또한 미약해져 나라는 위기에 빠질 터였다.

세국이 임금 광해를 마지막으로 만난 건 지난해 봄이었다. 후금에서 국서를 가지고 나온 세국은 황연해, 소롱이와 함께 만포를 거쳐 상경하여 임금을 만났다. 편전이 아닌 은밀한 곳으로 세국을 따로 부른 임금은 심하에 파병한 것을 무척 후회했다. 3년 전, 임금 광해는 파병을 앞두고 세국에게 여러 번 밀지를 내려 후금의 군사력에 대해 소상히 물었다. 그때마다 세국은 후금의 군사력은 명과 조선을 압도하고 있음을 알렸고 전투가 벌어지면 반드시 패할 것이므로 파병해서는 안 된다고 아뢰었다. 그럼에도 임금은 조정 신료들의 등살에 못 이겨 어쩔 수 없이 파병을 허락했고 결국 비참한 결과를 초래하고 말았다. 세국 또한 그때의 일만 생각하면 아직도 회한이 밀려왔다.

임금 광해는 후금의 국서를 가지고 올라온 세국에게 직접 물었다.

-신료들이 답신을 막고 있으니 답답하다. 적들이 언젠가는 침략해 오지 않겠는가?

임금은 후금과 국서를 주고받지 않으면 반드시 그들이 침략해올 것이라고 판단하고 있는 듯했다. 세국은 자신의 생각을 조용히 아뢰었다.

-힘의 균형을 잘 살펴야 할 줄 아옵니다. 후금은 명분을 쌓으며 인내하고 있다가 자신들의 힘이 명을 압도한다고 판단되면 먼저 조선을 침략할 것이옵니다.

세국의 생각이 자신과 다르지 않음을 확인한 임금 광해는 어두운 낯빛으로 고개만 끄덕였다. 한동안 말이 없던 임금은 손짓으로 더욱 가까이 다가오라며 세국을 불렀다.

-하 역관.

품계도 없는 향통사인 세국에게 임금은 역관이라 불렀다.

― 하 역관은 조선의 외교를 담당하는 나의 신하다. 잊지 말라.

예상치 못한 옥음에 세국은 감읍하여 아무런 대답도 할 수 없었다.

파병

3년 전, 1618년 봄에 누르하치는 요동을 본격적으로 공략하기 시작했다. 첫 공략 대상은 요동의 요지 중 한 곳인 무순撫順이었다. 무순 성을 점령한 누르하치는 여세를 몰아 요동의 성보城堡들을 계속 공략해 나갔고, 명 조정은 북쪽의 청하淸河마저 함락되자 누르하치를 토벌하기 위해 양호를 요동경략에 임명했다. 총사령관이 된 양호는 광녕으로 나온 뒤 본격적인 토벌 준비에 들어갔지만 동원할 군사력이 변변치 않음을 뒤늦게 알았다. 그때부터 요동의 군문에서는 누르하치를 소탕하는 데 조선의 병력을 동원하자는 주장들이 흘러나오기 시작했다. 하지만 자신들의 원병 요청에 조선이 쉽사리 응할 리 없음을 예상한 요동의 장수들은 사전 분위기 조성에 들어갔다.

요동 순무로 있던 이유번은 오래전에 조선과 주고받은 자문咨文(외교문서) 속에서 꽤 괜찮은 내용 하나를 발견했다. 조선과 명이 유사시에 대비해 주고받은 연합작전에 관한 것이었는데, 이유번은 그것을 거론하며 조선 조정의 속내를 떠보는 자문 한 통을 보냈다. 이유번이 보낸 자문은 무순이 공략당한 지 한 달 후에 도착했고, 그 내용으로 보아서는 원병을 강력히 요구하고 있는 것 같지는 않았다. 하지만 세국이 보내온 첩보에 의하면, 명이 대군을 동원하는 것은 쉽지 않고 또한 반드시 조선에 청병을 할 것이라는 소문이 요동 군문에서 나돌고 있다는 점에서, 이유번의 자문은 조선 조정을 시험해 보려는 의도로 보였다.

명의 첩자들은 조선 조정이 파병에 미온적인 태도를 보이고 있다고 요동에 전했다. 그러자 요동의 군문에서는 아예 노골적으로 원병을 요구하는 장황한 격문을 보내 조선을 압박했다. 경략 왕가수는 임진왜란 때 자신들이 도와준 사실을 언급하며 6월에 출병할 것이니 서둘러 수 만

명의 병사를 징발하라고 요구했다. 왕가수의 격문이 당도하자 조선 조정에서는 파병을 주장하는 목소리가 본격적으로 터져 나왔다. 먼저 비변사 신료들을 중심으로 파병을 해야 한다는 분위기가 형성되었다. 신료들은 파병에 대해 몹시 부정적인 임금 광해를 압박해 들어갔다.

−전하, 파병은 불가피한 선택이옵니다. 명의 요구대로 미리 군병을 조발하여 대기시켜 두어야 하옵니다. 서둘러 회답을 보내소서.

임금 광해는 끄떡도 하지 않았다. 비변사 신료들이 잇달아 파병을 요구하고 나섰으나 임금은 오히려 불가한 이유를 대며 조용히 타일렀다.

−서둘러 군병을 조발하는 것도 여의치 않을 뿐더러 약졸일 게 분명한데, 명에 무슨 도움이 되겠소이까? 게다가 왕 경략은 6월에 출전할 것이라고 하는데 병농兵農이 구분되어 있지 않은 우리가 어찌 두 달만에 군병을 준비할 수 있단 말이오. 불가하오.

−명은 부모의 나라로서 부자의 의리가 있사온데, 하물며 약졸이라는 이유로 어찌 원병 요청을 거부할 수 있겠나이까? 그것은 천조의 은혜를 망각하는 일이오니, 파병을 망설이지 마시옵소서.

신료들은 임금을 계속 몰아붙였다.

−왜군이 쳐들어왔을 때 명의 도움으로 위기를 넘겼으니, 재조지은을 잊지 마소서. 이제는 우리가 명을 도울 차례이옵니다.

−그렇사옵니다. 파병을 하지 않는 건 상국에 대한 신의를 저버리는 행위일 뿐 아니라, 다음에 또 적들이 쳐들어오면 무슨 낯짝으로 도움을 청할 수 있겠나이까? 왜란 때 명의 은덕으로 조선이 소생하였으니, 그 은혜에 보답하는 건 당연한 이치이옵니다. 상국의 문책이 뒤따를까 몹시 두려우니, 어서 서두르소서.

임금 광해는 신료들의 재촉에도 차분한 음성으로 조목조목 반박했다.

−오랑캐의 군대는 매우 강성하다고 들었소. 우리가 파병을 한들 확실히 이긴다는 보장이 있소이까? 애써 기른 우리 군병들을 진정 사지로 몰아넣을 셈이오?

조정 신료들은 파병을 요구하며 밤낮으로 몰려와 떼를 썼다. 신료들은 하나 같이 상국에 대한 의리와 재조지은을 들먹이며, 상국과의 의리를 지키다가 패하는 건 아름다운 일이라고까지 주장했다. 그럼에도 임금이 자신들의 요구를 들어주지 않자, 결국 신료들은 등청을 거부하며 파업을 벌였다. 시국이 어려우니 하루 빨리 등청하여 나랏일을 살피라는 임금의 명에, 신료들은 오히려 사직을 청했다. 임금과 신료들의 기 싸움은 쉽게 승부가 나지 않았다.

―왜란으로 인해 아직 나라가 피폐한 지경인데, 파병할 여력이 어디 있소? 게다가 황제의 칙유도 없이 번국藩國의 군대가 어찌 상국의 땅에 들어간단 말이오?

임금 광해는 등청하지 않고 버티는 신료들을 달래는 한편 이런저런 이유를 대며 파병불가를 고수했고, 신료들은 임금이 온갖 핑계를 대며 상국의 은혜를 저버리려 한다고 비난했다. 그러자 임금과 뜻을 같이 하는 몇몇 신료들이 꾀를 내어 중재를 시도했다.

―우리 군사들을 전장으로 들여보내는 것보다는 차라리 변경에 대기시켜 놓고 오랑캐의 뒤를 견제하는 건 어떻겠사옵니까?

임금 광해는 중재를 받아들이려는 모습을 보였으나, 신료들은 여전히 임금이 파병을 회피하려 한다며 타협할 기색을 보이지 않았다. 심지어 어느 비변사 당상은 편전 바닥에 이마를 찧으며 울부짖기도 했다.

―전하! 나라가 망하는 한이 있더라도 상국의 은혜를 잊

어서는 아니 되옵니다.

임금 광해는 너무도 한심하여 고함을 내질렀다.

-파병이 무슨 뜻인지나 알고 하는 말인가? 오랑캐를 적으로 만들면 장차 그들이 조선을 침략할 수도 있다는 걸 왜 생각하지 못하는가!

-전하, 우리에게는 상국이 있지 않사옵니까?

-왜란 때 그리 당하고도 또 그런 소릴 하는가! 제 나라를 스스로 지켜야지 언제까지 상국에만 기댈 생각인가!

후금의 첩자들은 조선의 상황을 본국에 전했다. 얼마 뒤 파병 문제로 온통 시끄러운 틈에 누르하치가 서신을 보내왔다. 그는 자신들이 무순을 공략한 이유를 전하며, 조선은 명과 후금의 전쟁에 끼어들지 말라고 강력히 경고했다. 아울러 조선이 파병을 하면 자신들은 조선의 변경 지역을 공격할 것이라는 위협도 덧붙였다. 비변사 신료들은 서신의 내용보다 그 격식에 더욱 신경을 쓰며 예를 모르는 오랑캐라고 비난하기에만 급급했다.

경략 양호는 10일이면 누르하치를 토벌할 수 있다고 허세를 부리며 조선의 파병을 기정사실화했다. 그러면서 조선이 파병하지 않으면 가만두지 않겠다고 거침없이 위협했다. 안팎으로 압박에 시달리고 있던 임금 광해는 점점 버틸 힘을 잃어가고 있었다. 뒷전에서 가만히 지켜보던 늙은 신료들이 점잖게 충고하듯 임금에게 아뢰었다.

-전하, 조선은 명을 섬기는 나라이옵니다. 그걸 잊으시면 아니 되옵니다.

임금은 늙은 신료들을 향해 쏘아붙였다.

-우리가 처음부터 명이 좋아서 섬겼소? 나라에 힘이 없으니 어쩔 수 없이 그리 된 게 아니요?

늙은 신료들은 임금의 질책에도 아랑곳 하지 않고 더욱 강한 어조로 아뢰었다.

-만일 끝까지 파병을 거부한다면 명은 조선을 적으로 여길 것이고, 그렇게 되면 우리는 사방이 적으로 둘러싸이는 형국이 되고 말 것이옵니다. 이제는 명을 택할 건지 오랑캐를 택할 건지 결정을 하소서. 두 나라의 싸움에 우리가 언제까지 관망만 하면서 가만히 있을 수만은 없는 게 현실이옵니다. 파병을 하지 않음으로써 명과 적이 될 건지, 파병을 함으로써 상국과의 관계를 유지할 건지 하나를 선택을 해야만 하옵니다. 명과 사이가 나빠지면 오랑캐가 그 틈을 타서 조선을 침략할 수도 있음을 명심하소서.

임금 광해는 기가 막혔다. 이제는 신료들이 양자택일을

요구하고 나섰다.

―나는 다만 전쟁을 피하려는 것일 뿐, 어느 한쪽을 택하려는 게 아니오!

임금은 분노를 억누르고 세국의 말을 가만히 떠올렸다. 세국은 명과 후금 중 하나를 택하는 식으로 파병 문제에 접근해서는 안 된다고 이미 여러 차례 알려온 터였다. 하지만 시간은 임금의 편이 아니었다. 결국 황제의 칙서가 날아들자 임금 광해는 더 이상 어떻게 해볼 도리가 없었다.

―이번 출전에 너의 역할이 몹시 중하다는 걸 명심하라.

임금은 출전에 앞서 세국에게 신신당부하며 아울러 도원수 강홍립을 잘 도와야 한다고 강조했다.

파병이 결정되자 남산의 비변사 관아는 바쁘게 움직였다. 임금은 파병에 관한 기밀이 후금 첩자들에게 새어나가지 않도록 보안에 극히 신경을 쓰라고 명했다. 비변사에서는 기밀이 새어나가지 않도록 후금 첩자들의 동향을 파악하는 한편 주변국에 대한 첩보 수집에 돌입했다. 특히 비변사에서는 부산진에서 올라오는 형세 보고서에 주목했다. 최근 들어 교역을 하려는 왜인들의 숫자가 갑자기 늘어나고 난동을 부리는 일까지 자주 벌어지는 상황이었다. 비변사는 파병 후 혹시나 왜인들이 딴마음을 품지 않을까 우려하며 그들의 동향을 잘 감시하라고 부산진 첨사에게 명했다. 이듬해 혹한이 몰아치는 2월 중순, 조선의 군사 1만 3천여 명은 결국 압록강을 건넜다. 매서운 추위에도 전장으로 향하는 행군은 명의 독촉으로 멈출 수 없었다. 행군을 시작한 지 열흘째 되던 이른 아침, 조선의 군병들은 후금군의 기습을 받고 거의 전멸하고 말았다.

새소리

한문호 일행은 한밤중에 요양 경내에 당도했다. 만포를 떠난 지 닷새째 되는 날이었다. 이제부터는 밤에도 함부로 이동을 할 수 없었다. 팔기군의 군영들이 요양 곳곳에 배치되어 있어서 발각될 염려가 있었다. 일행은 산속에 몸을 숨기고 말에 재갈을 물렸다. 적지 깊숙이 들어온 탓에 다들 긴장해서인지 눈빛이 초롱초롱 빛났다. 일행은 우선 허기를 달래기 위해 물에 탄 콩가루로 간단히 요기를 했다. 혼자 산 아래 쪽으로 내려온 나돌을시는 큰 바위 근처에서 주위를 살피다가 입으로 새소리를 냈다. 한

동안 아무런 반응이 없자 나돌을시는 몇 차례 더 새소리를 낸 뒤 조용히 기다렸다. 잠시 뒤 맞은편 숲에서 새소리가 들리더니 이윽고 덤불숲 밖으로 검은 물체가 꾸물거리며 모습을 드러냈다.

−나돌을시!

어둠속에서 작은 목소리가 들려왔다. 요양에서 활동하고 있던 신응구가 주위를 경계하며 다가왔다. 정탐단원들이 만포를 떠나기 전 미리 접선할 장소를 전했는데 다행히도 신응구가 때에 맞추어 마중을 나온 것이었다.

−모두 무사한가?

나돌을시가 대답을 하려다가 갑자기 단도를 빼어들며 어둠속을 노려보았다. 신응구가 재빨리 팔을 들어 제지했다.

−동고을이다.

덤불숲 쪽에서 키가 작고 몸집이 통나무처럼 생긴 동고을이 걸어 나왔다. 조선말에 서툰 동고을은 여진어로 속삭였다.

−헤헤, 오랜만이다.

동고을과 나돌을시는 여진족 특유의 몸짓으로 서로에 대한 반가움을 표시했다. 나돌을시는 곧장 둘을 데리고 일행이 숨어있는 곳으로 향했다. 얼마 뒤 나돌을시가 산 위로 올라오자 사방으로 흩어져 주변을 경계하고 있던 일행이 한 곳으로 모여들었다.

─오느라 힘들었지요?

두 살 아래인 신응구가 반갑게 인사를 건네자, 한문호가 손을 덥석 잡으며 물었다.

─고생이 많네. 그래, 통사 어른의 행방은 알아냈는가?

─찾고 있는 중입니다만….

신응구는 말끝을 살짝 흐렸다. 서지온이 다가오며 신응구에게 눈인사를 하더니 한문호에게 말했다.

─우선, 해뜨기 전에 서두릅시다.

서지온의 말에 한문호가 고개를 끄덕이자 일행은 떠날 채비를 위해 각자 말이 있는 곳으로 걸어갔다. 그때 신응구가 복임 쪽으로 다가가며 농을 던졌다.

─복임이, 얼굴이 더 예뻐졌네.

복임이 사내 같은 걸걸한 목소리로 말을 받았다.

─놀리지 마시우. 어두운데 무슨 얼굴이 보인다고.

옆에 있던 동수가 허연 이빨을 드러내며 싱긋이 웃자, 신응구가 그의 어깨를 탁 두드렸다.

─오랜만이야, 동수.

동수는 대답 없이 미소만 짓다가 복임이 말에 오르는 모습을 보고는 얼른 달려가 도와주었다.

　일행은 산속을 내려와 신응구가 마련해 놓은 요양 서쪽의 안가로 신속히 이동했다. 동고을이 맨 앞에서 길을 잡았고 재갈이 물린 말들은 거칠게 숨을 내쉬며 밤길을 달렸다. 안가가 가까워질 무렵, 멀리 등 뒤에서 희끄무레하게 날이 밝아오고 있었다. 맨 앞의 동고을이 속도를 높이자 나머지 일행도 뒤처지지 않기 위해 더욱 속도를 높였다.

　한문호와 정탐단원들이 몸을 숨긴 안가는 요양 서쪽에 있는 어느 외딴 농가였다. 주변에는 예닐곱 채의 가옥들이 띄엄띄엄 거리를 두고 작은 마을을 형성하고 있었다.

　집주인 장평은 몇 년 전부터 신응구와 알고 지낸 사이였고 그는 신응구의 신분에 대해 그다지 신경을 쓰지 않았다. 다만 신응구가 조선의 장사꾼이고 자신에게 이익이 되는 사람이라는 것만은 확실히 알고 있었다. 신응구는 한문호 일행이 만포에서 가지고 온 물건들 중 일부를 장평에게 주었다.

　한문호는 신응구와 동고을을 조용히 따로 불렀다. 그동

안 신응구는 세국의 행방을 알아내기 위해 귀영가 쪽의 군관들을 몰래 접촉해왔는데, 귀영가가 권력에서 밀려난 뒤로 그의 부하들이 홍타이지에게 반감을 가지고 있다는 것을 알아냈다.

—믿을 만한 자인가?

신응구와 동고을을 번갈아 바라보며 한문호가 물었다. 간단한 조선말을 할 줄 아는 동고을이 확신한다는 표정으로 어눌하게 대답했다.

—그렇다. 믿을 수 있는 자다.

옆에 있던 신응구가 나서며 덧붙였다.

—홍타이지에게 불만이 있는 자이니, 기다리면 소식이 올 겁니다.

동고을은 허투알라에서부터 알고 지내던 귀영가 쪽의 한 군관에게 세국의 행방에 대해 알아보라고 은밀히 요청했고, 그 군관은 자신과 한 마을에서 자란 홍타이지 군영의 지인에게 그것을 부탁해 놓고 기다리고 있는 중이었다.

한문호가 무슨 말인가 하려고 할 때 밖에서 말들의 힝힝거리는 소리가 들려왔다. 환경이 바뀐 탓인지 일행이 타고 온 말들이 계속 민감한 행동을 보였다. 신경이 쓰인 한문호는 대화를 나누면서도 자꾸만 마구간 쪽으로 고개를 돌렸다.

-이곳에 오래 머물 수 없으니, 서둘러 주게.

한문호는 만포에서 가지고 온 물건들을 신응구에게 내주었다. 신응구와 동고을은 건네받은 물건을 말 등에 싣고 귀영가의 군관을 만나기 위해 서둘러 안가를 나섰다. 밖에서 또다시 말들의 시끄러운 소리가 들려왔다.

포로

세국이 연금되어 있는 곳은 요양 남쪽의 태자강 너머에 있는 어느 빈집이었다. 앞쪽으로는 강이 흐르고 뒤에는 숲이 울창했다. 세국은 종일 먼 하늘만 바라보며 하루를 보냈다. 자신의 앞날이 어떻게 될지는 스스로도 짐작할 수 없었으나, 이제는 어떤 결론이든지 빨리 내려졌으면 하는 바람이었다. 평생 벌판을 달리며 살아왔던 자신을 이렇게 가두어두는 것 자체가 그에게는 큰 형벌이나 다름없었다. 하루에 한번 양식을 건네주고 돌아가는 사람

외에는 누구도 만날 수 없었고, 심지어 담장 밖을 지키는 군졸들조차도 말을 섞지 않아 세국은 하루 종일 말 한마디 하지 않을 때도 많았다.

대문 밖에서 사람들의 목소리가 들렸다. 처음 듣는 목소리도 섞여 있었는데, 누군가 서툰 여진어로 대문을 지키는 군졸들에게 말을 걸고 있는 듯했다. 억양으로 보아서는 평안도 출신의 조선인이라는 느낌이 들었다. 조금 뒤 대문 안으로 두 사람이 들어왔다. 날마다 양식을 날라다주는 조선인 계생과 낯선 한 청년이었다. 계생은 마당에 서 있던 세국에게 간단한 눈인사만 하고 먼저 집 안으로 들어갔다. 청년은 마당에서 주위를 둘러보는 척하더니 슬며시 세국에게 다가와 말을 걸었다.

-통사라고 들었소. 사실이오?

호기심 가득한 눈으로 청년이 대뜸 물어왔다. 아마도 조금 전 들려왔던 낯선 목소리의 주인인 듯했다.

-그러하네만….

세국은 스물 초반 정도로 보이는 젊은 청년을 똑바로 응시했다. 어딘지 모르게 청년의 눈 속 깊은 곳에는 분노가 가득 차 있는 듯했다.

-여진말을 빨리 배울 수 있는 길은 무엇이오?

청년의 질문은 난데없고 당돌했다.

―어찌하여 여진말을 배우려고 하는가?

―여기서 살려면 여진말을 배워야지요.

―고향으로 가지 않을 텐가?

―고향?

갑자기 청년은 입가에 실소를 흘렸다. 그때 집 안으로 들어갔던 계생이 밖으로 나왔다. 청년은 말을 하려다 말고 슬그머니 걸음을 옮겨 집 안을 이리저리 살폈다. 세국에게 다가온 계생은 어제 놓고 간 음식도 다 먹지 않고 남겼다며 걱정했다. 세국의 시선이 청년의 뒷모습으로 향하자 계생이 말했다.

―평안도 은산이 고향인데 이곳에 눌러 살 거라 하오. 하긴, 돌아가 봐야 매밖에 더 맞겠소?

―매라니?

―노비 출신이라는 소문이 있습디. 젊은이가 싹싹하긴 한데, 영리한 건지 영악한 건지….

계생은 청년에 대해 말하다가 가끔씩 고개를 갸웃했다. 자신과 마찬가지로 청년도 심하전투 때 붙잡혀 포로가 되었고, 귀환자 명단에 올랐으나 청년은 스스로 돌아가지 않았다고 계생은 말했다. 게다가 여진어에 능통한 조선의 역관이 붙잡혀 있다는 소문을 듣고 한번 만나게 해 달라고 조르는 바람에 청년을 데리고 왔다고 하며, 여진어를 곧 잘 익히는 것으로 보아서는 머리가 총명한 것 같다고도 했다.

청년은 집 안까지 들어가 마치 감시하듯 이것저것 살피다가 밖으로 나왔다.

—이름이 무엇인가?

대문으로 향하던 청년이 걸음을 멈추며 돌아봤다.

—정명수라 하오.

—언어는 빨리 배우는 것보다, 배운 것을 어떻게 쓸 것인가가 더 중하네. 속에 품고 있는 분노를 버리게.

청년은 자신의 마음을 들키기라도 한 듯 멈칫하더니, 아무 대답 없이 밖으로 걸어갔다. 세국은 청년의 뒷모습을 보며 걱정스러운 마음이 들었다. 장차 후금이 조선을 침략한다면 포로가 된 조선인들이 길잡이가 될 수도 있는 일이었다. 조선에 대해 훤히 알고 있는 자가 적의 길잡이일 때 조선은 숨길 수 있는 것이 아무것도 없을 터였다.

정적이 담장을 에워쌌다. 또다시 혼자가 된 세국은 멀리 남동쪽 하늘을 쳐다봤다. 세국의 머릿속에는 항시 두 사람의 얼굴이 겹쳐 떠올랐다. 만주의 소식에 목말라 있을 임금의 모습이 선명했고, 자신을 애타게 기다리고 있을 달래의 모습이 눈앞에 아른거렸다.

-땔나무라도 넉넉히 마련해 두고 올 걸….

세국은 먼 하늘을 바라보며 중얼거렸다.

행방

숑코로는 요동뿐만 아니라 변경지역의 감시를 더욱 강화했다. 지난번 홍타이지 저격 사건을 계기로 부쩍 기세가 오른 숑코로는 거칠 것이 없었다. 숑코로의 장수 소두리는 이미 홍타이지에게 충성을 맹세했고 첩자들이 가져오는 정보들을 그에게 따로 보고했다. 소두리는 지난번 저격 사건과 같은 일을 미연에 방지하기 위해 더 많은 첩자들을 변경지역으로 보냈다. 게다가 요동을 떠돌고 있는 난민들 틈에 첩자들을 심어놓고 조선과 모문룡을 동시에 감시했다.

요즘 숑코로의 첩자들은 무언가 냄새를 맡고 요양 주변을 샅샅이 훑고 돌아다녔다. 한문호 일행의 존재가 우모령 서쪽 들판에서 만난 후금의 토병들을 통해 알려진 듯했다. 귀한 소금을 얻은 토병들이 자랑하고 다니는 바람에 송코로가 알게 되었고 그들을 추궁한 결과 한문호 일행이 요양으로 향한 사실을 밝혀낸 것이었다.

외딴 농가에 숨어서 지내고 있던 한문호 일행은 주위의 경계를 늦추지 않았다. 일행은 교대로 돌아가며 집 주변을 경계했고 집주인의 행동 또한 눈여겨보았다. 집주인이 근처 이웃집에 여물을 빌리려고 갈 때도 나돌을시와 동고을이 따라갔다.

일행은 세국의 행방에 관한 소식을 초조하게 기다렸다. 신응구는 일행이 만포에서 가져온 물건들을 팔아 장검과 활 등의 무기를 구해왔다. 나머지 일행은 종일 안가에 머물며 자신들이 사용할 무기를 만지작거리거나 잡담을 나누며 시간을 보냈다. 한문호는 아침마다 일찍 일어나 진검을 빼들고 연습했는데 기합소리가 담장을 넘지 않도록 조심했다. 복임은 자신의 뒤만 졸졸 따라다니는 동수에게 귀찮다며 면박을 주기도 했고 서지온은 둘이 티격태격 할 때마다 이번에 돌아가면 저것들 혼인부터 올려줘야겠다고 허허 웃으며 긴장을 풀었다. 유증탁은 신응구가 구해온 중국 활을 자신의 몸에 익기기 위해 허공을 향해 시위를 당겨보거나 화살을 재고 겨누어 보기도 했다.

밖에 나갔던 신응구가 급히 돌아오자, 한문호가 흩어져 있던 일행을 불러 모았다. 아마도 신응구의 표정으로 보아서는 세국의 행방을 알아낸 듯했다.

-통사 어른 소식인가?

서지온이 서둘러 넘겨짚으며 물었다.

-예, 지금 빈집에 연금되어 있다고 합니다.

드디어 세국의 행방을 알아낸 듯하자, 한문호가 급히 끼어들었다.

-그곳이 어딘가?

-남쪽에 태자강이 있는데 그 너머 마을이랍니다.

동고을에게 비단 두루마리를 건네받은 귀영가 쪽 군관이 홍타이지 군영의 지인에게 그것을 뇌물로 주고 세국의 행방을 전해들은 것이었다.

-경계는 삼엄하다고 하던가?

-동고을이 살펴보려고 갔습니다.

저녁 어스름이 내릴 무렵에, 동고을이 돌아왔다. 동고을은 자신이 관찰한 것을 조선말로 더듬거리며 설명했다. 그러자 혹시라도 소통에 오해가 있을까봐 우려한 한문호가 나돌을시에게 통역하라고 말했다. 세국은 현재 태자강 너머에 있는 마을 어느 빈집에 연금되어 있고 열 명 정도의 군졸들이 담장 밖을 지킨다고 나돌을시는 전했다. 게다가 그 마을에서 얼마 떨어지지 않은 곳에 홍타이지 군영의 일부 군사들이 주둔하고 있다고도 했다. 동고을의 말이 끝나자 한문호는 일행과 구출 계획을 논의하기 시작했다. 밤늦게까지 논의는 길게 이어졌으나 역시 퇴로가 문제였다. 밖을 지키는 군졸들을 제압하는 것은 그다지 어렵지 않았지만 뒤쫓아 올 군사들을 따돌릴 대책이 마땅치 않았다.

-왔던 길을 되돌아가는 건 어떻겠소?

신응구의 제안에 한문호와 서지온이 동시에 고개를 가로저었다.

-그 길은 너무 멀어.

서지온의 대답에 한문호도 동조했다.

-맞는 말이네. 최단거리를 택해 가능한 빨리 압록강을 건너는 게 상책이지.

-그럼 의주로 향할 겁니까?

구석에서 듣고 있던 유증탁이 물어오자, 한문호가 확실한 어조로 대답했다.

-삭주로 가야지. 적들이 추격하면 의주로 가는 길목부

터 막을 게 분명하니.

일행은 한문호의 말에 수긍하는지 별다른 말이 없었고, 다만 서로를 쳐다보는 눈빛에서 비장함만이 느껴졌다.

구출

다음날, 아침 일찍 밖으로 나갔던 동고을이 다급하게 되돌아왔다. 숑코로가 조선의 상인들을 뒤쫓고 있다는 소문을 듣고 달려온 것이었다. 숑코로가 수상한 상인들이 요양으로 향했다는 첩보를 입수한 이상 안가에 계속 머무는 것은 위험했다. 게다가 이틀 전부터 근처의 한 농가 주인이 말들이 시끄럽게 우는 소리를 듣고 안가로 찾아오는 일까지 있었던 터라, 한시라도 빨리 안가를 떠나야 할 형편이었다. 한문호는 한 번 더 꼼꼼히 점검한 뒤 내일쯤 떠나려고 했던 계획을 서둘러 변경하며 즉시 일행과 준비에 들어갔다.

술시(19-21시)에 막 접어들 때쯤 정탐단원들은 안가를 나섰다. 한밤중에 시끄러운 말발굽소리가 들리자 근처 농가에서 호롱불이 켜졌다. 동고을이 맨 앞으로 나서며 길을 잡았다. 일행은 태자강을 무난히 건너기 위해 강폭이 좁은 서쪽 벌판으로 향했다. 날씨가 추워서인지 벌판은 인적이 끊겨서 고요했다.

달빛이 밝은 밤이었다. 태자강을 건넌 정탐단원들은 마을 왼쪽으로 돌아서 뒤편의 숲속으로 들어갔다. 미리 와서 마을을 살피고 있던 나돌을시가 새소리로 신호를 보내왔다. 일행은 나돌을시를 따라서 세국이 연금되어 있는 집 뒤편에 자리를 잡고 기다렸다. 해시(21-23시)가 끝나갈 무렵, 세국을 지키던 군졸들이 교대를 하고 있었다. 잠시 뒤 교대를 한 군졸들이 말을 타고 멀리 사라지자, 한문호가 손짓으로 일행을 불렀다.

-다들 준비됐지?

한문호의 말에 일행은 긴장한 표정으로 저마다 고개를 끄덕였다. 곧이어 일행은 동수와 복임을 남겨두고 세국이 연금되어 있는 집으로 향했다. 동수와 복임은 일행의 말들을 이끌고 숲속을 나와 미리 약속한 장소로 이동했다.

세국을 지키는 군졸들은 대략 열 명쯤 되었는데, 대문과 좌우 담장 그리고 집 뒤편으로 각각 흩어져 경계를 서고 있었다. 군졸들의 위치를 미리 파악한 나돌을시가 일행에게 손짓으로 알려주었다. 일행은 집 뒤편에 있는 두 명의 군졸들부터 제거하기로 하고 구출 작전에 돌입했다. 먼저 나돌을시가 포복으로 기어서 군졸들에게 몰래 다가갔다. 동시에 유중탁이 활시위를 당겨 조준하더니 어둠속을 향해 쏘았다. 곧이어 둔탁한 소리와 함께 한 군졸이 쓰러지자, 옆의 군졸이 어리둥절해 하며 주위로 고개를 돌렸다. 그 순간, 근처에 엎드려 있던 나돌을시가 번개처럼 달려들어 단번에 군졸을 쓰러트렸다. 그 모습을 지켜보고 있던 신응구와 동고을이 오른쪽으로 달려가고 한문호와 서지온은 왼쪽으로 달려갔다.

좌우 담장에 배치되어 있던 군졸들을 순식간에 제압한 일행은 대문 앞으로 달려가 나머지 군졸들과 대치했다. 갑자기 어둠속에서 낯선 자들이 불쑥 튀어나오자, 대문을 지키던 군졸들이 당황한 표정으로 서둘러 칼을 빼들었다. 양측이 칼싸움을 하고 있는 동안 서지온이 대문 안으로 뛰어 들어가며 외쳤다.

-통사 어른! 통사 어른!

집 안은 텅텅 비어 있는 듯 인기척이 없고 정적만이 흘렀다. 서지온은 방문을 열고 안을 향해 다시 외쳤다. 그때 구석 쪽에서 느릿하게 움직이는 물체가 보였다.

─누구요?

─통사 어른, 지온입니다! 저희들이 왔습니다.

잠에서 막 깨어난 세국은 아직 정신이 혼미했다. 곧이어 일행이 군졸들을 해치우고 안으로 들어왔다.

─통사 어른, 서둘러야 합니다.

세국은 자신이 꿈을 꾸고 있는 듯했지만, 한문호의 목소리는 너무도 생생했다. 세국은 얼결에 주섬주섬 옷을 걸쳐 입고 일행을 따라나섰다.

벌판

새벽 무렵에 교대를 하려고 왔던 군졸들이 아연실색했다. 선임 군졸은 즉시 집 안으로 들어가 세국이 있는지 확인한 뒤 군영으로 달려갔다.

선임 군졸로부터 소식을 들은 홍타이지 군영은 발칵 뒤집어졌다. 잠에서 막 깨어나 개에게 먹이를 주고 있던 홍타이지는 소식을 듣자마자 고함부터 내질렀다.

─당장 쫓지 않고 무엇을 하느냐!

부하 장수 동구어부가 군영에 비상을 걸었다. 아직 잠에서 덜 깬 군사들이 허겁지겁 갑주를 착용하고 무기를 챙겨서 천막 밖으로 나왔다. 군사들이 모두 말에 오르자 동구어부는 방향을 나누어 추격에 나섰다. 벌판에서 나고 자란 후금의 군사들은 세국 일행이 지금쯤 어디까지 달아났을지 대충 짐작했다. 어젯밤 교대가 이루어지자마자 그때부터 달아났다 해도 충분히 따라잡을 수 있었다.

-의주로 가는 길을 모조리 틀어막아라!

세국 일행이 의주로 향했을 가능성이 높다고 판단한 동구어부는 가장 빠른 전령을 의주와 가까운 변경지역으로 보냈다.

한편, 세국의 소식을 접한 숑코로는 수상한 조선 상인들과 이번 일을 연관 지었다. 요양으로 향했다는 조선 상인들이 군졸들을 죽이고 세국을 데려간 것이 틀림없다고 여겼다. 숑코로의 장수 소두리가 군영을 나서려고 할 때 한 군관이 달려왔다. 서쪽 벌판 너머에 있는 어느 농가 주인이 찾아와서 신고하기를, 어젯밤에 수상한 말들이 남쪽으로 향했는데 얼마 전부터 이웃집에 머물던 자들의 말이라고 했다고 군관은 보고했다. 한문호 일행이 머물던 안가를 수상히 여긴 이웃 농부가 숑코로 군영에 신고한 것이었다. 바뀐 세상에서는 여태껏 나누던 이웃과의 정도 끊어야 된다고 여겼는지 농부는 주저 없이 신고했고 사실을 과장함으로써 의심을 더욱 증폭시켰다. 거대한 힘 앞에 굴종하는 것은 부끄러움이 아니라고 여긴 농부는 새로운 질서에 빨리 순응하는 것만이 살아남을 수 있음을 계절의 이치를 통해 깨달은 듯했다.

숑코로는 새로운 질서의 위엄을 보였다. 서둘러 군사들을 보내면서 중국인 화공을 딸려 보내 수상한 무리들의 인상서를 만들었다. 안가를 제공한 집주인을 혹독하게 추궁한 숑코로 군사들은 돌아올 때 그의 목숨을 거두었다. 신고를 한 농부에게는 몰수된 이웃의 농토가 상으로 내려졌고, 농부는 늘어난 농토에서 거두어들일 소출을 생각하며 내년 가을을 기대했다.

맞은편 하늘에서 동이 트고 있었다. 세국 일행은 밤새 쉬지 않고 달아났다. 일행 중 몇몇은 자신들이 끌고 온 지친 말을 버리고 후금 군졸들의 건강한 호마로 갈아탔다. 말들은 어두운 밤에도 벌판을 빠르게 내달렸다. 세국을 구출한 한문호 일행은 곧장 의주 방향으로 향했다. 지금쯤 자신들을 뒤쫓기 위해 군사들이 부리나케 달려오고 있을 터였다. 앞에서 달리던 나돌을시와 한문호가 동북쪽으로 방향을 꺾었다. 이제부터는 벌판을 내달릴 수 없었다. 구릉지를 지나 산 아래로 접어들었을 때 앞에서 달리던 한문호가 말고삐를 당기며 멈춰 섰다. 일행이 속도를 늦추며 주위로 모여들자 한문호가 세국에게 말했다.

　-통사 어른, 여기서 헤어지는 게 좋겠습니다.

　그때 서지온이 끼어들었다.

　-우리가 의주로 적들을 유인할 테니, 동수와 복임이 통사 어른을 모시고 삭주로 가게.

　-그건 너무 위험하지 않은가? 안 될 말이네.

　세국의 말에 한문호가 설득하듯 말했다.

　-통사 어른, 이러다가 모두 무사하지 못합니다.

　-산속에 숨었다가 밤에만 이동하세. 그럼, 적들에게 들킬 염려는 없으니….

　자신이 내뱉은 말이 얼마나 무의미한지 세국은 스스로도 잘 알고 있었다. 적들은 말발자국을 따라 쫓아 올 것이 뻔했다. 세국은 가슴이 먹먹해지며 단원들을 똑바로 바라볼 수 없었다. 왜 이처럼 무모한 짓을 했느냐고 꾸짖고 싶었지만, 자신을 구하려고 목숨 걸고 달려온 단원들에게 차마 입이 떨어지지 않았다.

―동고을, 너도 통사 어른을 따라가라. 관전에서 다시 만나 삭주로 가자.

한문호는 말을 마치자마자 곧바로 말고삐를 잡아채며 말 옆구리를 두 발로 힘차게 찼다. 순간, 세국은 무슨 말을 하려다가 멈칫하더니 이윽고 앞으로 달려가는 일행에게 외쳤다.

―조심들 하게!

세국이 할 수 있는 말은 그것이 전부였다. 한문호 일행의 모습은 금방 시야에서 멀어졌다. 남겨진 세국 일행도 서둘러 출발했다. 잠시 뒤 세국이 고개를 돌리자 멀리 벌판 너머로 사라지는 한문호 일행의 뒷모습이 보였다. 산길을 포기하고 벌판을 내달리는 것으로 보아서는 일부러 자신들의 모습을 노출시켜 적들을 유인하려는 듯했다.

한편, 동구어부가 이끄는 기마병들은 미시(13-15시) 무렵 세국과 한문호가 헤어진 곳까지 당도했다. 말발자국을 따라 추격해오던 기마병들은 그곳에서 두 갈래로 흩어졌다. 그중 한 무리는 산길을 따라 달아나고 있는 세국 일행의 뒤를 쫓았다.

추격

 한밤중에 한문호 일행은 변문邊門까지 닿았다. 반나절만 더 달리면 압록강까지 도달할 수 있는 거리였다. 어젯밤부터 쉬지 않고 달린 말들이 이제는 지쳐서 달리지 못했다. 일행은 산속에서 새벽까지 쉬기로 하고 찬바람을 피해 계곡으로 들어갔다. 지친 말들은 허기를 채우려고 시든 잡풀을 뜯었다. 홍타이지 군영의 전령은 의주로 통하는 길을 차단하기 위해 전속력으로 달렸고 저녁 무렵에는 한문호 일행을 따라잡았다.

 다음날 새벽, 한문호 일행은 동이 트기 전에 길을 나섰다. 세국 일행과 만나기로 한 관전으로 가기 위해 동북쪽으로 말머리를 돌렸다. 지금쯤 의주 부근 변경에는 전령의 연락을 받은 그곳 토병들이 길을 막고 있을 것이 확실했다. 일행이 말을 끌고 산속을 걸어 내려와 평지로 막 접어들 때 맨 앞의 나돌을시가 하늘을 가리키며 작은 소리로 외쳤다.

 ─저기, 매가 날고 있다.

 일행은 나돌을시가 가리키는 곳을 쳐다봤다. 매 한 마리가 긴 시치미를 발목에 달고 하늘을 맴돌고 있었다. 후금의 군사들이 서로 신호를 보내기 위해 날린 송골매였다. 매는 높은 곳에서 큰 원을 그리며 날고 있었다.

─우리가 산속에 있다는 걸 적들이 알아챈 모양이야.

한문호의 말에 하늘을 쳐다보고 있던 서지온이 중얼거렸다.

─포위되면 끝장일 텐데….

일행이 서둘러 말에 오르려고 할 때 어디선가 화살 하나가 날아들었다.

─슝!

희미한 안개를 뚫고 날아든 화살은 선두에 있던 나돌을시의 팔을 스치고 지나갔다. 순간, 일행은 몸을 낮추고 사방을 경계했다.

─적이다!

한문호가 외쳤다. 앞쪽에서 또다시 화살이 날아들었다. 일행은 다급히 발길을 돌려 산속으로 되돌아갔다. 화살을 맞은 말들이 비명을 지르며 거칠게 날뛰었다. 이미 토병들이 산을 에워쌌다면 이제는 빠져나갈 수도 없는 상황이었다. 한문호와 일행은 포위를 뚫고 탈출할 방안을 궁리했지만 묘안이 떠오르지 않았다. 그 사이 해는 점점 더 밝게 떠오르고 있었고, 송골매는 여전히 하늘을 선회하며 신호를 보내고 있었다. 북쪽 벌판 쪽에서 뒤쫓아 오던 동구어부의 기병들이 하늘의 송골매를 발견하고 방향을 틀었다. 큰 타원형을 그리며 선회하던 송골매가 갑자기 한문호 일행의 머리 위를 맴돌았다. 유증탁이 한참 활을 겨누더니 송골매를 향해 화살을 쏘았다.

－슝!

마른 나뭇잎을 뚫고 시위를 떠난 화살이 송골매의 꽁지 부분에 꽂혔다. 화살을 맞은 송골매는 날개를 크게 펼치며 선회하다가 곧장 아래로 처박혔다. 한문호가 달려오고 있는 동구어부의 기병들을 노려보며 말했다.

－지금 산속을 나가야 해. 저들이 오면 더욱 빠져나가기 어렵다.

일행은 한문호의 지시에 따라 다시 산 아래로 향했다. 평지가 가까워오자 일행은 서둘러 말에 올랐다. 한문호가 뒤를 돌아보며 일행에게 말했다.

－난 통사 어른과 만나기로 한 관전으로 간다. 저기 보이는 벌판 끝에서 갈라지자. 다들 무사해라.

한문호는 미련 없이 말 옆구리를 발로 차고 앞으로 달려 나갔다. 나머지 일행도 뒤를 따라 일렬로 산속을 빠져나와 벌판을 내달리기 시작했다. 갑자기 산 속에서 적들이 튀어나오자 그곳을 지키던 토병들이 당황하며 활을 쏘아댔다. 거리가 멀어서 화살이 닿지 않자 토병들은 뒤늦게 말을 타고 추격에 나섰다. 빠르게 달려오던 동구어부의 기병들이 앞쪽에서 달아나는 한문호 일행을 발견하고 다시 방향을 틀었다.

잠시 뒤, 산속을 빠져나와 벌판을 달리던 한문호 일행은 각자 흩어졌다. 한문호는 관전 쪽을 향해 내달렸고 서지온과 유증탁, 나돌을시는 의주 방향으로 질주했다. 동구어부가 이끄는 기병들은 순식간에 토병들을 앞질러 바짝 추격해왔다. 역시 평생 벌판에서 살아온 자들을 감당해내기에는 역부족이었다. 맨 뒤의 유증탁이 말 위에서 몸을 돌려 화살을 쏘자 뒤따라오던 기마병들이 하나 둘 쓰러졌다. 유증탁은 말 위에서도 한 치의 빈틈없이 적들을 맞췄다. 뒤따라오던 기마병들이 말 등에 몸을 바짝 대고 앞에서 날아오는 화살을 피했다. 유증탁이 시위를 당기려 할 때 적의 화살이 날아와 그의 옆구리에 박혔다. 순간, 유증탁은 중심을 잃고 말에서 굴러 떨어졌다. 칼을 빼들고 뒤에서 달려오던 기병이 땅에서 일어나려는 유증탁을 내리쳤다. 서지온과 나돌을시는 뒤를 돌아볼 새도 없었다. 둘의 거리는 점점 더 벌어졌다. 벌판에서 자란 나돌을시의 뒤를 서지온은 쫓아갈 수 없었다. 어느새 칼을 치켜든 기병이 서지온의 뒤를 바짝 추격해 오더니 대번에 목을 날리고 지나갔다.

나돌을시는 뒤에서 날아오는 화살을 피하기 위해 몸을 좌우로 움직이며 말을 몰았다. 노련한 기병들은 나돌을시 대신 그의 말을 화살로 맞추어 쓰러뜨렸다. 말이 달리던 속도를 이기지 못하고 그대로 머리부터 땅에 처박으며 한 바퀴 굴렀다. 땅에서 겨우 일어난 나돌을시는 방향 감각을 잃고 오히려 달려오는 기병들 쪽으로 걸었다. 기병들이 빠르게 스쳐가며 차례로 칼을 휘둘렀다. 순식간에 몸통만 남은 나돌을시의 몸은 통나무처럼 쓰러졌다.

동구어부가 이끄는 기병들은 관전으로 향하는 한문호의 뒤를 바짝 추격했다. 뒤에서 화살이 날아들었지만 다행히도 한문호는 이리저리 잘 피하고 있었다. 하지만 행운은 계속되지 않는 법. 갑자기 앞쪽에서 변경지역을 지키던 토병들이 나타나 한문호를 에워쌌다. 이제 빠져나갈 수 없음을 직감한 한문호는 결국 칼을 빼들고 말에서 내렸다. 때마침 뒤쪽에서 동구어부의 기병들이 달려오고 있었다. 군관이 한문호를 향해 활을 쏘려고 하자 동구어부가 그를 제지했다. 잠시 뒤, 날렵하게 생긴 군사 하나가 말에서 내려와 한문호에게 달려들었다. 한문호는 칼로 막는 척 하다가 옆으로 돌면서 상대를 내리쳤다. 그 모습을 동구어부가 말 위에서 흥미로운 듯 내려다보다가 부하 군관을 향해 눈을 돌렸다. 다부지게 생긴 군관이 말에서 내려 천천히 칼을 뽑아들고 한문호에게 다가갔다. 둘은 칼을 부딪치며 몇 합을 주고받았다. 상대가 보기보다 만만치 않음을 깨달은 군관은 조금 긴장하면서도 자존심이 상한 듯했다. 군관이 한문호를 노려보며 주위를 빙빙 돌다가 재빠르게 달려들었다. 한문호는 상대의 큰 동작에서 빈틈을 찾아내어 단숨에 찔러 쓰러트렸다. 그러자 이번에는 주위에 있던 여러 명의 군사들이 한꺼번에 달려들었다. 한문호는 빠른 동작으로 두어 명의 군사들을 쓰러트렸지만 더 이상은 감당해 낼 수 없었다.

-흑!

한문호는 짧은 신음소리를 내며 땅에 주저앉았다. 곧이어 정신이 혼미해지고 온 세상이 점차 흐려보였다. 무인으로서 벌판에서 죽는 것은 여한이 없었다. 하늘에는 매들이 먹이를 찾아 날아들고 있었다. 멀리서 바람이 불어와 싸움의 흔적들을 순식간에 지우고 지나갔다. 벌판은 다시 고요했다.

관전으로 향하고 있던 세국 일행은 이틀째 밤을 관전 근처 산속에서 보냈다. 낮에는 산속에 숨고 밤에만 이동하다보니 아직은 적들의 눈에 띄지 않았다. 이틀 동안이나 여물을 먹지 못한 말들은 허기에 지쳐서 겨우 걸었고 동수의 말은 다리가 부러져 제대로 걷지도 못했다. 세국 일행은 산속에 몸을 숨긴 채 어떻게 할지 망설였다. 벌판에는 홍타이지의 기병들이 밤에도 횃불을 들고 돌아다니며 수색했다. 결국, 일행은 말들을 산속에 버리고 새벽쯤에 관전의 마을로 걸어서 이동하기로 했다. 다행히도 그 마을에는 동고을과 친분이 두터운 번호가 살고 있어서 도움을 받을 수 있었.

산속의 새벽은 서리가 내려서 더욱 추웠다. 작은 동굴 속에서 선잠을 자던 일행은 밖에서 부스럭거리는 소리가 들릴 때마다 신경이 곤두섰다. 동고을이 슬그머니 일어나 동굴 밖으로 나가는 소리가 들렸다. 세국은 아내 달래가 보내준 솜옷을 입고 동굴 벽에 기대어 선잠을 자다가 눈을 떴다. 옆에는 동수가 자신의 겉옷을 복임에게 덮어주고 정작 자신은 떨고 있었다. 세국은 그런 동수를 지그시 내려다봤다.

동수가 정탐단원이 된 이유는 순전히 복임 때문이었다.

복임이 번호들과 밀거래를 하다가 붙잡혀 곤장을 맞을 위기에 처했을 때 정탐단원이 되는 조건으로 풀려난 적이 있었다. 그때 동수가 소식을 듣고 달려와 자신도 정탐단원이 되겠다고 하며 한동안 떼를 썼다. 동수는 벌목을 하며 생계를 이어온 젊은이로서 힘은 세지만 순발력이 부족해 정탐 임무를 수행하기에는 어울리지 않았다. 하지만 복임과 떨어지기 싫어하는 동수를 억지로 떼어놓을 수가 없어서 단원으로 받아들이기는 했으나, 그를 생각하면 안타까운 마음이 앞섰다.

동고을이 동굴 밖으로 나갔다가 들어오더니 일행을 깨웠다. 날이 밝아오기 전에 관전의 마을로 숨어들어야 한다고 했다. 일행은 타고 온 말들을 놓아두고 걸어서 산 아래로 향했다. 산길을 내려가던 동수가 동굴 쪽으로 되돌아가더니 나무에 매어둔 말들의 고삐를 풀어주고 뒤따라왔다.

해가 완연히 떴을 무렵에, 세국 일행은 관전의 마을로 숨어들었다. 전에 많은 사람들이 살았던 관전은 거리가 한산했다. 주민들이 떠난 빈 집에는 건주의 여진족들이 들어와 차지했고 남아 있던 중국인들조차 여진족의 복장을 하고 다녀서 이제는 여진족 마을로 보였다.

관전에 살고 있는 동고을의 지인은 세국 일행을 받아주었다. 동고을로부터 대충 사정을 전해들은 지인은 위험한 일인지 알았으나 꼬치꼬치 캐묻지 않고 음식을 대접했다. 동고을 또한 지인이 위험에 빠질 수 있다는 사실을 잘 알고 있어서인지 곧바로 떠나기로 했다. 세국은 동수와 복임을 앞혀놓고 조용히 자신의 생각을 말했다.

-너희 둘은 곧장 압록강을 건너라. 걸어서 이틀이면 닿는다.

동수는 망설이는 표정만 보였고 대신 복임이 나서며 물었다.

-통사 어른은 어찌하시려고요?

-난, 동고을과 따로 가겠다. 여럿이 함께 움직이면 위험하다. 내 말 들어라.

-문호 형님 만나야 하는데….

동수가 중얼거리듯이 말했다.

-괜찮다. 문호는 알아서 돌아갈 것이다. 너희들만 무사히 돌아가라.

벌판의 이치를 누구보다 잘 아는 세국은 한문호 일행이 결코 약속 장소로 오지 못할 것임을 짐작하고 있었다. 세국은 어떻게 해서든지 앞에 앉은 두 연인만은 살려서 보내고 싶었다.

―내년 봄에는 꼭 혼인하고 자식도 많이 낳아라.

복임의 귀에는 영원히 헤어지는 사람의 말처럼 들렸지만 동수는 주책없이 입가에 미소를 보였다. 복임은 세국에게 무슨 말을 하려다가 그냥 입을 다물었다.

동고을은 지인과 함께 저잣거리에 나갔다가 돌아오며 여진족의 옷가지와 치장할 것들을 잔뜩 구해가지고 왔다. 세국은 입고 있는 솜옷에 가죽 털로 된 외투를 걸쳤고 동수는 둥근 모양의 털모자를 썼다. 동고을이 동수에게 앞머리를 모두 잘라 변발을 하라고 권했지만 동수는 고개를 좌우로 흔들며 질색했다. 복임은 쪽머리 모양을 하고 귀와 코에 고리를 달아 여진족 여인처럼 치장을 했다.

―내가 먼저 떠날 테니, 너희는 조금 있다가 떠나라.

세국은 복임에게 말한 뒤 동고을과 함께 먼저 대문을 나섰다. 적들이 노리는 사람은 바로 세국 자신이었으므로, 혹시라도 자신이 붙잡히게 되면 동수와 복임은 추격하지 않을지도 모른다고 생각했다.

밖으로 나온 세국과 동고을은 목적지를 삭주가 아닌 만포로 변경했다. 적들이 삭주로 가는 길목을 이미 차단했을 게 분명해 차라리 번호들의 도움을 받을 수 있는 만포

쪽 변경지역이 더 안전하다고 판단한 것이다.

앞장선 동고을은 마을을 벗어나자 구릉지로 길을 잡았다. 남의 눈에 띄지 않고 달아나기에는 구릉지가 제격이었다. 작은 언덕을 올라가던 동고을이 갑자기 아래로 나뒹굴었다. 뒤따라 언덕을 기어 올라가던 세국은 깜짝 놀라며 땅에 납작 엎드렸다. 그때 동고을의 목에 박힌 화살이 세국의 눈에 들어왔다. 그 순간 이제는 틀렸구나, 하는 생각이 세국의 머릿속을 스쳤다. 미세한 흔적을 뒤쫓아 달려온 적들이 이미 관전을 포위하고 있었다. 언덕 위쪽에 매복해 있던 기병들이 몰려나와 땅에 엎드려 있던 세국을 내려다봤다.

그 시각, 동수와 복임은 저잣거리를 지나가고 있었다. 압록강 쪽으로 가는 가장 빠른 길은 저잣거리를 가로질러 남서쪽으로 곧장 가는 것이었다. 둘은 부부로 위장했지만 동수가 앞머리를 깎지 않아서 중국인 남편과 여진족 아내라는 어색한 모양새가 되었다. 행인들 사이로 나란히 걸어가던 둘은 곁눈으로 주위를 살폈다. 저잣거리를 막 벗어날 무렵, 갑자기 복임이 걸음을 멈추며 동수의 팔을 잡았다.

−저, 저기….

앞에서 군사들이 길을 막고 지나가는 행인들을 검문하고 있었다. 제자리에 우뚝 걸음을 멈춘 동수와 복임은 뒤돌아서려고 했으나 자신들을 빤히 바라보고 있는 군사와 눈이 마주쳤다. 둘은 할 수 없이 태연히 앞으로 걸어갔다.

-멈춰라!

동수와 복임을 멈춰 세운 군사는 둘을 위아래로 훑어보았다. 그때 옆의 군사가 다가와 손에 쥐고 있던 인상서를 들여다보며 둘의 생김새와 대조했다. 상대의 눈이 점점 커지고 있는 것을 알아차린 복임이 동수의 팔을 툭툭 쳤다. 둘은 재빨리 뒤로 달아나려고 했으나 때마침 뒤편에서도 군사들이 다가오고 있었다. 앞뒤로 길이 막히자 동수는 복임의 손목을 잡아끌고 남의 집 대문을 박차고 들어갔다. 동수는 괴력을 발휘해 마당에 있던 빈 수레를 끌고 와 대문을 막았다. 시끄러운 소리에 밖으로 나오던 집주인이 놀라며 뒤로 물러났다. 복임은 달아날 곳을 찾기 위해 담장 쪽으로 다가갔다. 그때 담장 밖에서 군사들이 안으로 넘어왔다. 복임은 품속에 지니고 있던 표장을 던지며 저항했다. 대문 앞에 있던 동수가 그 모습을 보고 다급히 달려와 앞을 막으며 복임을 끌고 헛간으로 물러섰다. 군사들이 칼을 겨누며 다가오자 동수는 헛간에 있던 도끼를 집어 들고 휘둘렀다. 벌목꾼인 동수의 도끼에 군사들이 하나둘 나가떨어졌다. 담을 넘어온 군사들이 대문을 막고 있던 수레를 치우자 나머지 군사들이 우르르 밀려들어왔다. 동수는 장창을 들고 달려드는 군사들을 향해 도끼를 휘둘렀다. 한 군사의 두개골에 도끼날이 박혀 빠지지 않자 동수는 그것을 빼내려고 안간힘을 썼다. 그때를 놓치지 않고 다른 한 군사가 달려들어 복임을 장창으로 찔렀다. 옆구리를 깊숙이 찔린 복임은 비명조차 지르지 못했다. 동수는 복임을 찌른 군사를 번쩍 들어 땅에 내리꽂은 뒤 복임의 몸에 꽂혀 있는 장창의 자루를 부러뜨렸다.

—어악!

분노한 동수는 괴성을 내질렀다. 숨을 헐떡이는 복임을 보고 동수는 악을 쓰며 헛간의 기둥을 흔들어 뽑았다. 점점 조여 오던 군사들은 동수가 기둥을 마구 휘두르며 다가오자 뒤로 물러났다. 그때 지붕이 비스듬히 무너지면서 희뿌연 먼지가 일었다. 그사이 동수는 쓰러진 복임을 일으켜 세우려고 다가가 끌어 앉았다. 순간 동수가 흑, 하고 짧은 숨을 내쉬었다. 동수의 등을 뚫고 들어간 장창이 복부로 나왔다. 동수는 장창의 끝을 한 손으로 꽉 잡았다. 자신의 몸을 뚫고 들어온 장창이 복임을 뚫고 들어가지 못하도록 동수는 있는 힘을 다해 손아귀에 힘을 주었다. 계속해서 창들이 동수의 몸을 뚫고 들어왔다. 그럴수록 동수는 복임을 더욱 껴안았다. 동수의 눈물이 복임의 볼을 타고 흘렀다. 하늘에서 하얀 눈발이 흩날렸다. 첫눈을 맞으며, 동수와 복임은 정신이 혼미해져갔다.

국서

　대륙의 벌판은 흰 눈으로 뒤덮였다. 후금이 또다시 국서를 보내왔다. 승지들은 흉측하기 이를 데 없는 국서의 내용을 차마 편전에서 읽을 수 없었다. 임금 광해는 신료들이 자신의 뜻에 따라 이번에는 회신에 응해주기를 바랐다. 하지만 신료들은 오랑캐에게 답신을 보내는 것은 명의 은혜를 저버리는 일이라며 한사코 거부했다. 임금은 대륙의 바뀐 질서를 인정해야만 적의 침입을 막을 수 있다고 거듭 주장했고, 신료들은 명이 만든 질서에 안주하며 새로운 질서를 인정할 수 없다고 고집했다. 임금은 이제 노여움을 전할 길조차 없었다. 신료들이 입궐을 거부하며 이제는 집 밖으로 나오지 않았다.

-일이 다급하니, 빨리 나오라!

변방에서 계속 다급한 보고가 날아들었으나, 옥음을 전하는 승지들은 번번이 빈손으로 돌아왔다. 애가 탄 임금은 신료들이 무사안일에 빠졌다고 끝없이 질책했지만 신료들은 상국에 대한 의리를 저버리느니 차라리 임금을 버리는 편이 낫다고 수군거렸다.

조선을 두고 명과 후금의 신경전은 멈추지 않았다. 명은 조선이 후금과 국서를 주고받거나 차관의 왕래가 있는지 감시를 게을리 하지 않았다. 반면, 후금은 여전히 조선을 자기편으로 끌어들여 후방의 안전과 명과의 사이를 이간하려고 모략했다. 조선을 자신의 편에 붙잡아 두려는 명과 조선을 명에서 떼어내려는 후금 사이에서, 임금 광해는 철저히 외로웠다.

후금의 기병들이 압록강을 건너 기습해왔다. 요동 난민들 틈에 섞여 있던 슝코로의 간자들이 모문룡이 머무는 곳을 알아낸 것이었다. 갑자기 들이닥친 후금의 기병들은 모문룡의 거처를 기습했지만 결국 그를 놓치고 말았다. 모문룡은 군사들 틈에 끼어 재빨리 달아났고 후금의 기병들은 내륙 깊숙한 곳까지 그를 추격해왔다가 관아를 약탈하고 의주를 통해 되돌아갔다. 조선군은 후금 기병들의 전광석화 같은 속도에 속수무책이었고 장계도 제때 올리지 않았다. 뒤늦게 보고를 받은 임금 광해는 이 모든 일이 후금과의 소통이 끊긴 것이 원인이라고 탄식했고, 화근 덩어리가 된 모문룡을 어떻게 해야 할지 고심을 거듭했다.

후금 내부에서는 명보다 조선을 먼저 공략해 굴복시키자는 여론이 들끓었다. 자신들이 보낸 국서에 끝내 조선이 회신을 보내오지 않자, 후금의 장수들은 점점 더 강경한 목소리를 내기 시작했다.

-새로운 질서에 익숙해지려면 시간이 걸리는 법이다. 기다려보자. 해를 넘기지는 않을 것이다.

누르하치는 장수들의 불만을 겨우 무마하고 있었다. 홍타이지는 조선 내부의 정세를 숑코로의 첩자들을 통해 이미 전해 듣고 있었고, 조선이 결코 회신을 보내오지 않을 것임을 그는 짐작하고 있었다. 칸의 동의 없이 조선을 함부로 침략할 수 없는 홍타이지는 조선에 경고를 보낼 그 무언가를 찾고 있었다.

하얀 벌판

 해가 바뀌었다. 대륙의 눈발은 굵고 거칠었다. 새하얀 눈이 끝없이 내려 세상은 온통 흰색이었다. 세국은 종일 하얀 벌판을 바라보며 생각에 잠겼다. 언제나 벌판 끝에는 자신을 기다리고 있는 아내 달래와 딸 정이의 얼굴이 아른거렸다.

 관전에서 붙잡힌 세국은 홍타이지 군영으로 끌려왔다. 군영 천막에서 추위를 견디며 하루하루를 간신히 버티고 있던 세국은 이제 자신이 돌아가지 못할 것이라고 확신했다. 적들이 자신을 풀어줄 리도 없겠지만 벌판에서 죽은 일행을 생각하면 혼자 살아서 돌아갈 면목도 없었다. 자신을 지키는 군졸들을 통해 동수와 복임의 죽음을 알게 된 세국은 결국 참아왔던 오열을 터뜨리고 말았다. 세국은 자신의 죽음 역시 가까워오고 있음을 며칠 전부터 더욱 생생하게 느끼고 있었다. 조정에서는 분명 회신을 보내지 않을 것이고, 결국 적들의 화풀이 상대는 자신의 몫이 될 터였다.

 세국은 입고 있는 솜옷을 어루만졌다. 가지런한 바느질 자국은 딸의 것이고 시력이 흐려진 순녀의 것은 비뚤

비뚤했다.

─장롱을 꼭 전해줘야 할 텐데….

세국은 시집 갈 나이가 된 딸 정이를 생각하며 혼자 중얼거렸다. 딸에게 장롱이라도 마련해 주고 떠나온 것이 그나마 다행이라고 여겨졌지만, 딸의 혼례를 볼 수 없을 것이라는 생각이 솟구칠 때면 마음이 몹시 아렸다.

해가 바뀌자 후금의 장수들은 더욱 강경해졌다. 조선이 차관과 국서를 보내오지 않는 것은 후금과 교린을 하지 않겠다는 뜻으로 받아들여야 한다고 칸에게 주장했다. 누르하치도 장수들의 불만을 더 이상 억누를 수만은 없었다. 조선을 침략하는 일은 뒤로 미루더라도 우선 장수들이 불만을 해소할 수 있도록 분출구는 열어주어야 했다. 세국을 본보기로 삼자고 장수들이 요청해오자, 칸은 대답하지 않음으로써 허락했다. 자신과 세국의 인연이 거의 반평생에 걸쳐 있었음에도 칸의 결정은 짧고 냉혹했다. 긴 세월 동안 서로를 탐색해 왔던 둘의 관계는 애증이 교차하는 참으로 묘한 인연이었다. 하지만 한 사람은 변방의 장수에서 지존의 자리까지 올랐으나, 다른 한 쪽은 변함없이 벌판을 오가는 통사에 지나지 않았다.

소롱이가 세국을 찾아왔다. 세국은 찾아온 연유를 묻지

않았고 소롱이 역시 말하지 않았다. 둘은 천막 밖으로 나와 하얀 벌판을 바라보았다. 세국은 통사 소롱이를 적으로 생각해본 적이 없었다. 자신과 소롱이는 각자의 편에서 자신의 삶에 충실했을 뿐이었다. 목숨을 걸고 적진을 오가는 것이 통사의 삶이고, 벌판에서 그 끝을 맞이하는 것 또한 피할 수 없는 통사의 운명이라는 것을 소롱이 역시 잘 알고 있었다. 소롱이는 끝내 아무 말도 하지 않고 눈 속을 헤치며 왔던 길을 되돌아갔다.

−데리고 나오라.

소롱이가 돌아간 뒤 천막 밖에서 군관의 목소리가 들렸다. 세국은 달래가 지어준 솜옷을 입고 조용히 앉아 있었다. 천막 안으로 군사들이 들어와 세국의 겨드랑이를 잡아챘다. 군관이 뒤따라 들어오더니 통사에게 예를 갖추라며 군사들을 나무랐다. 세국은 군사들을 따라서 군영 너머 벌판으로 향했다. 역시나 자신의 예감이 틀리지 않았다.

하늘에서는 굵은 눈이 내리고 있었다. 세국은 하늘을 우러렀다. 그동안 지나온 삶이 빠르게 스쳐지나갔다. 결국 자신이 살아온 삶의 시작과 끝은 벌판이었고 최선을 다해 그곳을 오갔으므로 무상한 삶은 아닌 듯했다. 달래와 딸의 모습이 눈송이가 되어 얼굴에 닿아 녹았다.

—이 솜옷은 그대로 두겠는가?

세국의 요청에 군관은 고개를 끄덕였다. 칼집에서 칼을 뽑는 소리가 들렸다. 세국은 고향 만포를 바라보며 살며시 눈을 감았다. 먼저 죽은 일행이 멀리서 손짓을 하고 있었다. 군관은 칼자루를 단단히 잡고 칼을 휘둘렀다. 단 번에 세국의 목이 땅에 떨어졌다. 군관은 고통을 줄여줌으로써 조선의 통사에게 예를 다했고 죽은 자의 솜옷을 벗겨가지 못하도록 엄히 명했다. 세국의 몸에서 흘러나온 피는 눈 입자 속으로 곱게 스며들었다. 굵고 거친 눈이 세국의 갈라진 몸 위에 내려 쌓였다. 대륙의 벌판은 다시 하얗게 물들었다.

그 시각, 편전에서 까무룩 졸던 임금은 으악, 하고 잠결에 소리를 질렀다. 정신을 차린 임금은 밖을 향해 외쳤다.

—만포에서 온 소식은 없느냐!

아무도 대답하는 신하는 없었다. 밖에는 눈이 내리고 있었다.

노인

노인을 태운 배는 앞으로 순하게 나아갔다. 잔잔한 미풍이 돛을 밀어 떠나온 섬과의 절연을 재촉했다. 은빛 물결을 하염없이 바라보던 노인은 눈을 질끈 감았다. 오랫동안 자신의 눈과 귀가 되어 주었던 소중한 동무를 지켜주지 못한 회한이 갑자기 밀려왔다. 동무의 죽음에 대해 자신이 고작 할 수 있었던 일은 적에게 항의하는 것이었고, 남은 가족에게 은전을 베푸는 것이 전부였다.

노인은 동무가 벌판에서 죽음을 맞이한 뒤 1년 후 궐에서 쫓겨났다. 자신과 동무의 삶이 궐과 벌판에서 끝날 것임을 애초에는 짐작조차 못했으나 돌이켜보면 그것은 필연인 듯했다. 자신은 끝내 옥좌의 무게를 견디지 못했고 동무는 거대한 변화에 홀로 맞설 힘이 없었다. 비록 멀리 떨어져 있었지만 서로의 삶과 고통이 결국 하나로 연결되어 있었음을 노인은 동무의 죽음을 통해 깨달았다. 모든 것을 놓아버린 지금에 와서야 노인에게 남아 있는 미련이 있다면 오직 하나 동무를 살리지 못한 것뿐이었다.

파도가 뱃전에 부딪칠 때마다 배가 흔들렸다. 이제 떠나온 섬은 보이지 않았다. 늙은 몸을 이끌고 섬과 섬을 옮겨 다니는 일이 노인은 운명처럼 느껴졌다. 배는 수평선 너머 바다 끝에 있는 섬을 향해 고요히 나아갔다. 노인은 뱃전에 기대어 먼 하늘을 응시했다. 수평선과 맞닿는 저 하늘 끝에 동무의 환영이 어렴풋이 새겨져 있었다. 노인은 동무에게 미안하다고 나직이 중얼거렸다. 동무의 표정은 평온해 보였다.

- 끝 -

부록편

〈부록편〉은 역사적 사실들을
보다 다양한 방법으로
고찰해 보는 계기가 되기를 바라는
의미에서 붙인다.

투 레벨(Tow-level) 게임이론으로 본 조선과 후금의 협상

투 레벨 게임(Tow-Level Games)이란, 퍼트남(Robert D. Putnam)[1]이 제시한 이론으로서 국가 간의 협상을 분석하는 하나의 모델이다. 국가 간의 어떠한 협상도 당사국의 국내적 요소, 즉 국내 관련 집단의 이해관계를 간과할 수 없는 일이다. 따라서 퍼트남은 국가 간의 협상은 각 당사국의 국내적 요소와 연계되어 있다고 주장하며 국제(레벨Ⅰ)와 국내(레벨Ⅱ)의 양면 게임(투 레벨 게임)으로 바라본다.[2]

또한 퍼트남은 이 게임이론을 설명하면서 윈셋(win-set)의 중요성을 언급하는데, 이것은 국제 협상에 나서는 정부가 국내적으로 승인(비준)을 받을 수 있는 모든 가능한 집합이라고 정의한다.

아래 〈그림 1, 2〉는 조선과 후금의 화친和親 협상에 관한 내용을 투 레벨 게임이론에 의거하여 그림으로 나타낸 것

---

[1] Putnam, Robert D. 1988. "Diplomacy and Domestic Politics - The logic of Two-Level Games." International Organization 42, No. 3, 427p - 460p
[2] 예를 들어, 정부가 타국과 FTA 협상을 할 때 국내 각 집단(농업, 상공업 등)의 이해관계를 무시한 채 일방적으로 협상을 진행할 수 없다는 의미다. 그 이유는, 국가 간의 협상도 결국 국내의 비준동의를 얻어야 하기 때문이다.

이다. 광해군 정권 때 조선과 후금 양국은 화친을 맺기 위해 교섭을 시도한다. 그 과정에서 조선 정부(광해군)와 후금 정부(누르하치)는 적극적이었던 반면 양국의 국내 이해관계 집단, 즉 조선의 경우는 비변사와 관료, 사대부 등의 강한 반발이 있었고, 후금의 경우는 홍타이지를 비롯한 강경파 장수들(조선의 거듭된 답서 거부 등으로 인한 강경세력 등장)의 반대가 있었다.

〈그림 1〉 조선과 후금의 원셋 영역

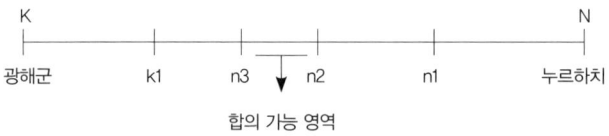

〈그림 2〉 투 레벨 게임

위 〈그림 2〉에서 보듯이, 국가 간의 협상(레벨Ⅰ)은 레벨Ⅱ에 해당하는 국내적 이해관계 집단과 연계되어 있다. 당시 조선과 후금 정부(레벨Ⅰ)는 화친에 대해 합의(국서를

교환하고 사신의 왕래를 허락)에 이를 가능성이 높았다. 광해군은 후금이 보내온 국서(또는 서신)에 답신을 하라고 매번 신료들을 재촉했을 뿐만 아니라, 사신(차관)의 왕래에도 적극성을 보이며 후금과의 화친을 위해 노력한다. 하지만 양국의 화친 협상은 결국 국내적 이해관계 집단(레벨Ⅱ)의 반발에 부딪치고 만다.

위 〈그림 1〉에서 K, N 양측은 자신에게서 윈셋의 범위가 멀어질수록 협상 이득이 줄어든다고 가정한다. 당시 광해군은 윈셋을 n2 지점까지 확대하여 후금과 화친을 맺으려고 했으나 레벨Ⅱ에 해당하는 국내 이해관계 집단인 비변사와 관료, 사대부의 반대에 부딪쳐 n2 지점까지 윈셋을 확대하지 못하고 k1에 머무른다. 반면에 후금의 경우, 누르하치는 국서와 차관을 자주 보내며 화친을 맺기 위해 수시로 교섭을 시도한다. 조선과의 화친에 적극적이었던 누르하치는 n1에서 n2 지점까지 윈셋을 확대하며 화친에 매우 적극성을 보인다. (비록 명을 공략하기 위해 배후의 조선을 적으로 두지 않으려는 것이 화친의 궁극적 목적일지라도) 또한 조선이 국내적인 이유(레벨Ⅱ에 해당하는 비변사와 관료 집단 등의 반대)로 인해 n2 지점까지 윈셋을 확대하지 못하자, 누르하치는 애초 n1 지점을 선호하던 국내 집단(레벨Ⅱ에 해당하는 강경파 장수들)의 반대에도 무릅쓰고 오히려 n3 지점까지 윈셋을 확대(회신 없는 국서를 계속 보내는 행위 등)하며 계속 화친(비록 위협을 동반한 것일지라도)을 요구한다. 하지만 광해군은 명明에 대한 의리 등을 내세우며 격렬히 반대하는 국내 집단(레벨Ⅱ)에 의해 합의 가능 영역(윈셋이 교차하는 지점)인 n2와 n3 사이의 지점까지 윈셋을 확대시키지 못한다. 이에 누르하치는 조선의 윈셋을 확대시키려는 전략으로 군사적 위협도 거론하지만, 명과의 전면전을 펼치고 있는 후금으로서는 실행하기 어려운 위협에 그치고 만다. 반면에, 광해군 역시 자신의 윈셋을 확대시키기 위한 전략으로 후금의 침략 가능성을 강조하며 신료들에게 답서를 보내야 한다고 거듭 주장한다. 하지만 신료들의 완강한 반대에 부딪친 광해군은 결국 윈셋을 확대하는 데 실패하고, 후금과의 화친 협상은 교착상태에 빠지고 만다.

이상과 같이, 퍼트남의 주장대로 국가 간의 협상은 국내 이해관계 집단의 동의(비준)를 얻지 못할 경우 합의에 이를 가능성이 매우 낮음을 알 수 있다.

게임이론(Game theory)으로 본 조선과 후금의 협상전략 분석

조선과 후금의 국서교환 갈등

조선과 후금은 국서의 교환을 두고 서로 갈등을 겪는다. 후금은 계속해서 조선에 국서를 보내지만 조선은 명의 눈치를 보느라 이런저런 핑계를 대며 답서를 보내지 않는다. 조선이 답서를 거부한 이유는, 무엇보다 후금에 답서를 보냄으로써 명이 오해하지 않을까, 하는 우려 때문이었다. 게다가 답서를 보냈을 경우, 후금이 그 소식을 명에 흘려 조선과 명 사이를 이간질할 가능성이 있다고 판단한 것이다. 반면, 후금은 답서를 보내지 않고 있는 조선이 혹시나 명과 연합하여 자신들의 배후를 공격하지 않을까, 의심한다.

이처럼 양측이 서로 간에 의심하는 상황을 적절한 게임 모델, 즉 죄수딜레마 게임 모델을 적용해 살펴보면 아래와 같다.

〈그림 3〉

이득 (선호도) 4〉3〉2〉1

조선 (B)

	C (협력)	D (배반)
후금 (A) C (협력)	3 / 3	1 / 4
D (배반)	4 / 1	2 / 2

위의 게임 모델은, 게임 참가자 A와 B가 협력(CC)하면 3, 3이라는 높은 이득을 얻을 수 있음에도 서로를 불신한 나머지 협력하지 못하고 양측 모두 배반(DD)을 선택해 2, 2라는 낮은 이득을 얻게 된다는 죄수딜레마 게임이다. 이 게임에서 A와 B 양측이 서로를 배반하는 전략을 선택하는 이유는, 이 게임의 전제 조건에 있다. 게임 참가자 A와 B는 서로 정보를 주고받을 수 없는 단절된 상황 하에서 각자 의사결정을 해야 한다는 것이다. 따라서 양측은 상대가 배반(D)을 선택할 때 자신이 협력(C)을 선택하면 가장 낮은 이득(4, 1 또는 1, 4)을 얻게 되므로, 상대방의 전략과 상관없이 항시 배반의 전략을 선택하는 것이 자신에게 유리하다.

조선과 후금의 이득과 갈등 관계를 이 게임이론으로 살

펴보면, 먼저 후금(A)이 조선에 대한 위협을 중지하고 조선의 답서에 대해 비밀을 지켜주는 데 협력(C)할 경우와 배반(D)할 경우, 조선(B)이 후금에 답서를 보내고 또한 명과 연합하여 후금의 배후를 공격하지 않겠다는 등의 협력(C)할 경우와 배반(D)할 경우로 가정한다.

죄수딜레마 게임의 내쉬 균형(Nash equilibrium)[3]은 양측이 서로 배반을 선택하는 상태인 DD이다. 따라서 양측의 이득은 결국 2, 2가 된다. 즉 양측은 서로 협력하면 CC 지점에서 3, 3이라는 더 높은 이득을 취할 수 있지만, 혹시 모를 상대의 배반 때문에 서로 간에 협력하지 못하고 안정적인 배반전략(DD)을 선택하게 된다는 뜻이다. 후금이 협력(C)을 선택할 때, 조선이 배반(D)을 선택한다면 후금으로서는 가장 낮은 이득인 1, 4가 되고, 반대로 조선이 협력(C)을 선택할 때 후금이 배반(D)을 선택하게 된다면 조선은 4, 1이라는 가장 낮은 이득을 얻게 된다. 다시 말하면, 후금이 위협을 중지하고 조선이 보내온 답서에 대해 비밀을 지키는 데도 조선이 계속 화친을 거부하고 명과 연합하여 후금의 배후를 공격하려 든다면 후금으로

---

[3] 내쉬 균형(Nash equilibrium)은, 게임 참가자가 각자 최적의 전략을 선택하고 그 선택한 전략에 대해 더 이상 다른 전략으로 바꿀 유인이 없는 균형적인 상태를 의미한다.

서는 최악의 선택이 되는 것이고, 반대로 조선이 답서를 보내며 화친을 맺으려는 노력을 했음에도 후금이 약속을 지키지 않는다면 조선으로서는 명과 최악의 관계에 빠지게 된다는 것이다. 이러한 양측의 입장으로 인해, 서로 협력하면 더 나은 이득(3, 3)이 있다는 것을 알면서도 상대의 배반전략, 즉 자신이 협력할 때 상대가 배반을 하면 최악의 상황에 직면하기 때문에, 결국 상대가 어떤 선택을 하든 자신은 배반전략(DD)을 선택할 수밖에 없다. 그러므로 이 게임 모델에서 양측은, 상대의 전략에 상관없이 자신은 항시 배반전략(D)을 선택하는 것이 더 이득이라는 유인誘引을 가지게 된다. 그 주된 이유는, 소통이 단절된 상황 하에서의 상대에 대한 불신 때문이며, 따라서 양측은 협력 이득보다 경쟁 이득을 추구하게 되는 것이다.

광해군의 국서와 허풍게임

1622년(광해 14년) 9월, 광해군은 비변사의 반대에도 후금에 정식으로 국서를 보낸다. 그동안 후금은 잇달아 국서(서신)를 보냈지만 조선으로부터 답서를 받지 못하고 있었다. 그런 와중에, 후금은 모문룡을 제거하기 위해 1621년 12월 기병들을 몰고 압록강을 건너 용천을 급습한다. 다급해진 조선은 격렬한 내부 논쟁을 겪으며 반 년 이상이나 시간을 끌다가 뒤늦게 국서(답서)를 보내게 되는데, 이때의 상황을 적절한 게임 모델, 즉 허풍게임 모델로 분석해 보기로 한다.

〈그림 4〉는 게임의 구조가 비대칭인 이른바 허풍게임(bluff game) 모델로서, 대칭게임보다 더욱 복잡한 구조를 지니고 있다. 이 허풍게임 모델은 A에게는 죄수딜레마 게임이고 B에게는 치킨게임(〈그림 5〉)이 되는 구조다. 이 모델을 적용해 조선과 후금의 국서 교환에 관한 양측의 갈등을 살펴보면, 우선 〈그림 3〉의 죄수딜레마 게임에서 조선(B)이 전략을 변경한 구조로 볼 수 있다. 연이어 국서를 보내며 조선을 압박하는 후금의 행동이 단순한 허풍이 아니라 실제 침략으로 이어질 수도 있음을 조선이 인식하고 전략을 변경했다는 뜻이며, 후금은 여전히 조선을 의심하는 상황에서 죄수딜레마 게임의 구조에 놓여 있다는 의미다.

〈그림 4〉

이득 (선호도) 4 〉 3 〉 2 〉 1

조선 (B)

	C (타협)		D (강경)	
후금 (A) C (타협)	3	3	1	4
D (강경)	4	2	2	1

위 그림은, 조선이 후금의 국서에 답서를 보내는 경우(C)와 계속 강경한 입장을 고수하며 답서를 거부하는 경우(D), 후금이 답서를 보내오지 않는 조선에 대해 묵인하는 경우(C)와 전쟁도 불사하겠다는 강경한 입장을 고수하는 경우(D) 등을 허풍게임 모델로 나타낸 것이다. 허풍게임에서 A는 B가 결국 타협을 선호할 것이라는 확신(후금은 광해군의 온건함을 알고 있음)이 있기 때문에 강경(D)한 전략을 고수한다. 이때 A는 강경한 전략을 고수하려는 B의 허풍을 극복하기 위해 우발적인 DD의 구조를 피해야 한다. (후금은 조선이 강경(D)한 입장을 지속하지 못하도록 침략 대신 위협으로만 신호를 보냄) 물론 A의 입장에서는 CD보다 DD가 더 나은 이득 구조이지만, 역시 좋은 결과는 아니기 때문이다. 이 게임 모델에서 B의 경우는, 처음에 강경

(D)한 입장을 고수하다가 결국 자신이 불리함을 인식하고 타협(C)을 선택하게 되는데, B로서는 최악의 이득구조인 DD보다 DC를 선택하는 것이 더 이득이 되기 때문이다. 즉 처음에 허세(후금의 침략을 막아낼 수 있고 또한 동맹국인 명이 있다, 라는 식으로)를 부리던 조선이 어느 순간 강경함을 계속 고집하다가는 실제 전쟁으로 이어질 수도 있다는 위기감을 느끼고 결국에는 전략을 바꾸어 타협(국서를 보낸 행위)을 선택함으로써 가장 낮은 이득(후금의 침략)인 DD를 피하고 DC를 선택하게 되었다는 뜻이다.

이 게임 모델에서 A의 가장 큰 갈등은, B가 계속 허세를 부리며 강경(D)함을 고수할 때 자신(A)의 위협이 결코 허풍이 아니라는 것을 A가 실행(침략)으로 옮기는 것이다. 위협의 목적은 상대의 행동변화, 즉 상대의 양보를 이끌어내기 위한 전략인데, 상대가 끝내 양보를 하지 않을 경우 A의 입장에서는 자신의 위협이 허풍이 아님을 증명해야 한다.[4] 이와 같이 후금(A)의 갈등은 조선(B)이 계속 강경전략(D)을 고수할 때, 자신들의 위협이 허풍이 아님을

---

[4] 다만, 위협의 크기는 상대방이 그 위협을 허풍으로 인식하지 않도록 적절한 것이어야 한다. 위협의 크기가 상황과 어울리지 않을 경우, 상대는 그 위협을 허풍으로 받아들인다. 예를 들면, 국가 간의 무역 분쟁에 있어서 상대국이 양보하지 않을 경우 핵무기를 사용하겠다고 위협한다면 상대국은 그 위협을 허풍으로 받아들인다는 의미이다.

증명하기 위해 실제로 조선을 침략해야 할 경우다. 명과 전쟁을 치르고 있는 후금이 말머리를 돌려 조선과 전면전을 치르는 상황은 후금으로서도 선호하는 전략이 아니다. 따라서 후금이 강경전략(모문룡을 붙잡기 위해 군사들을 몰고 국경을 넘어 쳐들어오는 등)을 고수하면서도 전면전을 벌이지 않고 조선의 행동 변화(조선의 C 선택)를 기다린 이유가 그것 때문이라고 해석할 수 있다.

위 내용들을 종합해보면, 광해군은 후금이 국서를 잇달아 보내며 화친을 요구하는 상황을 심각한 위협으로 인식한 반면, 비변사는 후금의 그러한 행동을 단순한 위협(허풍) 정도로 받아들였을 가능성이 크다. 결국 광해군이 전략을 바꾸어 타협(물론 처음부터 후금에 국서를 보내라고 신료들을 다그쳤지만)을 선택한 이유에 대해, 후금이 실제로 침략할지 모른다는 광해군의 오인誤認으로도 볼 수 있지만, 동시에 조선의 강경함(D)이 허풍(후금의 침입을 막아 낼 군사력이 없음)이었다는 의미로도 해석될 수 있다. 반면 후금의 경우, 조선이 결국에는 타협(C)을 선택할 것이라는 확신(첩자들이 전해주는 조선의 정보를 바탕으로)이 있었고 그것을 바탕으로 강경전략을 유지하여 조선의 허풍을 극복했다고 볼 수 있다.

정묘호란과 허풍게임

 광해군이 후금에 국서를 보낸 이후부터 몇 년 동안 조선과 후금 사이에는 별다른 갈등이 발생하지 않는다. 그러나 정묘호란 전후를 거치면서 양국의 관계는 또다시 악화된다. 인조 4년(1626), 후금에서도 정권이 바뀐다. 누르하치의 뒤를 이어 홍타이지(청 태종)가 정권을 잡자 후금은 친명배금 정책이 뚜렷한 인조 정권에 대해 강경한 태도(〈그림 1〉에서 원셋의 크기를 n3까지 확대시켰던 누르하치 정권 때와는 달리 n1 지점으로 후퇴함)를 보인다.

 1627년 1월, 후금의 1차 군사행동인 정묘호란이 발생한다. 압록강을 건너 남하하던 후금군은 먼저 조선에 서신을 보내 화의를 제안한다. 이에 따라, 조선 조정에서는 치열한 논쟁 끝에 후금과의 강화교섭에 나서게 되고 약조를 맺는다. 이 강화교섭에서 양측이 약조를 맺게 된 배경을 〈그림 4〉의 허풍게임 모델을 적용해 살펴보기로 한다.

 먼저 후금(A)이 강화교섭에서 요구한 내용, 즉 형제관계와 교역, 세폐歲幣 등에 대해 조선(B)이 수락할 경우(C)와 거부할 경우(D), 후금이 군사적 위협을 지속하며 자신들의 요구 사항을 고수할 경우(D)와 위협을 중단하고 철군할 경우(C) 등으로 가정한다. 〈그림 4〉에서 보듯이, 후금의 입장에서는 타협(C)을 선호하던 누르하치 정권 때와는 달리 강경전략(D)을 고수하는 것이 더 이득이라고 판단한 게임구조다. 즉 후금은 강경전략을 통해 조선을 강화협상 테이블로 끌어낼 수 있고, 협상에서 자신들이 원하는 이득(요구 사항)을 얻을 수 있다고 확신한 것으로 볼 수 있다. 후금이 군사행동을 일으키고 아무런 소득 없이 철군하는 행위(C)는 후금에게 가장 낮은 이득이 되는 셈이므로, 후금의 입장에서는 강경한 태도(D)를 고수하는 것이 유리한 전략이다. 반대로 조선의 경우, 후금의 요구 사항들을 받아들이게 되면(C) 전쟁의 위협은 사라지고, 거부할 경우 전면전은 피할 수 없는 상황이 된다. 조선은 치열한 내부 논쟁을 거쳐 결국 타협전략(C)을 선택하게 되는데, 후금과의 형제관계는 명과의 관계에 치명적 영향을 주지는 않는다고 판단을 했기 때문이라고 할 수 있다.

〈그림 4〉와 같이, 정묘호란은 조선이 타협(C)을 선택함으로써 파국을 막는 차선의 결과(4, 2)가 되었는데, 조선의 입장에서는 더욱 낮은 이득(2, 1)을 회피하기 위한 선택이었고 볼 수 있다.[5] 달리 말하면, 군사력을 동원한 후금의 제한적 위협(허풍)에 대해 전면전으로 확대될 위험성이 있다고 조선이 오인을 한 것으로 해석할 수도 있

다. 반면 후금의 경우, 처음부터 화의를 제안하며 일부의 군사들만 이끌고 침략해온 점으로 보아서는 자신들의 위협에 조선이 양보할 것이라는 확신이 있었던 것 같다. 허풍게임에서 A는 B가 우발적인 D 선택을 하지 못하도록 해야 하는데, 후금(A)은 조선(B)이 강경전략(D)을 선택하지 못하도록 한양까지 쳐들어오지 않았고, 또한 먼저 화의를 제안하며 전면전(DD)을 피하자는 신호를 보냄으로써 조선(B)의 우발적인 D 선택을 미리 차단한다. 이와 같은 후금의 신호에 대해 조선은 우발적인 선택(D)을 피하고 타협(C)을 선택했고, 그런 면에서 후금이 조선의 허풍(D)을 극복했다는 뜻이며, 조선은 후금의 군사적 위협에 대해 전면전으로 확대될 수도 있다고 오인한 것으로 이 게임 모델을 이해해야 할 것이다.

인조 정권 때 조선이 후금에 대해 강경한 외교정책(광해군 대와 비슷했으나, 이념적 차이는 분명 존재했음)을 펼친 것은, 정세변화에 대한 오판만으로는 보이지 않는다. 인조

---

5) 혹자는 조선과 후금의 이 상황을 허풍게임보다 치킨게임으로 인식할 수도 있다. 즉 파국을 막기 위해 조선이 막바지에 양보(4,2)함으로써 내쉬 균형에 도달하는 선택을 한 것으로 판단할 수 있기 때문이다. 그러나 두 게임의 차이는 분명 존재한다. 허풍게임에서 A는 경쟁 이득을 추구하고 B는 협력 이득을 추구하지만, 치킨게임에서는 A, B 양측이 협력과 경쟁을 통해 자신의 이득을 추구한다는 점이다.

정권도 후금의 침략 가능성을 염두에 두고 정권 초기부터 군사력 증강을 시도했고, 또한 후금의 군사력을 감당하기 어렵다는 자체적 판단(침입 시 피난처로 강화도와 남한산성을 정비하는 등)도 한 것으로 보아서는, 강경전략을 고수할 경우 후금의 침략이 불가피하다는 것을 사전에 인지하고 있었다고 볼 수 있다. 그럼에도 조선이 타협보다 강경전략을 고수한 이유는, 숭명배금崇明排金에 기반을 둔 이념적인 문제에서 찾아야 할 것으로 보이고, 정묘호란 이후에는 정묘년의 약조에서 기인한 양국 사이의 불평등한 이득구조(4, 2)에서 찾아야 할 것으로 판단된다. 후금은 조선에 대해 계속 강경전략(무리한 요구)을 유지했고, 조선은 후금과의 불평등한 이득구조에 맞서 다시 강경전략으로 선회한다.

병자호란과 치킨게임

병자호란은 조선과 청(후금에서 청으로 국호 변경) 양국이 서로 강 대 강으로 맞서다가 전쟁으로 이어진 상황이라고 할 수 있다. 청의 경우, 정묘호란을 겪은 조선이 자신들의 강경전략에 계속 순응할 것으로 오인한 측면이 있고,

조선은 전쟁으로 이어질 수 있다는 사실을 알면서도 강경전략(D)을 선택한 측면이 강하다. 그런 면에서, 병자호란을 치킨게임의 구조로 바라보는 시각이 적절할 것 같다.

다음 〈그림 5〉에서 보듯이, 치킨게임은 게임 참가자 A와 B가 상호 경쟁을 통해 이득을 추구하려는 성격이 강한 게임 모델이다. 다시 말하면, 강경전략(D)을 고수하는 것이 상대로부터 양보(C)를 이끌어내는 데 유리하다고 여기는 게임구조다. 치킨게임에서는 CD와 DC, 두 개의 내쉬 균형이 존재한다. A가 타협(C)을 선택할 경우 CD(2, 4), B가 타협(C)을 선택할 경우 DC(4, 2)라는 각각의 내쉬 균형에 도달하지만, 양측이 모두 강경전략(D)을 선택하면 DD(1, 1)라는 가장 낮은 이득(전쟁)에 직면한다. 따라서 양측은 DD(1, 1)의 이득구조를 피하기 위해 경쟁(D)과 타협(C)이라는 두 전략을 통해 이득의 극대화를 노린다. 즉 치킨게임은 한쪽 게임 참가자의 경쟁(D)에 대해 다른 쪽이 협력(C)함으로써 1, 1의 이득구조를 피하고 4, 2 또는 2, 4의 내쉬 균형에 도달하는 게임 모델이다.

병자호란이 정묘호란과 게임의 구조가 다른 이유는, 무엇보다 조선과 청 양국의 확고한 강경전략에 있다. 청은 정묘호란 때와는 달리 조선이 우발적인 선택(D)을 하지 못하도록 신호(정묘호란 때는 제한적 위협과, 먼저 화의를 제안하는 등)를 보내지 않음으로써 강경한 의사를 더욱 확실히 보인다. 조선 역시 청의 군사력을 감당해 낼 수 없음을 알면서도 정묘호란으로 인한 불공평한 이득구조(4, 2)와 청의 무리한 요구(홍타이지의 황제 추대에 동참, 즉 군신관계 요구 등)에 대해 강경전략으로 맞선다.

다음 〈그림 5〉는 당시 양국의 상황을 치킨게임 모델로 나타낸 것이다. 청(A)이 조선에 대해 강경한 전략(군신 관계 및 교역, 세폐 요구, 가도의 명군과 관련된 양국의 갈등 등)을 고수할 경우(D)[6]와 그렇지 않을 경우(C), 조선(B)이 청의 요구를 받아들여 타협할 경우(C)와 강경전략을 고수할 경우(D) 등으로 가정한다. 만일 청이 양보하여 타협(C)을 선택할 경우, 자국의 경제적 문제를 해소할 수 없고 아울러 조선과 가도의 명군에 의해 후방이 여전히 위협 받는 상황이 지속되며, 반대로 조선이 양보하여 타협(C)을 선택할 경우, 조선은 명과의 관계 악화뿐만 아니라 오랑캐에게 굴복하여 군신관계를 맺었다는 등 내부의 비난을 면치 못하는 상황이 발생한다. 그런 이유로, 정묘호란 이후 줄곧 강

---

6) 이종호, 「병자호란의 開戰원인과 朝·淸의 군사전략 비교연구」, 『군사』, 제90호, 2014, 48-55쪽

경한 청에 맞서 조선이 타협(C)에서 강경(D)으로 돌아서면서 양측은 강 대 강으로 치닫는다. 이러한 양국의 갈등을 치킨게임 모델에 적용해 살펴보면 다음과 같다.

〈그림 5〉

이득 (선호도) 4 〉 3 〉 2 〉 1

	조선(B)	
	C (타협)	D (강경)
청(A) C (타협)	3 / 3	2 / 4
청(A) D (강경)	4 / 2	1 / 1

청(A)이 조선에 대해 강경한 태도를 고수함에 따라 청의 게임구조 또한 죄수딜레마 게임에서 치킨게임으로 바뀐다. 죄수딜레마 게임에서 강경전략(D)을 고수하는 것은 상대의 배반(D)으로 인해 자신이 최악의 상황(1, 4)에 직면하는 것을 피하기 위함이지만 치킨게임에서의 강경전략(D)은 자신이 겁쟁이가 되는 상황을 피하고 상대의 양보(굴복)를 바라는 강한 의지 때문이다. 그런 의미에서, 청의 강경전략은 이전과 달리 조선이 자신들을 배신할 것이라

는 의심에서 벗어나 이제는 조선을 굴복시키려는 의지가 강해진 탓으로 해석할 수 있다.(청은 군사력이 신장됨에 따라 조선에 대해 더욱 강경한 태도를 보임) 다시 말하면, 조선과 전쟁(1, 1)을 하는 상황이 초래되더라도 청의 입장에서는 조선이 양보(4, 2)해 올 때까지 강경전략을 유지하는 것이 이득이라고 판단한 것이다.

1636년 겨울, 압록강이 얼어붙자 청은 정묘호란에 이어 2차 군사행동인 병자호란을 일으킨다. 이 전쟁은 양국이 강경전략을 선택한 나머지 DD(1, 1)라는 양측 모두가 선호하지 않는 가장 낮은 이득구조를 초래하게 된다. 여기서 혹자는, 조선을 굴복시킨 청의 이득이 1이라는 것에 대해 의문을 가질 수 있다. 하지만 게임이론에서의 이득은 상대적인 이득을 의미한다. 즉 조선을 침략하지 않고 굴복(조선의 C 선택)시켰을 때의 이득과 비교한 것이다. 명을 공격하는 데 전력을 다해야 하는 입장에 있는 청이 조선을 침략한 것 자체가 그들이 가장 원하지 않는 이득구조(1)라는 뜻이다. 청이 애초 원했던 이득구조는 조선이 스스로 굴복(4, 2)해 오는 것이었고, 그렇게 되면 청의 입장에서는 군사력을 낭비하지 않고서도 원하던 이득을 얻는 격이므로, 그런 면에서 이 게임구조를 이해해야 한다.

조선은 정묘호란을 겪으며 청의 군대와 대결해서는 결코 이길 수 없다는 사실을 경험적으로 알고 있으면서도 강경전략을 선택한다. 이것은 자기이익 극대화를 위한 게임 참가자들의 합리적 의사결정이라는 게임이론의 틀에서는 분석하기 어려운 측면이 있다. 그런 면에서, 조선의 강경전략 선택은 앞서 언급한 대로 숭명배금과 같은 이념적인 문제에서 찾아야 할 것으로 보인다. 정묘호란 때는 명과의 의리를 지킬 수 있는 수준, 즉 청과 형제관계에 머물렀기에 조선이 강경(D)에서 타협(C)으로 양보하는 전략이 가능했지만, 병자호란은 군신관계를 요구하는 청의 요구에 조선이 전략을 수정(D에서 C로)하기 어려웠을 것이다. 어쨌든 양국의 입장에서 병자호란을 돌이켜보면, 청의 경우에는 양국 간의 갈등을 해결하기 위한 수단으로써, 또한 자신들의 당면한 경제적 문제를 해결하고 배후의 위협을 사전에 제거한다는 차원에서 전쟁이라는 강경전략을 선택했고, 조선의 경우는 명에 대한 과도한 사대의식과 청의 무리한 요구에 맞서 강경전략을 선택한 측면이 강하다. 따라서 병자호란의 발생 원인(양측이 강경전략을 펼치게 된 이유)이 조선 측의 강경전략에만 있었던 것이 아니라 양측 모두에게 있었음을 알 수 있다.

사드와 한·중 간의 허풍게임

한국에 배치된 사드를 둘러싸고 한·중 양국은 갈등을 겪는다. 사드의 배치 목적에 대해 한국은 북한의 미사일을 방어하기 위한 수단이라고 주장하는 반면, 중국은 자신들을 겨냥한 것이라고 의심하며 철수를 요구한다. 중국은 한국 측의 선택(사드 배치)을 바꾸기 위한 수단으로써 자국민의 한국 관광 제한과 사드 부지를 제공한 기업에 대해 이른바 '중국판 세컨더리 보이콧'에 나서며 압박한다. 이러한 사드 배치와 관련된 한·중 간의 갈등을 적절한 게임 모델, 즉 허풍게임 모델로 분석해 보기로 한다.

양국의 사드 갈등에 대해 혹자는 허풍게임보다 치킨게임 모델이 더욱 적절하다고 여길 수도 있다. 하지만 중국 측이 결국 타협(C)의 전략으로 돌아설 것이라는 사실을 한국 측이 확신하고 있다는 점과, 한국에 대한 중국의 압박(강경전략)이 한·미 간의 동맹만 견고해질 뿐 압박의 실익이 크지 않다는 것을 중국 측이 인식하고 있다는 점에서, 치킨게임보다는 허풍게임의 구조가 더 적절한 것 같다.

⟨그림 6⟩

이득 (선호도) 4 〉 3 〉 2 〉 1

	중국 (B) C (타협)	중국 (B) D (강경)
한국 (A) C (타협)	3 / 3	1 / 4
한국 (A) D (강경)	4 / 2	2 / 1

위의 ⟨그림 6⟩은 한국이 사드 철수에 동의할 경우(C), 사드 배치를 고수할 경우(D), 중국이 한국의 사드 배치에 동의(묵시적 포함, 갈등 봉인)할 경우(C), 사드 철수를 고수할 경우(D)라고 가정한다. 결론적으로 한·중 간의 사드 갈등은 중국 측의 양보(C)로 인해 DC에서 타결(양국 간의 사드 갈등은 해결된 것이 아니라 '미뤄둔 것'이라는 표현이 어울릴 듯하고 중국은 언제든 이 문제를 다시 꺼내들며 한국을 압박할 수도 있다. 여기서 '타결'이란 완전한 해결을 의미하는 것이 아니라 갈등을 분석하기 위한 특정한 한 시점을 의미함)된 형태의 게임구조가 되었다. 중국은 한국 측이 양보전략을 선택할 수 없음을 시간이 지나면서 더욱 확실히 알게 되었고, 한국은 중국 측이 결국 양보해 올 것이라는 사실을 처음부터 확신했다고 볼 수 있다. 갈등 초기에, 중국은 한국 측에 압박

을 가하며 D 전략을 고수했지만 그 전략을 계속 유지하더라도 자신들에게 이득이 되지 않는다는 사실을 인지하고 양보전략으로 선회한다. 즉 중국은 자신들이 D 전략을 고수할 경우 한·미·일의 삼각동맹만 더욱 견고해지고, 한·중 양국 간의 경제교류 단절로 인한 자국 산업의 피해만 초래할 뿐, D 전략의 효용성이 극히 낮다고 판단한 것이다. 또한 무엇보다, 한국이 미국과의 관계로 인해 이미 합의한 사드 배치 결정을 스스로 철회하지 못할 것이라고 중국 측이 확신했기 때문이다. (만일 한·중 간의 사드 갈등을 치킨게임으로 본다면, 한국 측의 핸들은 미국에 의해 고정되어 움직일 수 없다는 뜻이다.)

반면, 한국 측의 경우 C 전략을 선택하는 것은 이득이 가장 낮은 구조다. 만일 한국이 사드 철수라는 양보전략(C)을 선택한다면 한·미 간의 갈등뿐만 아니라, 국내 집단 간의 갈등과 중국 측에 잘못된 신호를 보내게 되는 사례가 될 수 있는 상황으로서, 한국에게는 가장 낮은 이득 구조(1, 4)가 되는 셈이다. (사드 배치 자체를 이득과 손실의 개념으로 바라보는 것이 아니라, 이미 배치된 사드에 대해 유지와 철수 중, 게임이론으로 볼 때 어느 쪽이 이득인가 하는 의미다.) 그렇기 때문에 강경전략(D)을 고수할 수밖에 없는 한국으로

서는 중국이 우발적인 D 전략을 선택하지 못하도록 막는 것이 중요했고, 그런 의미에서 한국은 처음부터 사드 배치의 불가피성을 내세우는 동시에, 한국 기업에 대한 중국의 비이성적 압박에도 소극적 대응을 함으로써 중국이 C 전략으로 돌아설 수 있도록 신호를 보냈고 결국 중국의 양보를 끌어낸 것이다. 이러한 사실들을 종합해 보면, 경제적 압박이라는 중국 측의 허풍을 한국이 극복했고, 반면 중국은 강경전략(D)보다 타협전략(C)이 자신들에게 더 유리하다고 판단한 게임으로 해석할 수 있다.[7]

중국의 국력신장과 한반도 전략

한·중 간의 사드 갈등에서 만일 중국의 국력이 미국과 거의 대등한 상태였다면, 이 문제는 결코 중국 측의 양보(C)로 끝나지 않았을지도 모른다. 아마도 중국은 한국의 양보(C)를 바라며 더욱 거세고 다양한 방법으로 압박

---

7) 한·중 마늘분쟁은 반대로 중국 측이 한국의 허풍전략을 극복한 경우다. 중국은 자국산 마늘에 대해 세이프가이드라는 강경(D)한 조치를 취한 한국에 맞서 한국산 휴대폰 수입을 잠정 중단한다. 중국은 강경한 전략을 고수하면서도 양국 간 교역의 특정 품목에 한정해 보복함으로써 한국 측에 신호를 보낸다. 그러한 배경에는, 한국이 양보(C)할 것이라는 중국 측의 확신이 있었기 때문이다. 반대로 한국은 양국 간의 무역 분쟁이 전 품목으로 확대되는 것을 두려워한 나머지 대중국 무역 흑자인 상태에서 D 전략은 오히려 손해라는 인식을 하고 양보(C)를 선택한다. 따라서 한·중 마늘분쟁은, 세이프가이드라는 한국 측의 허풍을 중국 측이 극복한 게임구조라고 할 수 있다.

을 가했을 것이고, 한국은 중국이 양보할 것이라는 확신이 없는 상태에서 D 전략만 고수할 수 없는 상황에 처했을 것이다. 즉, 한국은 타협(C)과 강경(D)이라는 두 전략을 모색하다가 결국 타협(C)하는 전략을 선택했을 가능성이 있다.

앞서 조선과 후금(청)의 관계에서 살펴보았듯이, 후금은 국력이 신장될수록 조선에 대해 더욱 강경한 전략을 펼친다. 마찬가지로, 중국 또한 향후 국력이 신장될수록 한국에 대한 외교적 압박 강도를 더욱 높일 것이다. (게임이론으로 말하면, 양국 간의 갈등에 있어서 한국 측이 D 전략을 고수할 수 없는 경우가 더욱 많아질 것이라는 의미다.) 한 · 중 수교 이후부터 지금까지의 외교적 관계를 살펴보면 그것을 충분히 짐작할 수 있는 일이다. 그 대표적인 예로, 중국은 한 · 중 수교 이전부터 존재하던 한 · 미 군사동맹에 대해 "한국이 경제적 이득은 중국에서 취하면서 군사동맹은 미국과 맺고 있다."는 식으로, 서서히 불만을 표출하고 있는 실정이다. 이것은 중국이 경제적 성취를 통해 자신감을 드러내는 하나의 표현인데, 이러한 불만은 앞으로도 중국의 국력신장과 비례할 것이고, 때로는 한국이 받아들이기 어려운 요구들도 해 올 것이다. 만일 사드 갈등에서 양국의 경제적 의존도가 지금과 달리 중국 측이 우위에 있었다면, 앞서 언급한 대로 중국은 결코 쉽게 양보하지 않았을 것이고 게임의 구조 또한 달라졌을 것이다. 즉, 중국은 '중국판 세컨드리 보이콧'으로 한국기업들을 제재했을 것이고, 그것이 한국 내 여론을 형성하여 한국 측의 양보(C)라는 선택으로 이어졌을지도 모른다.

향후 중국은 국력이 신장될수록 주한미군을 바라보는 시각도 달리할 가능성이 있다. 중국은 주한미군을 '모문룡'으로 인식하고 한국 측에 강경한 외교 전략을 펼칠지도 모른다. 달리 말하면, 주한미군을 두고 한국과 중국이 심각한 갈등을 겪는 상황이 올 수도 있다는 뜻이다. 대부분의 국제 분쟁은 이웃 국가와의 사이에서 발생한다. 가까울수록 그만큼 이해관계도 첨예하게 얽혀 있다는 뜻이기도 하다. 그런 면에서, 한·중 양국도 다르지 않으며 사드 갈등은 시작에 불과할지도 모른다. 향후 미·중 간에 경쟁이 치열할수록 양국은 서로 자신들의 편으로 한국을 끌어들이려고 할 것이고, 그 과정에서 한국은 양자택일을 강요받는 상황에 놓일지도 모른다. 400여 년 전, 명과 후금이 그랬던 것처럼⋯.

이상과 같이, 몇 가지 2×2의 게임 모델로 조선과 후금(청)의 갈등과 한·중 간의 사드 갈등에 대해 살펴보았다. 여기서 우리가 알 수 있는 것은, 복잡한 현실의 실제 갈등을 게임이론으로 정확히 분석하는 데는 분명 한계가 존재한다는 것이다. 하지만 게임이론이 현실의 갈등 관계를 모두 반영하지 못한다고 해서 무의미하다는 뜻은 아니다. 게임이론으로 갈등 관계를 분석해 보는 이유는, '적절성'에 있기 때문이다. 즉 실제 갈등 상황에 게임 모델을 적용했을 때 얼마나 적절한가, 하는 것이다. 그런 이유로, 하나의 갈등 상황(사건)을 두고 어떤 게임 모델이 더 적절한지 견해를 달리하는 경우도 있다. 예를 들어, 학자들 중 일부는 허풍게임의 경험적 사례로 1962년 쿠바 미사일사건을 거론하지만, 다른 학자들은 이 사건을 치킨게임의 시각으로 바라보기도 한다. (그런 면에서 정묘호란의 게임구조를 〈그림 4〉의 허풍게임이 아니라, 〈그림 5〉의 치킨게임으로 볼 수도 있다.) 이처럼 현실의 복잡한 갈등 상황을 분석하는 데 게임이론이 얼마나 유용한지, 또한 어떤 게임 모델이 더 적합한지가 핵심이므로, 위에 제시된 게임 모델들(2×2)은 양자 간 갈등 상황을 분석하는 데 있어서 유용한 수단이라고 할 수 있다.

게임이론은 게임 참가자들의 정보가 모두 동등하다는 점을 전제로 한다. 따라서 어느 한 쪽이 보다 많은 정보를 가지고 있다면 당연히 게임의 결과는 달라질 것이다. 후금(청)은 간첩을 통해 주변국의 정보를 많이 수집했고 상대국에 대해 우위전략을 펼치는 데 그것을 활용했다. 조선의 경우, 광해군은 정보를 바탕으로 정세를 판단한 측면이 있었지만, 인조 정권 때는 이념논쟁에 가려져 정보의 중요성이 축소되고 만다. 그 결과, 후금과의 관계에서 정보의 비대칭성이 발생하게 되었고 결국 그것이 조선의 합리적(전략적) 선택을 가로막는 원인으로 작용한다. 다시 말하면, 적국의 정보를 수집하기 위해 평생 만주 벌판을 오갔던 한 통사의 삶을 진정으로 이해하지 못했기에, 조선은 병자호란이라는 참극을 감당해야만 했던 것이다.

향통사 하세국의 이름 오기誤記에 관한 소고小考

조선왕조실록을 살펴보면 향통사 하세국河世國의 이름이 하서국河瑞國으로 오기되어 있음을 발견할 수 있다. 하세국이란 이름은 선조 28년(1595년) 11월 기사에 처음으로 등장한다. 선조실록에는 '河世國(하세국)'으로 기록되어 있지만, 광해군일기에는 하세국과 하서국 등으로 기록되어 있다. 특히 광해군 대에 있어서도, 초기에는 '하서국'이 나타나지 않으나, 말기에 해당하는 심하전투(1619년) 이후부터는 본격적으로 등장한다. 조선왕조실록에 나타난 하세국과 하서국의 이름을 살펴보면, 선조실록에는 '하세국' '세국' '河洗國(하세국)' '何洗國(하세국)' 등으로 기록되어 있고, 광해군일기 중초본에는 '하세국' '세국' '하서국' '서국' 및 하세국을 지칭하는 '양역兩譯' '하역河譯' '하河' 등으로, 그리고 인조실록에는 '하서국'으로 기록되어 있다.

실록의 기사 내용을 살펴보면, 하세국과 하서국은 동일인물이 틀림없다. '하서국'이라는 이름의 첫 등장은, 광해 11년 3월 12일(1619년) 강홍립이 이끄는 조선의 군사들이 심하에서 대패했다는 소식을 다급히 전하는 평안감사의 장계 내용에서다. 그 장계를 바탕으로 한 실록의 기사 내용에는 '我國胡譯河瑞國' 즉 '우리나라의 오랑캐말 역관 하서국'이라고 기록되어 있다. 또한 광해 12년 3월 24일 기사에는 문맥상 동일한 인물임에도 '하세국'과 '하서국'이 동시에 기록되어 있을 뿐만 아니라, 선조 28년 12월 6일 기사에는 河洗國, 何洗國 등으로 오기되어 있는 경우도 있다. 이상의 내용으로 미루어 '하세국'과 '하서국'은 동일 인물이 확실하고 기록상의 오류로 보인다. 그럼, 하세국의 이름이 하서국으로 오기된 원인은 무엇일까?

첫째, '河洗國, 何洗國'은 실록을 편찬하는 과정에서의 실수가 분명해 보이나, '하서국'의 경우는 다른 듯하다. '하서국'이라는 이름은 실록을 편찬하는 과정에서의 실수라기보다 하세국의 이름이 하서국으로 잘못 알려진 것이 그 원인이라고 생각된다. 하서국이라는 이름의 첫 등장은 위에서 언급한 바와 같이 평안감사의 장계 내용에서이고 그 다음으로는 광해 11년 4월 2일 기사인데, 포로로 붙잡힌 강홍립이 적중에서 보낸 장계에 호역胡譯 하서국이라고 언급한 내용이 있다. 그리고 심하전투 때 강홍립의 종사관으로 참전했던 이민환이 종군 기록으로 남긴 『책중일록』에도 하서국으로 기록되어 있다. 이민환이 쓴 『책중일록』을 보면, 1619년 3월 21일 누르하치의 서신을 가지고 조선으로 향한 사람들(이때 위 강홍립의 장계를 몰래 가지고 나옴)의 이름이 나오는데 그 중에 하서국이 보인다. 그렇다면 하서국이라는 이름은 심하전투와 연관이 있지 않을까?

광해군일기에서 하서국이라는 이름은 심하전투에서 패한 뒤 한 달이 지난 시점(광해 11년 4월)에 집중적으로 나타나고, 1년 뒤인 광해 12년 3월 달에 또다시 집중적으로 나타난다. 또한 기사의 내용도 심하전투 이후 후금과의 강화교섭과 관련된 것이다. 그리고 훗날 인조실록에 하서국으로 두 번 거론되는데, 그 중 한 번이 심하전투와 관련된 내용이다. 이러한 사실들을 근거로 유추해 보면, 오기의 원인이 심하전투의 혼란스러웠던 상황과 분명 연관이 있다. 다시 말하면, 심하전투에 참전했던 강홍립 부대의 지도부에서는 발음상으로도 유사한 두 이름, 즉 하세국을 하서국으로 혼동했을 가능성이 있다는 사실이다. (『책중일록』에는 압록강을 건너기 전부터 향도장으로서 '하서국'이라는 이름이 나타나지만, 『책중일록』이 훗날 저술된 점을 고려해야 함)

둘째, 실록의 편찬이란 기존의 자료들(사료)을 편집하는 과정이다. 실록을 편찬할 때는 시정기時政記(사관의 사초와 각 관아에서 올린 공문서를 책으로 엮어 만든 것)와 승정원일기 이외에 민간에서 사료가 될 만한 것들을 폭넓게 수집하여 참고하는데, 그 과정에서 하서국으로 오기誤記된 자료를 바탕으로 편집했을 가능성에 대해서도 살펴봐야 한다.

조선왕조실록 외에 하세국의 이름이 하서국으로 기록된 또 다른 문헌은 『책중일록』이다. 선조 때 사관을 지낸 적이 있는 이민환은 기록의 중요성을 누구보다 잘 알고 있었을 것이다. 이민환은 군사들이 압록강을 건널 때부터 기록하기 시작하여 패전 과정과 포로수용소 생활 그리고 자신이 석방되어 조선 땅을 밟을 때까지 겪었던 일들을 기록으로 남겼다. 광해군일기가 인조 대에 편찬된 점을 감안하면, 이민환의 『책중일록』이 훨씬 앞선 문헌이다. 그렇다면 광해군일기를 편찬할 때 『책중일록』을 참고했을 가능성은 없을까?

위에서 언급한 대로 실록을 편찬할 때는 다양한 사료들을 바탕으로 하는데, 광해군 대의 기록들은 이괄의 난으로 인해 많이 산실散失되어 민간의 자료들을 더욱 널리 수집하고 활용했다는 점에 주목해야 한다. 특히나 『책중일록』은 심하전투의 전 과정을 생생히 알 수 있는 좋은 사료였을 것으로 추정되고, 또한 저자인 이민환이 사관을 지낸 적이 있는 인물임으로 그의 기록을 일정부분 신뢰했을 가능성도 있다. 이를 종합해 보면, 심하전투에 참전한 조선군 지도부는 하세국의 이름을 하서국으로 혼동했고 종사관이었던 이민환은 그때 기억을 바탕으로 훗날 『책중일록』이라는 종군 기록을 남겼으며, 그것을 광해군일기의 찬수관들이 참고했을 가능성이 있다는 뜻이다. 하지만 그 가능성을 단정할 수 없는 것 또한 현실이다.

셋째, 실록을 편찬하는 과정에서의 착오일 가능성에 대해 살펴본다. 실록편찬의 과정이 각종 사료들을 편집하는 과정이라면 그 가능성을 간과할 수 없다. 예를 들어 광해 12년 3월 24일 기사에는 하세국과 하서국이라는 이름이 동시에 나타난다. 비변사의 계啓에는 하서국으로, 임금이 답答하는 내용에는 하세국으로 기록되어 있다. 위 기사는 비변사의 보고서와 임금의 답을 받아 적은 문서가 각각 따로 존재한다는 뜻이며, 두 문서가 광해군일기를 편찬할 때 하나의 기사로 편집된 것이라고 볼 수 있다. 즉 편집 과정에서 기존의 문서 내용은 그대로 두고 앞뒤 문맥상으로만 연결하여 하나의 기사로 완성한 것이다. 그래서 한 기사에 하세국과 하서국이 동시에 나타나는 이유다.

또 다른 편집 과정상의 착오 가능성은, 하세국을 지칭하는 말에서 생겨났을 수도 있다. 하세국은 '하역河譯' '양역兩譯' '하河' 등으로도 지칭되었는데, 찬수관들이 이 단어들을 하세국이 아닌 하서국으로 오기했을 가능성도 생각해본다. 하지만 하서국으로 오기한 최초의 원인은 분명 아니다.

넷째, 하세국과 하서국이 각각 다른 인물이라고 오인했을 가능성에 대해 살펴본다. 광해군일기의 찬수관들이 두 이름을 각각의 인물로 인식한 것은 아닐까, 에 대해 생각해 보면 역시 그럴 가능성은 매우 낮다. (위의 광해 12년 3월 24일 기사는 찬수관들이 각각의 인물로 인식해서 발생한 착오라기보다, 이미 설명한 대로 두 문서가 하나로 합쳐지는 과정상의 오류로 보는 것이 더 타당하다.) 그 이유는, 광해군일기의 내용상으로 보아 후금과의 교섭을 전적으로 담당하고 있는 인물이 한 명의 통사라는 사실을 알 수 있기 때문이다. 만일 찬수관들이 각각의 인물로 인식했다면 이치에 맞지 않는 기사 내용들이 상당히 많이 발생한다. 하지만 두 이름을 동일 인물로 놓고 보면 내용상의 오류는 전혀 없다. 따라서 찬수관들이 일기(실록)를 편찬할 때 하세국과 하서국이 동일 인물이라고 인식은 했지만, 기존의 기록(하서국으로 기록된 사료)에만 충실히 따랐기 때문이 아닐까 여겨진다. 어쨌든 찬수관들의 입장에서는 하세국이든 하서국이든 그 이름 자체가 중요한 것이 아니라, 역사적 사실 자체였을 것임으로, 그가 어떻게 불리던 큰 관심이 없었을 수도 있다.

이상과 같이, 실록에 하세국의 이름이 하서국으로 오기된 원인에 대해 살펴보았다. 필자의 견해로는 심하전투에 참전한 하세국이 어느 순간부터 하서국으로 잘못 알려졌고, 당시 기록을 생산(조정에 보내는 장계 등, 각종 문서)하던 강홍립 부대의 지도부에서는 하세국을 하서국으로 오기했으며, 이후 일기를 편찬할 때 그 기록들을 바탕으로 편집 및 인용했을 가능성에 무게를 둔다. 그렇다면, 마지막으로 남는 의문은 하세국과 하서국이라는 이름이 실록에 120번이나 거론되었음에도 왜 수정되지 않았을까, 하는 점이다. 그것은 아마도 하세국의 신분 때문이 아닐까 생각한다. 견고한 신분제 사회였던 그 당시, 만포의 상민이었던 하세국의 오기된 이름이 실록 편찬자들의 눈에는 띄지 않았거나, 하세국으로 수정해야만 할 정도로 그를 중요한 인물로 인식하지 않았을 수도 있다. 즉, 하세국이 맡은 역할은 중요했으나 그의 신분은 낮았기에, 중앙의 관료들(찬수관)에게는 그저 오랑캐 말을 통역하는 변방의 통사쯤으로 인식되어졌을 것이다. 만일, 하세국이 중앙의 관료 출신이었다면 그의 이름이 오기되는 일은 드물지 않았을까? 또 다른 원인을 찾는다면, 10여 년 간에 걸친 일기의 편찬 기간에 있다고도 여겨진다. 광해군일기는 편찬 도중 정묘호란으로 중단된 적이 있는데, 그 과정에서 찬수관들이 바뀌게 되었고 그것이 수정되지 못한 한 원인으로 작용한 것은 아닌지도 추정해 본다. 어쨌든 하세국과 하서국은 동일 인물이며 오기된 것이 명백하다.

참고문헌

『조선왕조실록』
『책중일록』 이민환(중세사료강독회 옮김), 서해문집, 2014
「건주문견록」 『책중일록』 이민환(중세사료강독회 옮김), 서해문집, 2014
『택리지』 (이익성 옮김) 이중환, 을유문화사, 2002

고윤수, 2001, 「광해군대 조선의 요동정책 : 요동출병과 후금에 억류된 조선군 포로」 - 심하전투와 관련된 내용을 참고했다.
계승범, 2011, 「향통사 하세국과 조선의 선택 : 16~17세기 한 여진어 통역관의 삶과 죽음」 『만주연구』 제11집 - 하세국을 주제로 한 유일한 논문이다. 하세국이라는 인물과 관련된 역사적 사실에 대해 참고했다.
계승범, 「광해군의 대외정책과 그 논쟁의 성격」 『한국불교사연구』 제 4호, 2014 - 수집된 첩보(변경의 수령으로부터 올라온 장계 등)가 광해군에게 보고되고 다시 비변사에 전해지는 체계에 관한 내용을 참고했으며, 본 소설에서는 소설적 흥미를 위해 기존의 체계와는 달리 밀지 형식으로 은밀히 이루어지는 것으로 묘사했다.

김남경, 「조선시대 역관과 번역사에 관한 연구 : 과거의 역관 고찰과 근대 번역사를 중심으로」 고려대학교 인문정보대학원 석사학위 논문, 2006 - 사역원 생도들의 교육에 대해 참고했다.

김현목, 「조선후기 譯學生徒의 身分과 家系 : '童蒙'을 중심으로」 『인하사학』 제 4집, 1996 - 역학생도의 연령과 관련된 묘사에서 참고했다.

반윤홍, 「朝鮮後期 政治權力構造硏究 : 備邊司의 組織을 中心으로」 『國史館論叢』 제 22집, 1991 - 비변사의 조직과 직무에 대해 참고했다.

백옥경, 「朝鮮 前期 譯官의 職制에 대한 考察」 『梨花史學硏究』 제 29집, 2002 - 소설 속 실존인물이었던 방응두를 묘사하면서 역학훈도의 지방 파견과 녹봉에 대해 참고했다.

유지원, 「사르후(薩爾滸, Sarhu)戰鬪와 누르하치」 『明淸史硏究』 제 13집, 2000 - 명나라 측의 심하전투 준비과정에 대해서 참고했다.

최호균, 「광해조의 대명파병과 심하전투에 대한 일고」 『지역개발연구』 제 12집, 2005 - 파병논의 당시 조정의 분위기를 상상하는 데 참고했다.

한명기, 「光海君代의 大北勢力과 政局의 動向」 서울대학

교대학원 석사학위논문, 1988 - 광해군과 신료들 간의 갈등, 궁궐영건에 대한 문제, 심하 패전 후 광해군의 정치적 행동 등을 참고했다.

한상민, 「조선시대 역관들의 직업문식성 사용 양상 연구」 가톨릭대학교 교육대학원 석사학위 논문, 2014 - 역관의 통역 원칙과 사역원 생도들의 학습 장면 묘사에 있어서 참고했다.

허지은, 「조선후기 왜관에서의 倭學譯官의 정보 수집」 『일본역사연구』 제36집, 2012 - 일본의 동향과 관련된 정보를 왜학 역관들이 수집하여 승정원에 보고하는 체계를 묘사하는 장면에 있어서 참고했다.

홍혁기, 「備邊司의 組織과 役割에 대하여」 『軍史』 제6집, 1983 - 비변사의 조직과 관아 위치에 대해 참고했다.

역관 하세국
광해군의 첩보전쟁

지은이 박준수
발행일 2018년 7월 7일
펴낸이 양근모
발행처 도서출판 청년정신 ◆ 등록 1997년 12월 26일 제 10—1001호
주　소 경기도 파주시 문발로 115, 세종출판벤처타운 408호
전　화 031)955—4923 ◆ **팩스** 031)955—4928
이메일 pricker@empas.com

이 책은 저작권법에 의해 보호를 받는 저작물이므로
무단 전재와 무단 복제를 금합니다.